Dominique Sylvain est née en 1957 en Lorraine. Elle débute en tant que journaliste, puis part vivre au Japon, où elle écrit son premier polar *Baka !*, qui met en scène l'enquêtrice Louise Morvan. Elle a obtenu, en 2005, le Grand Prix des lectrices de *Elle*, catégorie polar, pour son huitième roman *Passage du Désir*, qui signe l'acte de naissance d'un formidable et improbable duo d'enquêtrices, l'ex-commissaire Lola Jost, armée de sa gouaille et de ses kilos, et sa comparse Ingrid Diesel, l'Américaine amoureuse de Paris. Dominique Sylvain est également l'auteur de *Vox*, prix Sang d'encre 2000, de *Strad*, prix polar Michel-Lebrun 2001, et de *Guerre sale*, élu meilleur polar français 2011 par la rédaction du magazine *Lire*.

Dominique Sylvain

LES INFIDÈLES

ROMAN

Éditions Viviane Hamy

TEXTE INTÉGRAL

ISBN 978-2-7578-8040-1
(ISBN 979-10-97417-01-7, 1re publication)

« Rien n'a jamais existé. Rien. Mais ça, ici, c'est la seule chose qui ait jamais existé. Vos yeux me tuent. Je suis perdu. »

Harold Pinter, *Trahisons*

1

Alice

Jeudi 13 octobre

Alice Kléber quitta sa propriété au volant de sa Jaguar. Bella avait pris place sur le siège passager.

Au fil du temps, il avait été facile de lui imaginer un physique et un caractère. Brune aux yeux verts, au nez puissant et droit, à la silhouette déliée, extrêmement élégante, délicieusement parfumée, Bella ne se fatiguait pas à vous faire la conversation, mais vous décochait de petits sourires insistants lorsque vous aviez l'outrecuidance d'oublier son existence.

Bella, pour Belle Amie, une copine imaginaire très présente. La plupart des gens auraient trouvé ridicule de s'en inventer une, mais Alice se moquait de l'opinion des autres quant à ses petites manies ; elle n'accordait son intérêt qu'à l'avis de sa psy. Or celle-ci jugeait l'idée intéressante. Elle validait aussi celle de vivre le peu de temps qui restait avec intensité et selon ses propres règles, plutôt que de vivoter en regardant les heures s'effilocher.

Elle remonta le col de son manteau et fit coulisser sa vitre pour profiter des senteurs du soir et aérer ses obsessions. Pas plus tard que tout à l'heure, elle était repassée trois fois à la cuisine vérifier les brûleurs de la cuisinière en fonte. Situation sous contrôle, pas de panique, les choses s'amélioraient. Quelques mois auparavant, il lui fallait s'assurer sept fois de suite que le gaz était bien éteint.

Le soleil se diluait vite à l'horizon, comprimé effervescent dans le lac impavide du ciel. Des prés humides montaient d'odorantes vapeurs, déterminées à subjuguer les grands arbres frémissants. Somptueuse et généreuse Bourgogne. Cette beauté tendre, et parfois violente quand l'orage hurlait et menaçait bois et bêtes, ces senteurs mêlées de vignes, de prairies, de marécages, impossible de s'en passer. Les rives de l'Yonne ou le paradis terrestre.

Une compagnie d'oies sauvages trancha la soie du ciel, la belle voiture fila vers son but, elle connaissait le chemin.

La soirée s'annonçait parfaite.

Bientôt, le restaurant dans son écrin de feuillages. Crissement des pneus sur le gravier, ce son agréable comme une promesse, et Alice se gara en marche arrière dans un mouvement fluide. Elle coupa le moteur, resta immobile. Au-delà de la verrière, enveloppés dans la lumière tamisée, les convives.

Savoureux, ce petit rituel de l'avant. Alice, seule dans sa Jag, épilée, artistiquement décoiffée, peau hydratée et parfumée, vêtue pour être dévêtue, oui, là, incognito, petite respiration douce et régulière, à observer les lieux. Elle ne discernait pas le couple avec qui elle passerait sa soirée, mais savait qu'ils étaient déjà là et l'attendaient. Lui, un brun solide au regard vif, à la mâchoire carrée et à la libido enthousiasmante. Elle, son épouse légitime, pulpeuse un peu partout, et toujours de bonne humeur.

Mister Pinard et Miss Bourgogne.

Un viticulteur, une ancienne reine des podiums. De bons amants. Sans prise de tête ni curiosité excessive. Constants dans leurs préférences érotiques, efficaces. Ni stupides ni franchement intellectuels. Juste un duo épicurien, adepte du frisson garanti avant le retour à la normale.

Avant le sexe, le dîner. Conversations agréables, coups d'œil coulissants, allusions feutrées aux plaisirs qui suivraient. Privée d'alcool, Alice se satisfaisait par procuration. Elle écoutait mister Pinard parler vin et regardait miss Bourgogne boire les paroles de son mari. Lorsqu'ils savouraient les millésimes qu'il avait choisis, elle imaginait que leurs lèvres, leurs papilles gustatives, leurs gosiers étaient les siens. Grâce à eux, boire de l'eau procurait la sensation de déguster un grand cru.

Ils se retrouvèrent dans la même chambre d'hôtel que d'habitude. Draps amidonnés à l'ancienne, senteur de lys et ces étreintes sportives, pimentées par les idées de mister Pinard qui avait la jouissance causante et aimait aussi faire quelques vidéos avec son téléphone portable. Cela ne dérangeait pas Alice, elle n'avait rien à cacher. Du moins dans ce domaine.

*

Plus tard, cette légère et habituelle tristesse de l'après. Corps repu et petit vague à l'âme, Alice rendue à elle-même. À ce qui aurait pu être un questionnement vertigineux car sans réponse, mais qui, à force de discipline, ne l'était pas.

Mister Pinard était un bon coup, Miss Bourgogne une partenaire enthousiaste. Maintenant qu'ils avaient cessé de la satisfaire en stéréo, ils ne lui manquaient pas ; non, en dehors de la fonction qu'elle leur attribuait, ils lui étaient presque indifférents (la réciproque devait être vraie, elle les soupçonnait de ne l'utiliser que pour pimenter leur couple), mais elle se sentait presque perdue sous l'immensité du ciel piqué d'étoiles et dans la fraîcheur de la nuit profonde.

Mais le monde était beau. La lune était devenue le Gros Œil à qui rien n'échappait. Des champs et des ornières rampait une odeur d'abandon complice du chant des crapauds. Alice connaissait leur concert par cœur ; en fait, elle les aimait, ces laiderons palpitants. Leurs corps gonflaient en rythme. Le rythme secret de l'existence.

Elle perçut soudain une présence, porta sa main à son cœur, se retourna. Une ombre derrière un arbre.

La vision fugitive d'un visage décharné. Un sourire cruel.

Elle imagina vite Bella fonçant comme un scud sur sa cible. Et faisant s'enfuir l'abjecte créature à sale gueule. Celle qui, trop souvent ces derniers temps, réclamait sa proie. La charogne fatale. La dernière ennemie.

Le monde se calma. Alice rassembla ses esprits. Une partie d'elle-même se faisait abuser par sa diabolique imagination, l'autre gardait les pieds sur terre. Il fallait espérer que la seconde, l'Alice parfaitement rationnelle, reconquerrait l'intégralité de son territoire mental. Les angoisses iraient alors se faire voir ailleurs. Ce serait… formidable.

Elle mit le contact. La Jaguar ronronna et s'engagea sur le chemin du retour. Conduire en douceur s'imposait, les brumes dissolvaient la route.

*

Elle repéra la lumière dans l'ancienne bergerie reconvertie en deux-pièces. Lucien était éveillé, et en compagnie de Lisa puisque la vieille guimbarde était garée devant sa porte. Cette fille à la délicatesse de tracteur n'était ni sympathique ni futée, mais c'était le problème de Lucien. En tout cas, flanqué ou pas de sa petite amie, c'était rassurant de le savoir toujours là ; lui proposer de devenir son locataire avait été une idée de génie.

Un garçon providentiel.

Il l'avait tirée d'un mauvais pas ; elle lui en serait toujours reconnaissante.

Jappements étouffés, roulements de pattes, Willy fonçait pour frétiller dans ses jambes. Alice le cajola, s'excusa de l'avoir réveillé. Son beau golden retriever, qui, à lui seul, valait dix êtres humains réunis. Ses yeux doux ne la firent pas céder, elle lui ordonna de réintégrer sa niche.

Elle entra dans la maison, savoura la bonne chaleur, l'odeur familière d'encaustique et de feu de bois. Elle monta à l'étage, entra dans la salle de bains et se démaquilla devant son miroir ouvragé datant du XVIIIe siècle, Bella à ses côtés. C'était grâce à l'amie imaginaire qu'Alice pouvait de nouveau, et enfin, se regarder sans imaginer des horreurs. Le passage furtif de la Mort en arrière-plan. Ou son propre visage se distordant pour devenir celui d'une étrangère au regard menaçant. Ou le dédoublement de son corps, une Alice vivante, une Alice spectrale.

Depuis que Bella la silencieuse veillait, la vie tenait à peu près en un seul morceau.

Elle lissa du doigt la cicatrice qui marquait la base de son cou. Ce n'était plus qu'une petite diagonale juste au-dessus de la clavicule, une trace blanchâtre. Mais elle restait un souvenir vivace. Celui d'une agression. Bien réelle cette fois.

Il l'avait agrippée, par-derrière, sans prononcer un mot. Terrorisée, elle avait crié sous la morsure de la lame. Le sang avait giclé sur ses vêtements, un petit geyser, une horreur. Elle avait bien cru finir égorgée.

À la nuit tombée, elle tirait de l'argent au seul distributeur du bourg. Un coin si tranquille, personne ne s'y était jamais fait attaquer.

« Prenez l'argent, laissez-moi… »

Coup de chance, Lucien, sortant d'un café, avait été témoin de la scène. Sans hésiter, sans même savoir qu'il s'agissait d'Alice (c'était l'hiver, elle était emmitouflée telle une Esquimaude), il avait coursé l'agresseur. Un type trapu, rapide, tellement gorgé d'agressivité qu'il devait être drogué. Lucien lui avait arraché sa cagoule, mais l'autre l'avait menacé de son couteau avant de prendre la fuite. Lucien avait accompagné Alice chez le médecin, puis au commissariat. Il avait décrit le voleur au mieux. On avait fait un portrait-robot. Pour autant, les gendarmes n'avaient jamais pu le retrouver.

C'était du passé. Que Lucien ait vu ses traits dissuaderait ce salopard de rôder dans le coin. Willy veillait lui aussi ; sous ses airs braves, c'était un cerbère. Et Alice ne s'aventurait plus jamais hors de chez elle sans son spray anti-agression.

Lucien avait réussi à l'impressionner. Lui qu'elle trouvait gentil, mais mou, avait fait preuve d'une présence d'esprit remarquable et d'une réelle efficacité. Après cet événement, elle lui avait proposé de devenir son locataire. Amoureux de son indépendance, il avait hésité. La beauté des lieux, le fait de pouvoir aménager la bergerie à son goût avaient eu raison de ses réticences.

Elle se prélassa dans son Jacuzzi afin de se préparer à une bonne nuit de sommeil, s'emballa dans son peignoir imprégné d'une délicate odeur de jasmin et se rendit à la cuisine pour son rituel hindou. Inutile d'allumer, la lune soulignait les contours. La masse des arbres frissonnait à travers la baie vitrée. Alice but à petites gorgées son eau chambrée. Avant ses retrouvailles avec ses amants, elle n'avait pas manqué de remplir sa carafe en cuivre. Selon les préceptes de la médecine ayurvédique, il fallait au moins trois heures pour que l'eau s'imprégnât des principes bénéfiques du cuivre, excellents contre le spleen, les attaques microbiennes et pour la prévention du vieillissement cutané.

Admirer, relaxer, détoxifier. Tout un art.

Vêtue de son sobre pyjama à rayures, Bella traversa le parc en dansant avec le râteau. Objectif : le hamac accroché entre les cerisiers où elle s'allongeait chaque nuit pour monter la garde. Elle avait la chance extraordinaire de se passer de dormir.

Bella occupait ses nuits à botter le cul émacié de la Mort.

Alice vérifia trois fois que le gaz était bien fermé, puis qu'aucune créature malfaisante n'avait échappé à l'attention de la belle amie pour se cacher sous le lit.

Elle caressa ses draps en coton commerce équitable, fit le vide dans son esprit et se laissa gagner par le sommeil.

2

Barnier

Yeux bleu de cobalt, profil sculpté, blouson de cuir, jean seconde peau, bagues en argent, le lieutenant Maze avait l'allure d'une rock star, pas d'un flic.

C'était une bonne et une mauvaise nouvelle.

Une bonne, parce que, depuis son débarquement à la Crim', Barnier avait définitivement cessé de s'ennuyer.

Une mauvaise, parce que, la nuit dernière, il avait rêvé de lui.

Une première. Rêver d'un autre homme, qui l'aurait cru ? Et d'un collègue en plus.

Avant Maze, Barnier détestait avec enthousiasme la paperasse, la lourdeur hiérarchique, les pots de départ et d'arrivée – sans compter ces foutues réunions qui vous collaient des fourmis rouges dans les jambes, des attaques migraineuses et de furieuses envies de se pendre au lustre en hurlant.

Depuis Maze, les aspects pénibles du métier avaient pris couleur et relief. Un phénomène pour le moins étrange. À l'instant même, écouter le directeur de la PJ délayer la bio de l'officier dont on saluait le départ en retraite alors qu'un peu de concision n'aurait pas nui, n'était plus un problème.

L'attitude relax et bienveillante du lieutenant jouait pour beaucoup dans l'équation. Débarqué de la Mondaine, mais très à l'aise dans son nouvel environnement, il ne se mettait jamais en avant, pensait collectif et réfléchissait avant de parler.

Un gars bien au demeurant.

Restait ce rêve.

Il n'était pas érotique à proprement parler, mais avait plongé Barnier dans un drôle d'état. Au point de le réveiller en sueur, au milieu de la nuit, alors que sa femme dormait à ses côtés. Une sensation de paix absolue.

L'allure du garçon était une explication à elle seule. Son physique renversant troublait les deux sexes sans distinction. Au-delà de l'attrait sexuel, le pouvoir écrasant et universel de la beauté en action.

Le simple fait de le contempler équivalait à se faire un shoot à la dopamine.

Son regard était inouï. La fine corolle dorée et irrégulière qui bordait ses iris les métamorphosait en un duo de comètes dans une galaxie d'azur. Son nez et sa bouche étaient une perfection racée, ses joues deux dunes polies par le vent. Le visage était encore embelli par une souple chevelure noire dans laquelle glissait souvent la main agile de son propriétaire. Son corps mince et musclé, sa façon de se déplacer dans l'espace faisaient exploser la banalité des jours.

Bref, Maze était une tuerie qui rendait lyrique. Barnier s'étonnait de chercher et de trouver les mots pour le décrire.

Le directeur avait enfin terminé son discours soporifique, et invitait le groupe au verre de l'amitié. C'était une heure indécente pour un pot, mais réunir la brigade n'avait été possible qu'en l'organisant la nuit. Barnier jugea qu'un whisky ne lui ferait pas de mal.

Il avala une sérieuse rasade d'alcool, se sentit tout de suite mieux et se déplaça de conversation en conversation en se contentant de sourire et de grignoter bretzels et crackers au soja. Il écoutait ses confrères d'une oreille, et finit par conclure que son trouble était à mettre sur le compte de ses nouvelles responsabilités, de la fatigue accumulée.

Depuis sa promotion, il dirigeait son propre groupe. Ses hommes et lui étaient stoïques. Croulant sous les affaires, jonglant avec le manque de moyens et les horaires à rallonge, ils encaissaient la lenteur de la magistrature, les pressions en tout genre, notamment politiques, et la mauvaise humeur généralisée d'une population exténuée par les problèmes économiques et la menace terroriste.

Il se considérait comme quelqu'un de posé, de raisonnable. Et de favorisé. Il avait conscience d'avoir la famille dont il rêvait, d'exercer le job qu'il s'était choisi et de vivre dans une zone privilégiée de la planète, au cœur d'une démocratie épargnée par le fracas de la guerre. Refusant de se plaindre, il s'adaptait au changement et vivait sobrement.

Mais, comme tout un chacun ici, il était sous pression, et le savait. Il ne fallait pas en faire toute une histoire.

Oui, c'était ça. Son rêve de la nuit passée n'avait été qu'un moyen de décompresser. Rien de plus. Rien d'inquiétant. Juste une remise à l'équilibre. On s'habituerait au charme incendiaire du nouveau venu.

Ce pot durait un siècle. Même Maze le patient semblait en avoir marre. Il pianotait sur son portable. Écrivait-il à sa petite amie ? À l'homme de sa vie ? Oui, il était peut-être bien gay ou bi. Difficile à dire.

C'était sa vie et son choix. Et Barnier, qui n'avait jamais fourré son nez dans les affaires de quiconque, n'allait pas commencer aujourd'hui.

Le moment était venu de s'exfiltrer en douce.

En quittant le bâtiment, il leva la tête vers le ciel mauvais. Froidure, vent énervé. L'automne n'en finissait pas de dégouliner, la nuit avalait les ponts, les ponts se murmuraient des secrets. L'odeur limoneuse de la Seine, secouée par un fort courant, couvrait celle du trafic. Paris sentait mauvais, Paris était beau.

Il releva le col de son imper et se mit en marche. La pluie le soulagerait, le laverait de ce rêve dingo, toujours imprimé dans sa mémoire.

Maze, torse nu dans une chambre d'hôtel. Son dos incisé, comme si on lui avait coupé les ailes. Magnifiques, blanches et duveteuses, elles pendaient au mur. Barnier plaquait sa joue, puis sa bouche entre ses omoplates, entre ses cicatrices boursouflées. Son doigt caressait le tracé de son biceps, puis s'enfonçait dans son corps comme dans de l'eau. Et Maze lui disait : « *L'avenir est à nous, non ?* »

Il aurait sans doute mieux valu que cette scène restât ensevelie. Pourquoi donc avait-il fallu qu'il se réveille ?

Alors qu'il approchait de la bouche de métro, une belle voiture freina à sa hauteur. La vitre coulissa.

Sur le visage fatal de son lieutenant.

Un husky gigotait sur le siège passager. Ses yeux étaient de la même couleur que ceux de son maître, et aussi vifs. On se serait cru dans un film d'animation japonais, beaucoup de flotte et des personnages étranges.

– Qu'est-ce que tu fabriques sous ce déluge ? Je te raccompagne, dit Maze en poussant le bel animal sur la banquette arrière.

Barnier hésita, puis monta à bord. Le husky émit des petits couinements avant de lui renifler la base du cou et de lui léchouiller l'oreille.

– Tu lui plais.

– J'en ai l'impression. Il est à toi ?

– À ma sœur. C'est encore un bébé.

– Il est de taille, ton bébé.

– Il a six mois. Elle vient de me le déposer et m'a prêté son Opel. Elle part à un congrès.

Barnier pensa soudain à son fils. Il leur réclamait un chien depuis un moment. Mais ni sa femme ni lui n'étaient d'accord. À quoi bon imposer à une bête de vivre dans une jungle de béton ? D'un autre côté, ce serait l'occasion de le relier au vivant. Lui qui passait des heures à surfer sur le Net et à se gaver de jeux électroniques.

Une décision difficile. Une responsabilité de parents.

– Tu me donnes ton adresse, Barnier ? À moins que tu veuilles qu'on ramène le husky au pôle Nord.

– Pas de chance. Si ta sœur avait un chihuahua, on partirait au Mexique.

Il lui communiqua son adresse. Rengaine de la pluie, ils roulèrent en silence. La longue main s'endormait sur le levier de vitesse et revenait soudainement à la vie. Le jeune homme conduisait avec souplesse et précision, son corps épousait la voiture. L'odeur de son eau de toilette s'immisçait dans l'humidité ambiante, c'était agréable.

Le commandant ferma les yeux. Et s'imagina dans son lit. La nuit passée, après le rêve, la suite avait été aussi courte que mauvaise. Un sommeil en eaux troubles. Fractionné. Sa femme s'était levée de méchante humeur, ils n'avaient échangé que quelques pauvres mots.

– Fatigué, Barnier ?

Le hasard avait voulu qu'ils aient le même prénom. Ils avaient trouvé la solution et décidé de s'appeler par leur patronyme. Barnier et Maze, Maze et Barnier. Ça leur simplifiait la vie.

– Oui, je dors mal ces derniers temps. On ne peut rien te cacher.

Un feu rouge. Ralentissement, et le boucan des salves sur la carrosserie.

Barnier pensa à sa femme. Elle devait dormir parce qu'elle donnait cours tôt. Il frotta son visage râpeux des deux mains. Exténué, il rêvait d'une douche chaude. Impossible, le bruit la réveillerait.

Fluidité du trafic, ils furent vite devant l'immeuble de la rue Oberkampf.

– Merci de m'avoir ramené.

– Pas de souci, je ne boxe pas ce matin.

– Tu boxes à l'aube ?

– Deux ou trois fois par semaine.

– Respect.

– Juste une question de discipline. Ça assèche la tension. Tu devrais essayer.

Corps de jeune léopard, sagesse de vieil éléphant, diagnostiqua Barnier amusé par sa franchise. Il attendit que l'Opel disparaisse au carrefour.

Sa rue dormait à poings fermés, pas un passant sur les trottoirs luisants. La pluie changeait sans cesse d'avis, elle n'était plus qu'un crachin.

Il avait *vraiment* envie d'une douche très chaude et se sentait frustré de ne pouvoir s'accorder ce petit plaisir. En montant les marches, il fit ses calculs. À l'âge de Maze, il était marié, père de famille et déjà privé de douche la nuit.

Et s'il oubliait cinq minutes le physique renversant de Maze, et se concentrait sur ce qui faisait de lui un partenaire de première classe ? Bosseur, stoïque, respectueux, il ignorait la signification du mot râler. Reposant comme garçon, ce qui ne l'empêchait pas de percuter au quart de tour.

C'était ça, la solution. Se focaliser sur les choses sérieuses.

Il sourit en glissant sa clé dans la serrure.

3

MoiToi

Chaque jour ou chaque nuit, sucer des glaçons, frotter son corps au gant de crin. Chaque jour ou chaque nuit prendre une douche froide. Chaque jour ou chaque nuit, la faire durer jusqu'à la limite de la douleur et s'installer ensuite sur la chaise, en état Éveil, droit, solide face à l'œil noir de la caméra.

Pour atteindre, partager, transmettre. Mais ça ne sortait pas, les mots restaient coincés dans sa bouche. La caméra avalait le vide et avalait le silence haché par le son de sa respiration et avalait son visage sans expression.

Des jours et des jours et des jours à revivre la même scène.

Pas évident de se parler à soi-même…

Et pourtant, il devait le faire.

La réalité n'est qu'information. Le monde est de la data, rien de plus, rien de moins, et le propre corps du Joueur en est aussi. Dans ce data monde n'existe que le Jeu. Et si le Joueur ne trouve pas le bon chemin, s'il ne prend pas la bonne décision, il est condamné...

Il pouvait subir l'élimination.

Le risque procurait un plaisir intense, disparaître physiquement ne lui faisait pas peur, mais l'idée que sa personnalité explose et soit détruite à jamais lui était insupportable. Il aimait trop le Jeu pour y renoncer.

Il avait survécu jusque-là, il fallait que ça continue. Il devait joindre et prévenir celui qui n'avait pas le même corps que lui, mais possédait le même esprit et ne le savait pas encore. Son double spirituel. Sa continuation.

Moi vers toi. MoiToi.

Le seul choix était de lui passer le relais.

Son espoir d'y arriver était fort.

Immortelle, l'information se transpose sans cesse d'une enveloppe corporelle à une autre...

Pour que son cerveau data survive dans le monde data, pour que le champion qu'il était continue d'exister dans la matrice Jeu, il devait pénétrer le mental de son double au-delà du temps. Pour y arriver, il devait trouver les mots.

Les mots exacts.

Se concentrer. Rassembler son énergie en un point central. Et la propulser…

Il n'y arrivait pas.

Chaque jour ou chaque nuit, chaque jour ou chaque nuit…

Il vit qu'il tremblait. Il était très en colère. Contre lui-même.

4

Alice

Vendredi 14 octobre

Grâce à sa psy et à une Bella veillant au grain, Alice réussit à prendre une douche dos tourné à la paroi coulissante sans envisager l'irruption d'une entité gluante et putride, déterminée à lui sucer le cerveau.

Après quelques exercices d'étirement, elle se prépara un porridge aux flocons d'avoine bio, hésita devant sa garde-robe et choisit une robe douce sur la peau et assortie aux feuilles mortes. Elle était prête à accueillir sa nouvelle et potentielle femme de ménage.

Des yeux rapprochés, des joues dodues, une fâcheuse blouse synthétique à motif floral couvrant un format baril de lessive, la dame semblait prête à en découdre avec les acariens. Alice expliqua ses attentes. C'était simple ; elle exigeait une maison impeccable, et donc de l'énergie, de la rigueur et de la ponctualité.

Chaque objet, une fois dépoussiéré, devait retrouver sa place exacte.

Après un rapide tour du propriétaire, elle lui confia l'aspirateur sans sac, les produits d'entretien écologiques et alla rejoindre Lucien déjà attablé au jardin. Le fidèle assistant s'était fait du thé dans la théière jaune en forme de lapin. Elle évalua les effluves. Darjeeling.

Parfait pour les neurones et le rendement.

Vingt-trois ans, chevelure noire et drue comme de l'astrakan, nez busqué, joues toujours mal rasées, une assez belle tête, et une dégaine d'ado attardé. Les doigts volant au-dessus du clavier de son ordinateur portable, il était concentré sur les dossiers clients. Sa garde-robe se limitant à quelques jeans épuisés et au surplus militaire, il faisait tache dans l'ambiance raffinée de la propriété, mais elle passait outre. Lucien était motivé et efficace.

Leur collaboration remontait à près de huit mois. Elle employait déjà une équipe pour la toiture, la plomberie, l'électricité, mais cherchait un artisan talentueux pour les peintures et les parquets : seules des finitions de qualité redonneraient son lustre à l'ancestrale demeure des Kléber. Après essai, Lucien s'était révélé un Steve Jobs du pinceau et de la ponceuse. Travaillant avec une précision maniaque et sans compter ses heures, il ne semblait en revanche guère apprécier les horaires imposés. Mais seul comptait le résultat, qui était impressionnant.

Teintes subtiles, murs peau de bébé, parquets couleur miel. La bâtisse moribonde était redevenue une propriété pleine de charme avec ses pièces spacieuses aux profondes cheminées.

Autre avantage, Lucien était un être tranquille. Il ne chantait pas, n'écoutait pas de stations de radio agressives et ne parlait jamais pour ne rien dire. Pendant ses pauses, il lisait de la science-fiction et des bandes dessinées en s'autorisant, parfois, de petits rires discrets.

Au milieu des émanations de white-spirit et de vernis, une certaine connivence s'était tissée. Après une dizaine d'années à travailler en solo, elle avait senti qu'il était temps d'évoluer. Une fois les travaux terminés, elle lui avait proposé de devenir son adjoint. L'activité pouvait s'exercer à n'importe quelle heure et n'exigeait pas de discipline particulière ; elle nécessitait un minimum d'imagination, mais quelqu'un qui ingurgitait de la SF et de la BD à un rythme soutenu ne pouvait en être dépourvu.

Il avait pris le temps de réfléchir, puis accepté, malgré le côté immoral de la proposition. Le job n'était pas à confier au premier venu. Pas question d'ameuter les gens du coin. La profession d'Alice n'était pas avouable.

Créatrice et gérante du site lovalibi.com, elle fournissait des excuses aux amateurs d'adultère.

Le client exposait ses besoins en ligne ou sur un répondeur téléphonique. Elle bâtissait alors un scénario cousu main allant du simple justificatif par téléphone ou mail jusqu'à la fourniture de documents ou d'objets attestant d'une prétendue présence à un événement. Séminaire, conférence, cure de remise en forme, déplacement professionnel, en France ou à l'étranger, les prétextes étaient infinis. Et parfaitement bidon.

Ma petite fabrique de mensonges.

Grâce à Lucien, elle avait amélioré la formule. Leur duo intervenait parfois sur le terrain. Ils avaient par exemple endossé le rôle de proches d'une cliente harcelée par un amant devenu collant. Son partenaire avait un talent naturel pour le théâtre.

Seule limite, la loi. Les alibis étaient à usage strictement privé. Hors de question de produire des preuves truquées ou de tromper une administration ou un employeur.

Une brillante combine pour gagner de l'argent à moindre effort. Et vite, le temps étant compté. Les affaires étaient florissantes, la clientèle grandissante. Elle avait découvert une vérité surprenante. Le pétrole était limité, le nucléaire dangereux, le charbon asphyxiant, le gaz de schiste fatal au paysage, mais le désir était une source d'énergie inépuisable. Il aurait été stupide de ne pas l'exploiter.

Elle possédait ce qu'il fallait pour cela. Cependant, son imagination délirante présentait aussi des aspects négatifs. En cas de souci, elle lui faisait toujours envisager le pire, et, même lorsque tout allait au mieux, elle tricotait sans son accord de grandes scènes baroques.

Alice ne regrettait pas d'avoir promu Lucien. Ses idées étaient originales et il n'émettait jamais le moindre doute. Il chérissait sa liberté autant que celle des autres et appréciait la confiance accordée, même si l'emploi était au noir et la rémunération faiblarde. Et il avait compris, sans explications inutiles, que sa petite amie Lisa n'était que tolérée. Caissière à l'épicerie du bourg, la péquenaude était occupée dans la journée. Quand elle ne travaillait pas, elle attendait sagement le retour de Lucien à la bergerie.

Elle écrasa un sourire en imaginant la théière-lapin lui faisant la conversation. « *Pour ton confort, exploite tes semblables, mais fais-le avec magnificence. Bravo, tu as tout compris, Alice !* »

*

En fin de journée, elle confirma à la femme de ménage qu'elle l'embauchait pour un mois à l'essai.

– Seul bémol. Votre goût pour la chansonnette. Évitez. Ça m'empêche de me concentrer.

– Ah, pardon, madame.

– Pas grave. Tenez. Cadeau.

D'un air ahuri, la bonne femme prit l'iPod rose et les écouteurs blancs qu'Alice lui tendait.

Guère futée, mais brave. Excellente combinaison.

– Vous travaillerez en musique. Ça compensera. Ne mettez pas le volume trop fort, gare à vos tympans.

– C'est gentil. Merci beaucoup.

Gentille, moi ? Non, pragmatique.

La sélection musicale, rigoureuse et dansante, ne pourrait qu'augmenter sa productivité. Elle était bien moins nulle que les cinq précédentes, il était primordial qu'elle gardât la forme et le rythme.

– Madame, je ne sais pas comment vous remercier.

– En continuant comme ça. À la semaine prochaine.

La grosse fille était venue en Mobylette. Alice la regarda s'éloigner en pensant à une taupe surfant sur un dé à coudre.

Elle siffla Willy, qui apparut dans la seconde. C'était l'heure de leur promenade quotidienne. Dans l'après-midi il avait plu, la campagne dégageait des parfums envoûtants.

Elle marcha d'un pas vif dans le sillage de son chien. Unis par les brumes, ciel, arbres et eau viraient au gris-mauve. Les nuages comprimaient l'acidité du soleil et son vacillant reflet grenat. Deux canards glissaient sur l'aplat argenté de l'étang, abandonnant derrière eux une strie éphémère.

Éblouissant.

Paris avait cessé de lui manquer. La beauté changeante de la campagne lui était devenue indispensable.

Enfant, elle avait passé ses étés ici avec Catherine, sa sœur, mais après la mort de leur grand-père la demeure familiale avait été laissée à l'abandon. Livrée à l'humidité, aux chocs de température, elle s'était dégradée. Catherine n'avait pas fait de difficultés lorsque Alice avait souhaité lui racheter ses parts, bien décidée à ressusciter les lieux et à y vivre.

Ma maison, mon refuge.

Willy la tira de ses réflexions. Flouté par les vapeurs de l'étang, il tournait comme un derviche. Quand il obéit à son appel, elle sentit la puanteur qui émanait de son pelage. Il s'était vautré sur la charogne d'un lièvre. Dans les entrailles pourrissantes grouillait une colonie de larves blanchâtres.

Une vision horrible. Un coup tranchant dans l'estomac.

Vite, se bricoler une scène solaire. Appeler l'amie providentielle.

Tout sourire, Bella émergea des buissons. Elle portait une grosse écharpe, une veste de tweed et un confortable pantalon mou. Elle lança un clin d'œil à Alice, lui tendit la main et lui fit signe de faire demi-tour. Alice suivit le mouvement.

Ciao, la Mort.

Elle respira profondément sur une centaine de mètres, puis fit la leçon à Willy, qui émit de petits jappements aussi joyeux que coupables. Elle jeta une branche dans l'étang pour l'inciter à prendre un bain, mais il refusa de s'y aventurer. Il était temps de rentrer.

Toit de tuiles, mariage de briques et de pierres nobles, la demeure des Kléber émergea bientôt des collines. Située à quatre kilomètres du bourg, elle était un havre de tranquillité et le lieu où sa collection était le mieux mise en valeur. Des toiles merveilleuses, choisies avec patience et passion, au fil des années. Un mélange de pièces anciennes et contemporaines. Une grande idée, l'art étant un excellent moyen pour placer son argent sans attirer l'attention du fisc.

Un jour, tout serait à sa nièce, qui saurait apprécier l'héritage et en faire bon usage.

Avec Salomé, la demeure et son contenu continueraient de vivre.

Et moi, je continuerai d'exister en toi, Salomé. Un peu.

Une fois dans la cour pavée, Alice remplit d'eau chaude le baquet en aluminium et imposa un vigoureux brossage à son chien malgré ses couinements de martyr. Elle le libéra et le regarda s'ébrouer dans les rayons du soleil déclinant. L'odeur de charogne s'était évaporée, Willy avait retrouvé sa robe immaculée et son innocence.

Elle se prépara une tisane antioxydante en écoutant France Info. Se tenir informée était indispensable pour ne pas perdre le fil. Et puis c'était un plaisir égoïste ; les troubles secouant la planète lui faisaient sentir à quel point elle était heureuse dans son petit cocon.

Lucien réapparut et annonça qu'il allait au bourg rejoindre des copains. Avait-elle encore besoin de lui ?

Alice le remercia, elle n'avait besoin de rien.

Elle écouta le rugissement de sa moto se dissoudre dans la campagne. Puis ce fut le silence, complet, agréable.

Agréable à force de volonté.

Elle consulta sa montre. Il lui restait neuf minutes avant sa consultation hebdomadaire avec sa psy, qui avait continué de la suivre malgré le déménagement en Bourgogne. Elles se parlaient au téléphone, cela fonctionnait aussi bien que dans son cabinet parisien.

Six minutes.

Elle sentait l'impatience la ronger. Le 26 novembre approchait. Cet anniversaire, c'était peut-être le dernier. Une pensée… insupportable.

Cinq minutes à la montre.

Elle convoqua Bella. Débarrassée de son écharpe et de sa veste, elle portait un gros pull irlandais. Elle s'installa à côté d'Alice sur le canapé et lui tapota le genou. Son sourire était aussi apaisant qu'une infusion à la camomille bio sucrée au miel.

Trente secondes… Vingt-neuf… Vingt-huit… Bella se releva et partit prendre l'air dans le parc.

Une fois tranquille, Alice composa le numéro de sa psy.

*

Sa séance téléphonique l'avait lavée. Ses angoisses, roulées comme des couvertures, avaient été aussi inutiles qu'encombrantes. Elles resteraient au placard. Jusqu'à nouvel ordre.

La peur de la mort creusait un puits acide. Pour le dynamiter, il fallait vivre le moment présent et s'autoriser des projets.

Elle fêterait bientôt ses quarante-deux ans avec les quelques personnes qu'elle parvenait à supporter. Et donc, avec Salomé. Ce serait l'occasion de danser (Lucien n'était pas trop mauvais comme DJ), une pratique excellente pour la santé. Alice se sentait même prête à la magnanimité en ce qui concernait Lisa. Elle envisageait de l'inviter ; cette largesse aurait l'avantage de garder Lucien de bonne humeur.

Catherine ne viendrait sans doute pas. À l'évidence, elle en avait très envie, mais ne voulait pas déplaire à son mari. Elle trouverait un prétexte. C'était triste. C'était ainsi.

Allongée sur un transat, Alice observa le parc. Bella y faisait quelques pas en peignoir de bain ; elle s'en débarrassa d'un mouvement gracieux ; en strict maillot une pièce, joliment bronzée, elle exécuta un impeccable plongeon dans la piscine.

Il n'y avait pas de piscine, ici. Tiens, une bonne idée. Oui, elle pourrait en faire construire une, spacieuse et chauffée. Elle y ferait la planche en regardant le ciel lui raconter une histoire. Ou se lancerait dans de revigorantes longueurs. La nage était sans danger sur le plan cardiaque. Et, en été, elle s'offrirait au soleil en bikini.

Prendre des rides n'était plus son problème.

5

Valentin

Samedi 15 octobre

Valentin entre dans l'ascenseur et reconnaît le parfum de Salomé. Le champ de coquelicots monte avec lui.

Les coquelicots sentent ? Peut-être, peut-être pas. Mais ils sont beaux.

Il montre son badge à la nouvelle employée de l'accueil. Elle a du gros maquillage sur la figure, sa poitrine se voit trop dans ses habits serrés, c'est gênant, pas agréable. Il lui sourit. Faut être poli dans le château du roi Alexandre.

Il est tôt, mais bien du monde remue déjà dans les bureaux. Et il y a Salomé, bien sûr, puisque son odeur était là avant elle, dans l'ascenseur. C'est la première qu'il va saluer. Elle lève la tête de son ordinateur pour lui sourire. Elle porte un vêtement rouge à capuche, ça lui va bien. Ses joues sont deux pétales de fleur. Si on ne compte pas Alexandre, c'est elle que Valentin aime le plus ici. Elle raconte des blagues, elle s'habille comme un garçon, mais c'est tout de même la Princesse. Normal, avec Valentin, c'est la plus jeune de l'équipe.

Les sujets du Roi sont très occupés. Les téléphones sonnent. Plein de conversations gigotent en même temps, ça fait du bruit, mais ça ne dérange personne.

Ils lui disent bonjour, ils agitent la main. « Valentin ! Comment ça va aujourd'hui ? » « La forme, amigo ? »

Valentin met sa veste sur son cintre et enfile son bleu. Avec ça sur le dos, il se sent tout de suite différent. Il est où il doit être pour faire ce qu'il doit faire.

Il pense à ce que sera sa journée, sans rien oublier. Dorine dit que c'est bien d'imaginer avant de s'y mettre, pour « rester concentré ».

Il videra les poubelles, donnera du papier à manger aux photocopieuses, fera du café pour le royaume, nettoiera la cuisine, les toilettes. Si Alexandre le veut, il lui massera les épaules et le cou. « Valentin, tu as des mains de magicien ! » Ils discuteront de plein de choses, mais surtout de Dorine. Parce qu'elle est leur trésor commun.

Alexandre Le Goff s'est marié avec elle, il y a longtemps.

Ma grande sœur. La plus gentille personne sur la planète.

Valentin a de la chance. C'est comme si Dorine et son beau-frère l'avaient adopté. Ils ne le laisseront jamais tomber. Alexandre n'a pas beaucoup de patience. Sauf avec Valentin : jamais il ne rouspète quand il est en retard ou casse quelque chose sans le faire exprès.

Dorine lui répète que, en dehors de son mari, il est la personne la plus importante chez TV24. « C'est toi qui veilles sur tout le monde, Valentin. » Elle exagère pour lui faire plaisir. Il sait qu'il n'est pas très malin, mais n'en fait pas une histoire. Il est le Nain du Roi. Celui qui est là pour aider et avec qui on peut rigoler.

Celui qui vous remet le cou en état et vous réveille avec du bon café.

Alexandre a « de nombreuses responsabilités », comme dit Dorine. Il agrandit son royaume, rachète d'autres petits châteaux pour gagner plus de sous. Et faire de TV24 une « géante ». Ça a l'air de marcher. Les journalistes l'ont baptisé « le Roi » pour rigoler, mais dans le fond ils sont fiers de lui.

Pour les garder contents, Alexandre les tient au courant.

Ils peuvent voir ce qu'il fait. Alexandre le répète : « Pas de secrets, de la transparence. » Il travaille dans un bureau en verre que tous appellent le Bocal. On voit le patron parler, s'énerver, rigoler, téléphoner, manger des sandwiches. Et lui, il peut surveiller. S'il n'est pas content parce que ça ne va pas assez vite, Alexandre le dit sans se gêner. Et ses sujets courent comme des lapins toute la journée et jusque tard dans la nuit pour lui. C'est marrant à observer…

*

Valentin a abattu beaucoup de travail. Son estomac gargouille, il demande l'heure. On lui répond qu'il est 11 h 30. Soupir, il va falloir attendre avant de manger.

Quelque chose gigote dans son champ de vision. Il tourne la tête.

Salomé a fait tomber des papiers. Neige de rectangles blancs.

Valentin se précipite et manque se casser la figure.

Les voilà accroupis face à face, une colline de papier entre eux. Il l'aide à ramasser le méli-mélo. Ils se relèvent en même temps. En la voyant de si près – ça n'arrive pas souvent vu qu'elle bouge aussi vite qu'un ouistiti –, Valentin se dit qu'avec sa peau blanche, ses joues roses, ses cheveux nuage doré, Salomé ressemble aux jeunes filles sur les vieux tableaux que sa grande sœur transforme pour qu'ils redeviennent beaux. Dorine est très demandée. Des gens viennent la voir de loin pour qu'elle fasse des miracles avec ses pinceaux, ses poudres, ses loupes et ses bidules. Elle est *la* spécialiste du XVIIIe siècle. Le siècle de quoi déjà ? Des lampadaires.

Non, pas ça.

Le siècle des *lumières*.

Dorine dit qu'à cette époque-là il n'y avait pas d'ordinateur, pas de téléphone et pas d'écrans « crachant des images du monde entier », mais que les gens étaient tout de même très intelligents. Elle dit que « les idées voyageaient déjà beaucoup ». Sur le coup, ça a amusé Valentin parce qu'il a imaginé ces idées comme des bonhommes minus se baladant avec des petites valises en carton. Dorine a trouvé ça marrant aussi.

– Merci, Valentin.

– Hein ?

– De m'avoir aidée à ramasser ma paperasse.

– À ton service. Fais tomber tes papiers quand tu veux, je serai toujours là, Salomé.

Ça l'amuse, elle lui tape sur l'épaule. Il n'aime pas qu'on le touche, mais si c'est Salomé, ça va. La voilà qui reçoit un message sur son téléphone. Valentin se dit qu'il n'aimerait pas être journaliste. C'est fatigant, ça n'arrête jamais.

Salomé tape sa réponse avec deux doigts en souriant.

La princesse à l'odeur de coquelicot glisse sa caméra, son ordinateur et son téléphone dans son sac à bandoulière. Valentin n'hésite pas.

– Tu pars manger, Salomé ? Je peux venir avec toi ?

– Désolée, Valentin, aujourd'hui je ne peux pas.

Valentin se demande où Salomé s'en va. Elle lui sourit. Elle sait bien qu'il est curieux, et ça l'amuse. Elle lui parle à voix basse.

– Je vais dans un endroit qui s'appelle l'hôtel de la Licorne.

Là, Valentin est vraiment intéressé. Les licornes sont des bêtes attirantes, même si Dorine dit qu'elles n'ont jamais existé. Pourtant, il y en a souvent dans les vieux tableaux qu'aime bien sa sœur. Elles ont de belles têtes et des cornes en or. Alors pourquoi en peindre tant si elles n'existent pas ?

– Où tu vas, il y a de vraies licornes ? Et les gens peuvent les voir depuis leurs chambres ?

– Non, répond Salomé en riant. Mais ce serait une idée. Quand j'étais petite, je rêvais d'en croiser une à la campagne.

Et la voilà qui s'en va. Valentin la regarde filer. Elle lui fait penser aux filles des tableaux de Dorine, oui, mais c'est juste une ressemblance. Les filles des toiles du siècle plein de lumières passent leurs journées à faire de la balançoire, des pique-niques dans les champs ou à s'amuser avec des petits anges aux grosses fesses. Salomé passe sa vie à courir partout.

Ce n'est pas pareil.

Valentin a faim. Il aurait voulu prendre son repas avec son amie Salomé. Tant pis.

Une trace blanche attire son œil. C'est une feuille que Salomé a oubliée. Elle a glissé sous un bureau comme une plume. Valentin se remet à quatre pattes et se tord le dos pour la récupérer.

Salomé va en avoir besoin.

Valentin décide de lui courir après.

Dans l'ascenseur, doigt en l'air, il réfléchit. Elle est sûrement au parking, où est garé son scooter. Il descend au sous-sol.

L'ascenseur s'ouvre sur le grand parking sombre qui sent toujours mauvais. Les gaz d'échappement, c'est comme ça que Dorine appelle l'haleine des voitures. Drôle de mot. Les gaz ne s'échappent pas. Ils restent là à embêter les gens.

Valentin ne voit pas Salomé, mais entend sa voix. Elle est au téléphone ?

Il joue, yeux fermés, à se laisser guider par la voix de son amie. Il va la retrouver grâce à ses oreilles. Comme une taupe aveugle, qui cherche son chemin sous terre, de galerie en galerie.

Valentin avance, sans peur de tomber. C'est rigolo d'être une taupe.

Soudain, il s'arrête et rouvre les yeux. Salomé ne téléphone pas. Elle discute avec quelqu'un, qui est là, avec elle, et lui répond. Valentin dresse l'oreille.

Cette voix, il la reconnaît. Et il n'est pas content. Ça lui donne mal au ventre et envie de vomir.

Valentin a la tête qui tourne. Mais il sait qu'il ne faut pas qu'on sache qu'il est là.

6

MoiToi

C'était décidé, il ne renoncerait pas. Cette force, ces mots existaient en lui, mais restaient enfouis. Il fallait juste trouver le moyen de les faire remonter.

Encore un essai.

Il alluma sa caméra et se tint droit sur sa chaise, mains sur les cuisses. Il se força à respirer profondément. Et se concentra sur l'idée que cette respiration était la seule source d'énergie existante.

Et lentement, lentement, ça monta.

Une image floue, puis plus nette.

Un surfeur. Dans la mer de l'information. Sa planche glissait dans le rouleau des vagues digitales…

Voilà, ça y était. Il avait trouvé le moyen de joindre son double.

Rassembler l'énergie, c'était si simple. Et dire qu'il n'avait rien compris pendant tout ce temps… mais maintenant, il savait comment faire… Il avait les mots.

Il redressa la tête et, face à l'objectif, parla enfin.

« Je suis fluide. Plastique. Héroïque. Mortel et immortel.

Écoute-moi jusqu'au bout.

Notre réalité n'est pas ce que les gens croient. Ce que *tu* crois. Notre réalité est une mer de signes, sans odeur, saveur, épaisseur.

Une projection.

Une mer virtuelle, un océan de data. Je suis moi-même fait de signes, mais je n'ai pas peur. Ma clairvoyance est mon trésor.

Surfeur. Joueur.

C'est ce que je suis. C'est ce que tu es.

Toi et moi.

MoiToi.

En dehors de nous, il n'y a peut-être personne de lucide. Si d'autres joueurs existent, je ne les ai pas encore rencontrés.

Accepte le relais. Pour qu'on continue à jouer pour l'éternité.

On n'est pas des êtres humains. On décide à peine. Notre liberté est maigre. On est les personnages d'un jeu créé par une civilisation supérieure.

Un divertissement.

Ne crie pas, ne pleure pas. C'est un jeu magnifique.

Accorde-toi du temps et tu y verras clair.

Un joueur te joue. Tu es sa carte, son pion. Mais ce n'est pas aussi triste que ça en a l'air. Tu es une carte intelligente, un pion raisonneur. En fait, tu es autorisé à faire certains choix sous la direction du joueur extraterrestre.

Je suis le meilleur dans mon espace/temps. Tu le seras dans le tien.

Tu commences à comprendre ?

Je n'ai pas de libre arbitre, mais j'ai une conscience. Et une grande intelligence. Une intelligence supérieure.

Alors, le moment venu, je ressusciterai en toi. Oui, c'est bien ça. *Résurrection.* Tu m'as bien entendu… »

7

Barnier

La rue de la Croix-Nivert était un interminable spaghetti cosmique, mais Barnier n'était pas pressé d'arriver à destination. Dans l'immédiat, il se sentait bien, et pourtant il n'aurait pas dû. Maze et lui filaient vers une réalité d'une tristesse infinie.

La mort sordide d'une jeune fille. Son corps avait été retrouvé dans une poubelle de la Ville de Paris.

Ils se rapprochaient d'une situation assortie aux éléments. Il avait plu une partie de la journée, d'épais nuages gris kidnappaient le soleil et un froid humide vous pénétrait jusqu'aux os. Leur voiture de fonction s'enfonçait et s'enfonçait dans la grisaille comme s'ils étaient les personnages d'un des jeux vidéo apocalyptiques qui passionnaient son fils.

Le 15e arrondissement évoquait plus une tranquille ville de province qu'un quartier de la capitale, mais aujourd'hui il s'était muté en Sinistra, cité des espoirs déchus et des ultimes combats avant la Fin des temps. Engoncés dans leurs parkas, camouflés sous leurs bonnets, les rares passants semblaient fuir une menace imminente.

Barnier reçut un appel de sa femme.

– J'aurais vraiment préféré que tu sois là.

– On m'a appelé sur un homicide. Au moment où j'arrivais au lycée. J'ai essayé de te prévenir.

– Oui, j'ai éteint mon téléphone pendant mon rendez-vous avec le prof principal.

– Comment ça s'est passé ?

– Il a un gros problème d'attitude. J'ai dit que c'était un moment à passer. Qu'on allait le recadrer.

– Tu es meilleure que moi pour convaincre. Entre enseignants, vous vous comprenez…

– Il a besoin de savoir que tu le soutiens. Or, pour le moment, ce n'est pas du tout ce qu'il ressent. Tu brilles par ton absence.

Un reproche, encore. Mais elle avait raison. Depuis sa promotion, il avait moins de temps à leur consacrer, et leur ado se voulait le centre de l'attention.

Improbable qu'il rentre assez tôt pour une conversation avec lui. Sa femme répondit d'un ton sec que, comme d'habitude, elle gérerait ça, seule, et interrompit la communication. Barnier rempocha son smartphone en soupirant. Dans le temps, ils réglaient leurs différends au lit. Les vents tournaient. Salement.

– Des ennuis ? demanda Maze.

– Mon fils fait son rebelle en classe. Tu as des enfants ?

– Non.

– Ceux qui en ont sont bénis, les autres sont épargnés.

– C'est de qui ?

– Aucune idée.

Barnier consulta sa montre : 17 h 20. Il repéra le petit attroupement. Les inévitables badauds subjugués par le parfum de la tragédie. À cet endroit précis, la rue de la Croix-Nivert croisait une courte allée débouchant sur un square. Les collègues avaient bloqué l'accès avec du ruban adhésif fluo qui détonnait dans la mélasse ambiante.

Ils descendirent de voiture, Barnier sentit le froid le lécher de haut en bas, et ils observèrent les lieux. À droite, un quatre-étoiles, l'hôtel de la Licorne, occupait l'intégralité d'un bâtiment moderne. À gauche, un immeuble trapu couvait une supérette en rez-de-chaussée. Sa façade aveugle, couverte d'une fresque représentant l'arche de Noé, donnait sur l'allée tranchée par deux lignes d'arbustes maigrelets, une station Vélib' et des scooters garés en diagonale.

Barnier repéra des têtes connues. Un technicien de l'Identité judiciaire et, malheureusement, le substitut du procureur. Un sombre crétin.

Ils furent accueillis par la capitaine du commissariat local, que Barnier avait eue tantôt au téléphone. Le fait que la victime, Salomé Jolain, soit journaliste à TV24, la chaîne d'info en continu, justifiait le passage de relais. Les affaires un tant soit peu sensibles ou mettant en cause des personnalités atterrissaient toujours à la Brigade criminelle.

En découvrant Maze, cette trentenaire a priori réservée retint mal un regard appréciatif. Comme d'habitude, Maze provoquait un mini-tsunami. La collègue du 15ᵉ se ressaisit et annonça que l'employé venu rentrer les poubelles de l'immeuble voisin avait trouvé le corps vers 16 heures dans un conteneur pour déchets recyclables. Le poids l'avait alerté.

Extirpée de la poubelle verte à couvercle jaune, la victime était allongée sur une bâche noire de l'IJ.

Un joli visage, bordé par une chevelure blonde tirant sur le roux. Petite, menue, elle était vêtue d'une veste en peau de mouton noire, doublée de fourrure claire, d'un sweat-shirt rouge à capuche, d'un jean ajusté, et chaussée de baskets.

À sa tempe gauche, un sérieux hématome.

Marre de récolter la mort comme des épis de blé pourris, pensa soudainement Barnier.

Le technicien de l'IJ précisa qu'elle avait du sang coagulé dans les oreilles et les narines. Le coup porté, unique mais très violent, lui avait sans doute été fatal. On avait retrouvé une bouteille de champagne vide dans les fourrés ; la géométrie de sa base pouvait coïncider avec celle de l'hématome. La boue et les gravillons sous les semelles de la victime correspondaient à ceux des allées. L'arrière des baskets était souillé comme si les talons avaient raclé le sol. La mort remontait à deux ou trois heures.

– Agressée dans le square, traînée jusque dans l'allée et jetée dans la poubelle la plus proche ? résuma Barnier.

Le technicien acquiesça. La capitaine du 15e ajouta que pour le moment on n'avait pas de témoin ; avec cette météo déplorable, les espaces verts n'attiraient pas grand monde. Barnier hocha la tête en se demandant ce que cette journaliste fabriquait là. Il se pinça la racine du nez pour évacuer un début de migraine. Pourvu qu'il ne commence pas une grippe. Le salopard qui avait frappé à mort cette gamine avant de la flanquer à la poubelle comme un vulgaire détritus méritait toute son attention, toute son énergie.

– Elle habitait le quartier ?

– Non, à l'autre bout de Paris, répliqua la capitaine. Avenue Jean-Jaurès, dans le 19e, d'après ses papiers. J'ai vérifié, l'adresse est aussi celle de Catherine et Pierre Jolain. En fait, elle s'est déplacée jusqu'ici en scooter.

Elle désigna un deux-roues garé à quelques mètres ; on n'avait retrouvé qu'un seul casque dans le coffre. Elle décrivit le contenu du sac à dos trouvé avec le corps. Un portefeuille avec toutes les cartes envisageables. D'identité, de sécu, de presse au logo de TV24, de fidélité à quelques enseignes commerciales. Il y avait également deux cartes Visa, l'une au nom de la victime, l'autre avec le logo de son employeur. Un peu plus de soixante-dix euros en liquide, un trousseau de clés dont celle du scooter, une assurance et un permis. Une boîte intacte de préservatifs, un bâton de rouge à lèvres, un flacon de parfum, un paquet de mouchoirs en papier, un carnet, un stylo.

– Pas de téléphone portable ?

– Non, répondit-elle. Bizarre pour une journaliste.

De toute façon, inutile d'avoir la carte SIM, un numéro de téléphone suffisait pour obtenir le détail des communications envoyées et reçues pendant un mois. Barnier s'adressa à son lieutenant :

– Appelle l'opérateur. Je m'occupe de la famille. Trois de nos hommes sont en route. Démarre l'enquête de proximité avec eux, je vous rejoindrai.

Il observa la carte de presse. Le sourire de la victime la métamorphosait. Grâce intemporelle. Un regard vif, sombre, qui tranchait avec sa chevelure mordorée. Il la tendit à Maze, qui la photographia avec son smartphone.

– Je commence par l'hôtel de la Licorne.

Les fenêtres des chambres donnant sur l'allée, c'était la bonne idée.

– Oui, et joins TV24 aussi.

Le substitut piétinait déjà leurs ombres, l'air désapprobateur.

– Je peux savoir quand vous comptez vous y rendre, Barnier ?

– On verra bien. Pourquoi ?

– Cette chaîne aime le scandale. L'assassinat d'une des leurs ne freinera pas leur enthousiasme. D'autant que le contenu du smartphone intéressait le tueur. Vous me suivez ?

– Qu'est-ce qui vous tracasse ?

– Je n'apprécierais pas de vous voir en direct à la télé.

– Moi non plus. J'aurais trop peur que Scorsese me repère pour son prochain film.

– Pardon ?

– Et que je doive rendre ma carte de flic. Certaines propositions ne se refusent pas.

Les confrères de ce type avaient les qualités diplomatiques requises pour le job ; lui était un cas et ne ratait pas une occasion d'afficher sa méfiance et son mépris. Barnier le croisait trop souvent sur son chemin.

Maze, superbement impassible, n'avait rien perdu de l'échange. Ils attendirent d'avoir traversé la rue pour se payer la tête du magistrat.

– Cet excité élève un furet dans son slip, c'est magique, siffla Barnier entre ses dents.

– Bien, le coup de Scorsese.

– J'ai hésité avec Tarantino.

– Quand tu es en colère, ton visage est illisible. Mais il y a quand même un indice.

– Lequel ?

– Tes yeux. Ils deviennent noir caviar.

Léger temps d'arrêt, celui pour Barnier de trouver la réplique.

– Tu as la métaphore snob, dis-moi.

– C'est le substitut qui m'inspire.

Barnier tendit sa main ouverte et n'eut pas besoin de faire de commentaire pour que Maze y dépose la clé de la voiture de fonction avant de repartir de sa démarche décontractée vers la scène de crime. La collègue du 15e, qui le matait en douce, détourna la tête.

Barnier se demanda si son coéquipier abusait de son charme viral. Il n'était pas du genre à décompresser à coups de vannes salaces ou à se vanter du succès des flics auprès de la gent féminine. C'était reposant.

Reposant, mais pas banal. Il l'avait surpris avec cette histoire de regard caviar.

8

Alice

Un feu odorant crépitait dans la cheminée, Willy somnolait. Alice envisageait de dîner tôt d'une fondante omelette aux cèpes, et sirotait son eau ayurvédique devant TV24.

C'était le vide intersidéral des news sans intérêt. Aucun sujet de Salomé n'avait été diffusé. Étrange. Sa nièce réussissait toujours à s'imposer dans la programmation. Quand bouclerait-elle ce mystérieux reportage dont elle refusait de parler ? Tout ce qu'on savait, c'était qu'il s'agissait cette fois-ci d'un format ambitieux.

Une gageure pour une chaîne qui privilégiait les faits divers dans le but d'occuper le terrain. L'info qui gicle et n'arrête jamais. Un minimum d'analyse pour un maximum d'effets. TV24 misait sur l'effet facile, la sidération. Il fallait dramatiser à outrance, pourchasser les proches des victimes, dénicher le témoin exclusif, même s'il n'avait rien à raconter.

Un boulot encore plus putassier que le mien, pensa-t-elle en souriant.

Elle était bien mal placée pour juger Alexandre Le Goff. Le patron de TV24 faisait son possible pour s'en sortir en prenant soin de sa famille. Oui, c'était là sa meilleure définition, celle qui échappait à bien des gens : *Alexandre, l'homme qui prenait soin.* Il n'hésitait certes pas à user de la vulgarité pour faire de l'audience, mais, dans le fond, c'était une forme de courage. Il faut être fort pour encaisser le mépris. C'était d'ailleurs un excellent joueur de poker, qui savait tenir ses émotions en laisse.

Lorsqu'elle résidait à Paris, ils étaient proches. C'était flatteur car il n'accordait pas son amitié à n'importe qui.

Ils s'étaient rencontrés par le biais d'un journaliste politique de l'entourage des Le Goff dont Alice partageait la vie. Dès le premier dîner, la chimie avait fonctionné. Alexandre avait de la prestance, du répondant. Alice s'était amusée de ses allures de lion noble et généreux face à son épouse tanagra ; elle supposait que c'était en partie pour la fragile Dorine qu'il bâtissait un empire.

En tout cas, il évoquait sans honte aucune sa volonté de s'offrir la plus grosse tranche possible du gâteau télévisuel.

Les deux couples s'étaient vus souvent. Alice et Alexandre étaient devenus bons amis. Jusqu'à ce qu'elle se sépare de son journaliste. Les liens s'étaient alors délités. Depuis son exil en Bourgogne, il avait disparu de sa vie. Elle suivait pourtant son parcours dans les magazines people ; crinière blanche, carrure imposante, parole convaincante, séances poker cigares avec les stars, le quinquagénaire le plus célèbre de la galaxie médiatique demeurait en grande forme. Leurs dîners amicaux lui manquaient, mais elle supposait qu'il avait mieux à faire que de se perdre en rase campagne.

Leur dernière conversation avait eu lieu par téléphone. Il ne lui devait rien, mais, fidèle en amitié, il avait été chic quand elle lui avait demandé d'embaucher sa nièce.

Ce n'était pas difficile d'accepter. Avec sa curiosité insatiable et son ouverture d'esprit, Salomé était un brasier. La volonté incarnée. Une intelligence née pour le journalisme. Dans la famille, la légende courait. Salomé avait décidé de devenir reporter en découvrant les aventures de Tintin dans la bibliothèque familiale des Kléber.

Alice se leva et sortit *Le Secret de la licorne* de la collection de BD. Le préféré de sa nièce. Comme tous les autres, l'album était écorné à force d'avoir été lu et relu. Elle le feuilleta et sourit en se remémorant le profil concentré de la fillette aux boucles rousses lorsqu'elle avait mis le nez pour la première fois dans le monde merveilleux d'Hergé. Salomé ne savait pas encore lire. Tranquille, silencieuse, elle avait savouré les cases, une à une. Ensuite, elle avait demandé à tante Alice de « bien vouloir lui faire la lecture ». Tous les albums y étaient passés.

Alice rangea la BD à sa place. Elle éteignit le téléviseur, choisit un concerto pour violon de Mozart dans sa collection de CD, le glissa dans le lecteur et consulta une fois de plus son smartphone. Déception. Salomé n'avait pas pris la peine de la rappeler après le message qu'elle lui avait laissé pour l'inviter à son anniversaire. La vie de reporter était trépidante au point d'en oublier sa vieille tante. Ce n'était pas plus mal. Le sentimentalisme était une faiblesse. Salomé l'avait bien compris.

En vérité, la petite avait eu de la chance. Elle aurait pu hériter de la naïveté de sa mère.

Merveilleuse soupe astrale de la génétique, Salomé tient de moi.

Les gens les croyaient souvent mère et fille tant leur ressemblance était frappante. Chevelure feuille d'automne, pluie de taches de rousseur, corps menu rembourré aux bons endroits. Et des yeux en amande, même si ceux d'Alice étaient clairs et ceux de Salomé si sombres que l'iris ne se distinguait pas de la pupille. Elles possédaient cette même bouche charnue, un peu trop grande, qui donnait des idées intéressantes aux hommes. Et cela ne s'arrêtait pas aux apparences ; on pouvait soupçonner Salomé d'être plutôt de la race des Alice que des Catherine.

Tu ne seras jamais une femme au foyer, soumise à un ahuri de mari.

Il existait cependant une différence notable entre elles. La nature avait été plus clémente avec la plus jeune. Dans la roulette de son destin, la bille était tombée sur la bonne couleur. Salomé vivrait longtemps. Et n'aurait aucun besoin de s'octroyer une amie imaginaire.

La terreur de mourir me rend cinglée. Mais toi, continue à être ce que tu es, ma Salomé.

Un bruit familier. La moto de Lucien.

Il sonna, elle ouvrit. Casque sous le bras, visage sérieux, plutôt fatigué, et Willy qui dansait déjà dans ses jambes.

– Tu vas t'attraper une méchante crampe à me fixer comme ça.

– J'ai une idée pour l'alibi du nouveau client, Alice. L'homme augmenté.

– L'augmentation de… salaire ?

– Non, les puces électroniques qui amélioreront notre cerveau. Nos futures prothèses pour remplacer nos membres fatigués. L'homme immortel, quoi.

– Le client travaille en région parisienne, pas dans la Silicon Valley. Tu t'exaltes.

– Informaticien, il est censé s'intéresser au cerveau artificiel…
– Sans blague !
– Aux merveilles du futur…
– Je peux te rappeler qu'il est ingénieur, pas chercheur ?
– Les ingénieurs ont eux aussi le droit de rêver. Et le scénario est juste assez clinquant pour avoir l'air vrai. C'est bien toi qui m'as appris qu'un bon alibi est celui que le client, et le conjoint trompé, n'inventeraient jamais à notre place ?
– C'est bien moi.
– Le grain de folie qui rend le reste vrai.
– Oui, la vie déborde toujours du cadre… Je constate que tu m'écoutes.
– J'ai même trouvé un nom pour le faux séminaire. *Projet Gilgamesh.*
Son imagination était en surchauffe, mais elle ne le briderait pas, gare aux effets négatifs sur sa motivation. Il surfait sur son smartphone, et lui montra la photo d'un bas-relief antique. Un barbu en toge trimballant un fauve dans ses bras.
– Gilgamesh, dieu-roi mésopotamien, qui rêvait de devenir immortel. La photo est libre de droits. Je vais faire une brochure et des flyers magnifiques.
L'obsession de la mort. Elle aurait pu lui en vouloir de remuer le couteau dans la plaie à une heure pareille et sur un air de Mozart. L'immortalité, ce rêve absurde. Lucien ne pouvait pas savoir. Elle ne lui avait jamais parlé de cette malédiction qui planait sur les Kléber et avait déjà emporté sa grand-mère et sa mère.
Précisément à l'âge qu'elle allait avoir. Toutes les deux.
Une affaire de paroi d'artère trop dilatée et donc fragilisée. Les mots semblaient anodins, ils ne l'étaient

pas. Un anévrisme intracrânien squattait sa tête, un sac de sang minuscule, mais qui pouvait grossir.

Et éclater un beau jour pour me torpiller le cerveau ou me tuer sur le coup.

L'anévrisme cérébral était une épée de Damoclès qui n'envoyait pas d'invitation avant de vous détruire. Les médecins ne proposaient ni traitement préventif ni pronostic quant à l'instant possible de la rupture. Dans un mois, dans un an, jamais, demain. Ils n'avaient que deux certitudes : Alice souffrait de la même déformation génétique que ses parentes décédées, son pourcentage de risques à plus ou moins brève échéance était très élevé. Une intervention chirurgicale pouvait les minimiser. Mais dans son cas particulier, la possibilité de mourir pendant l'opération n'était pas neutre.

Elle observa son assistant un court instant. Allait-elle le flanquer dehors et profiter en solo de cette douce soirée aux accents mozartiens ? Ou lui offrir un moment de compagnonnage ?

Mieux valait positiver. Éviter de ressasser des histoires d'artères et de méninges. De plus, garder son personnel de bonne humeur était une méthode de management éprouvée ; certaines start-up françaises, s'inspirant des *chief happiness officers* en vogue aux États-Unis, embauchaient des « chefs du bonheur au travail » pour dynamiser leurs troupes à coups de petites attentions et de convivialité.

– Viens. On descend à la cave.

Lucien savait ce que recelait la magnifique cave voûtée des Kléber. Une solide collection de bonnes bouteilles. Certaines exigeaient une consommation plus ou moins rapide sous peine de devenir imbuvables. Alice s'arma d'un tire-bouchon et d'un verre ballon spécial bourgogne blanc.

La fraîcheur de la cave et son odeur de terre battue firent remonter de bons souvenirs. Ceux de l'époque où le grand-père Kléber initiait ses petites-filles à l'histoire du vin et à ses méthodes de fabrication. Il n'hésitait pas à remonter jusqu'aux Romains, avait l'anecdote variée et généreuse.

Le temps de l'insouciance.

Des casiers, elle extirpa une bouteille de puligny-montrachet. Elle caressa son étiquette, la déboucha avec maîtrise, versa le vin avant de le faire tourner devant l'ampoule du plafonnier. Une belle robe, presque huileuse, une jolie tentation. Elle le huma, savoura son arôme d'aubépine et de pomme verte, tendit le verre à Lucien, qui le leva à sa santé.

– Toujours pas d'alcool, Alice ?

– Toujours pas.

Elle aurait pu lui avouer : « Non, je ne bois pas car je fais tout pour me maintenir dans la meilleure forme possible », mais se retint. Elle était sa patronne, pas sa vieille copine. La pitié était un poids inutile. Seule sa famille était au courant, cela faisait déjà bien trop de monde.

Il avala une gorgée, paupières closes.

– Ah, c'est bon.

C'est tout ce que tu as trouvé, benêt ?

Il venait d'une famille qui ne lui avait pas appris grand-chose. Elle ne l'avait pas plus questionné sur ses origines que sur ses échecs, sentant que c'étaient des sujets qu'il n'avait pas envie d'aborder. En tout cas, s'il ne connaissait pas le vin, il était assez dégourdi pour différencier une piquette d'un cru respectable. Elle aurait pu l'initier mais manquait de motivation. La seule personne à qui elle avait envie de transmettre quoi que ce soit, c'était Salomé.

– Tu as des nouvelles de ma nièce ?

– Non, pourquoi ?

– Pour rien. Je m'attendais à un coup de fil.

Lucien et Salomé s'entendaient bien. Une question de génération. Chaque fois qu'elle venait en Bourgogne, Salomé passait du temps en sa compagnie, et il devenait alors étonnamment causant. Il y avait presque de quoi couver une jalousie.

– Salomé viendra à ton anniversaire, ne t'inquiète pas.

– Je ne m'inquiète pas.

– Tu comptes beaucoup pour elle. Salomé ne te laissera pas tomber.

– Remontons, dit-elle en embarquant la bouteille. J'ai froid.

Ils s'installèrent au salon, Lucien ne se fit pas prier pour reprendre du vin. Endormi près du feu, Willy rêvait. Ce devait être un cauchemar, ses pattes s'agitaient dans le vide.

– Quoi de neuf au bourg et comment se porte Lisa ?

– Le bourg et ma chérie vont bien. Parlons plutôt de toi.

– Allons bon.

– Tu as vécu plusieurs vies quand tu avais mon âge.

– Et ?

– Raconte-m'en une.

– Je ne m'appelle pas Shéhérazade.

– Allez, Alice.

Lucien n'avait jamais quitté la France, s'aventurait rarement hors de Bourgogne, mais vivait par procuration. Elle avait eu le tort de lui raconter quelques-uns de ses voyages. La jeunesse, le sac à dos, l'envie et le culot. Et surtout l'enthousiasme ; à cette époque, personne ne lui avait jamais parlé d'anévrisme. Elle évoqua sa virée en Argentine. Buenos Aires à l'époque de sa splendeur.

La redoutable réputation du tango. Tellement difficile à dompter mais qui avait été moins rétif avec elle qu'avec d'autres. La ville de Mendoza et sa glorieuse région viticole, bordées par la cordillère des Andes et baignées par une luminosité magique.

– En rentrant à Paris, j'ai pris des cours de tango parce que j'avais envie d'ouvrir une école.

– Tu l'as fait ?

– Bien sûr, mais ça n'a pas duré.

– Pas de clients ?

– Trop. J'en ai eu marre de voir des pachydermes piétiner Astor Piazzolla.

Elle ne lui raconta pas que c'était en regardant danser ces couples qu'elle avait eu l'idée de créer sa boîte d'alibis. Et après avoir appris qu'elle souffrait du même mal que sa mère et sa grand-mère. Le temps était devenu soudain le luxe absolu. Il lui fallait gagner beaucoup d'argent et vite. Elle n'avait pas fait d'études, n'avait pas de talent particulier hormis une imagination débordante.

C'était ça son atout, sa facilité à créer des scénarios. Jusqu'à présent, n'ayant aucune velléité artistique, elle n'avait jamais exploité cette manne, ce fleuve de dingueries. C'était l'occasion.

Très vite, ça avait marché. Organisée, rigoureuse, elle avait su créer son entreprise et fidéliser une clientèle.

À la mort de son grand-père, elle avait accumulé assez de capital pour retaper la maison familiale. C'était son rêve depuis toujours. Vivre dans un bel endroit, au milieu de souvenirs heureux.

Son entreprise était facile à délocaliser. Elle avait pris un aller simple pour la Bourgogne, retrouvé ses racines en même temps que la belle demeure des Kléber.

Elle lorgna la bouteille. Lucien en avait exterminé la moitié ; une première, elle ignorait ce penchant pour le vin. Passait-il du temps à picoler avec ses amis ? Vite, mettre le holà, sinon sa productivité matinale en pâtirait.

Avant de lever le camp, brave garçon, il lava son verre dans l'évier, l'essuya avec soin et le rangea.

– Repose-toi bien, Shéhérazade.

– À demain, Gilgamesh.

9

MoiToi

Il s'était préparé comme un guerrier. Face à la caméra, bien calé sur sa chaise, il était impatient de parler. Il y avait tant à raconter à MoiToi. Toutes ces années sans lui, son frère digital, son data double… Mais maintenant, la solitude était morte.

Le bonheur pleuvait.

« Je suis le plus fort, mais tu seras encore meilleur. Et MoiToi passera tous les arcanes. L'un après l'autre.

Et peut-être qu'un jour MoiToi gagnera le Jeu. Une ambition. Très belle.

En attendant, tout est permis. C'est l'avantage. La petite morale n'existe pas. Pas peur du sang, des larmes, des cris. On a un permis de tuer. Les lois, rien à foutre. Les sentiments, c'est des guirlandes de Noël.

Alors, écoute-moi attentivement.

Je ne suis plus seul au monde, tu n'es plus seul au monde. Tu es avec moi, tu es ma suite. Au-delà des siècles, il n'y a qu'avec toi que j'ai une connexion. Depuis combien de temps on vit ? Je ne sais pas. Mais cette force, c'est ce qui nous fait/nous fera exister.

Sans peur. Sans limite.

Je t'aime…
Oui, je n'aime que toi… »

10

Barnier

Une bille jouait au badminton entre ses poumons. Barnier aurait voulu se blinder. Raté, jamais, il n'était jamais parvenu à s'habituer.

Une femme ronde, la quarantaine avancée, fatiguée, lui ouvrit sa porte dans une tenue de jogging avachie, qui pouvait faire office de pyjama. Voix rauque, visage rouge, yeux humides.

– Madame Jolain ?

Salutations, la carte de police qui émerge d'un côté, la panique de l'autre. Regards croisés, court silence. Elle recula en gémissant. Elle avait compris.

Ensuite, l'horreur habituelle. Il pensa à sa blague idiote balancée au substitut au sujet de Scorsese. De la provocation. À moitié seulement. Dans des moments comme celui-là, il avait vraiment envie de changer de boulot.

Ses sanglots étaient entrecoupés de quintes de toux. Quand elle émergea, il se proposa pour prévenir son mari. Elle lui apprit que Pierre Jolain était concierge dans un palace du 8e arrondissement. Le Royal Plazza.

– Moi, je suis gérante d'un magasin d'électroménager… (elle scrutait son regard pour y pêcher une réponse engloutie jusque-là) et je n'aurais pas dû être ici, vous comprenez ? Je suis restée chez moi parce que j'avais de la fièvre…

Sous-entendu, « si j'avais été à mon travail, vous n'auriez pas pu venir m'annoncer cette horreur ». Oui, il comprenait. Toutes ces idées irrationnelles, ces stratégies fumeuses pour tenter de tenir l'angoisse à distance, il n'aurait pas hésité à les utiliser lui aussi.

*

Elle, muette, gluée contre le dossier de son canapé. Lui, fixant le vide, inciné de l'intérieur, le souffle court pour avoir sauté dans un taxi et couru jusque chez lui. Comme dans l'espoir absurde qu'en gagnant ce sprint contre la montre on lui rendrait sa fille unique.

Si l'appartement était banal, les baies s'ouvraient sur une vue magnifique. Paris déployé sous un ciel immense, bardé de nuages violacés. Le soleil avait décidé de revenir faire son boulot ; trop tard, il n'était plus qu'une vague trace orangée.

Leur fille travaillait pour TV24 depuis moins de six mois, son premier poste après l'école de journalisme. Aucune menace à signaler. Elle économisait pour prendre un studio, logeait chez eux dans l'intervalle. Pierre Jolain ne connaissait pas ses fréquentations, ignorait si elle avait un petit ami. Elle surfait beaucoup sur les réseaux sociaux mais n'amenait personne à la maison.

Son épouse intervint pour dire que Salomé ne s'épanchait pas.

Une souffrance chez cette femme, bien sûr, mais aussi un reproche, feutré. Elle en voulait à sa fille. De leur manque d'intimité ?

La chambre de la jeune fille était spartiate. Aucun bibelot, beaucoup de livres. Des papiers personnels rangés dans un seul gros dossier rouge, qu'il glissa sous son bras. Il relut ses notes, énuméra le contenu du sac à dos, précisa qu'il n'y avait pas de téléphone mobile. Le père expliqua que Salomé emportait chaque jour son smartphone, son ordinateur portable et sa caméra compacte.

On ne les avait pas retrouvés sur la scène de crime. Seule explication, son tueur les avait embarqués.

Catherine Jolain respirait avec difficulté. Barnier la fit s'asseoir, elle s'agrippa à lui. Crise d'anxiété imminente. Le mari téléphona au médecin.

Après son arrivée, Jolain entraîna Barnier au salon.

– Qu'est-ce qui se passe, commandant ? Qui pouvait en vouloir à ce point à ma fille ?

– On trouvera des réponses, monsieur Jolain, soyez-en sûr.

– Je m'en veux… Je m'en veux tellement…

– Si vous savez quelque chose, c'est le moment de vous confier.

– Salomé et moi, on s'était fâchés. On se parlait encore, bien sûr, elle n'était pas du genre à bouder, mais n'empêche, elle ne m'avait pas pardonné. Dire qu'elle est partie sans qu'on ait fait la paix. C'est… insupportable.

– Qu'est-ce qu'elle ne vous avait pas pardonné ?

– J'ai refusé de l'aider quand elle a décidé d'enquêter sur l'adultère.

– C'est-à-dire ?

– L'économie de l'adultère, en France, de nos jours. Comment, pourquoi, qui, etc. Salomé voulait que je lui donne accès à des amants se retrouvant au Royal Plazza et qui accepteraient d'être interviewés.

Évidemment, j'ai refusé. Dans mon métier, la discrétion est une règle d'or, la tranquillité des clients, sacrée. Salomé le savait bien, mais elle a insisté. Elle voulait que je la mette en contact avec des collègues, dans d'autres hôtels un peu moins chics. J'ai refusé. Je ne voulais pas écorner ma réputation. Ma fille était quelqu'un de très… volontaire. Elle a insisté. Nous nous sommes disputés.

– Et donc, elle ne vous a jamais reparlé de cette enquête.

– Non…

Lorsqu'il quitta l'appartement, il éprouva le besoin de prendre l'escalier plutôt que l'ascenseur. Peut-être pour collecter, palier par palier, les bruits réconfortants des vies normales qui s'écoulaient sans drame et sans regrets. Un bout de conversation feutrée, un rire de gamin, l'écho banal et stupide d'une émission de télévision, un air de musique.

Et puis il décida d'appeler Maze. Vite, sa voix, ses nouvelles. Affûté mais concentré sans stress aucun sur son boulot, le lieutenant était doué pour tenir les emmerdes à distance. Avec lui, la rugosité de la vie s'atténuait.

Il n'avait pas perdu son temps. Et appris que la journaliste avait réservé une chambre dans l'hôtel d'à côté. Juste avant de se faire tuer.

– Un quatre-étoiles, mais qui ne ressemble à rien. L'hôtel… de la Licorne, c'est ça ?

– L'extérieur est moche, l'intérieur surprenant. Des licornes lumineuses éclairent les couloirs. Chaque déco est différente, toutes les chambres invitent au plaisir.

– Ah oui ?

– J'ai vérifié, répliqua Maze de sa voix souriante.

– Son père m'a appris qu'elle enquêtait sur l'adultère. Et celui qui l'a tuée a pris son téléphone, sa caméra et son ordi portable.

– Un début d'explication. Parce que personne ne l'a rejointe dans cette chambre. Le réceptionniste l'a vue arriver vers 12 h 30. Elle est repartie moins de deux heures plus tard dans un drôle d'état.

– C'est-à-dire ?

– Les yeux rougis et une bouteille de champagne entamée à la main.

– Celle dont le tueur s'est servi pour lui défoncer le crâne…

– Oui, c'est certain, l'hôtel propose la même marque à ses clients. Elle a réglé la note du minibar sans faire de commentaires. Vodka et champagne. Fin de l'histoire.

– Parce que tu n'as pas retrouvé de clients qui auraient vu quelque chose ?

– Je n'ai trouvé *aucun* client. À cette heure-ci, l'hôtel était vide. Elle était la seule à occuper une chambre. Ah…

– Qu'est-ce qui se passe ?

– Il se passe que le substitut s'approche dangereusement de moi. Tu me rejoins à l'hôtel ?

– D'accord.

Barnier rempocha son téléphone. La voix de Maze s'attardait, écho venu du fond des temps. *Tu me rejoins à l'hôtel ?*

Sa voix convoquait un autre souvenir. Ado, Barnier avait eu une aventure avec un copain homo. Non, un moment plutôt qu'une aventure. Ils étaient salement bourrés, Barnier s'était laissé sucer. Ça avait été bon. Explosif, même. Mais une bouche est une bouche, et un doigt dans un cul, un doigt. Ça n'avait eu lieu qu'une fois, et ça n'avait pas été plus loin. Son pote était génial, beau, intelligent, sensible, marrant, alors, oui, il y avait eu une émotion. Mais ça n'avait pas duré et c'était noyé dans le passé. L'indécision de l'adolescence, c'était fini.

Il se passa une main sur le front.

La mère de Salomé lui avait-elle communiqué son virus ? Impossible. Les contagions n'étaient jamais si rapides.

11

Valentin

Dans le grand musée du Louvre, il n'y a plus que les gardiens. Dorine aime rester quand ses collègues sont partis. Le plafond tout décoré de l'atelier est haut, on se tord le cou pour le voir. La serrure a un code, Dorine le connaît par cœur. Les odeurs des produits sont bizarres, elles soûlent un peu, le ventilateur fait son abeille énervée. Toujours le même bruit. Depuis le temps, Valentin s'est habitué.

Regarder sa sœur travailler, gracieuse dans sa blouse pleine de taches comme si des nuages multicolores avaient plu sur elle, lui fait du bien. Il se sent beaucoup mieux.

Valentin voudrait qu'elle soit toujours heureuse. Il devine que, dans cet atelier, elle est encore plus contente que dans leur maison du Vésinet.

Ici, on oublie ce qui se passe dehors. Les vilaines actions, les vilaines paroles. Ici, en regardant Dorine faire de belles choses, Valentin pense moins à ce qu'il a fait. Il ne savait pas qu'un loup était cousu à l'intérieur de sa peau. Avec des pattes pleines de griffes et une force méchante. Comme dans *Le Petit Chaperon rouge*. Est-ce que les contes disent la vérité ?

Valentin ne veut pas être un loup.

Il respire en prenant son temps, en écoutant le ventilateur. S'il reste tranquille, le loup va finir par s'ennuyer et se sauver.

Dorine, elle, sait rester tranquille. Elle s'applique. Sur le grand tableau qui vaut très cher. Deux amoureux dans la campagne, des animaux, des arbres, une rivière. Il y a même un poney avec un ventre rond et des sabots recouverts de gros poils. En le regardant, Valentin pense à Panigure, le cheval d'Alexandre qui vit avec eux au Vésinet. Gourmand et très gentil, il aime qu'on lui gratte sa tête de géant. Sa robe a la couleur du caramel, ses dents sont des touches de piano, et quand il éternue ça envoie des trompettes de vent à la figure.

Sur le vieux tableau, le poney regarde la rivière et la fille écoute le garçon jouer de la musique. L'image est aussi abîmée qu'un vieux visage. Les déchirures, Dorine les appelle « les blessures ». On peut les soigner, mais attention, « si à la fin le tableau a l'air trop neuf, ce ne sera pas réussi ».

La tête du jeune homme et son instrument de musique ont retrouvé leurs couleurs. Après, Dorine s'occupera de la jeune fille.

Valentin pense à quelque chose qui ne lui plaît pas. Avant, il était impatient de savoir si la jeune fille du tableau ressemblait ou non à Salomé. Maintenant, ce n'est plus pareil. En fait, il préférerait qu'elle ne ressemble à personne.

Oui, Valentin préférerait ne pas penser à Salomé.

Il décide de faire une sieste. Quand il se réveillera, le tableau sera mieux qu'avant.

*

La voix de sa sœur lui fait ouvrir les yeux. Il a beaucoup dormi ? Oui, il est temps de rentrer à la maison.

Valentin n'est pas sûr de vouloir rentrer. Au musée, il se sent protégé. Il y a des gardiens qui surveillent et des alarmes dans les coins.

Mais il faut obéir à Dorine. Elle sait toujours ce qu'il faut faire.

Et pourtant, est-ce qu'elle sait vraiment tout ? Est-ce qu'elle sait qu'Alexandre ne dit pas ce qu'il fait de ses journées ?

Valentin fronce les sourcils jusqu'à avoir mal au front. La casserole de sa tête déborde.

Il se sent coupable. Lui aussi raconte des histoires. Lui aussi cache des choses à Dorine. Et ça fait mal. Comme une marmite en fonte noire coincée sous la ceinture. Ça écrase le ventre et la poitrine. On voudrait se libérer. Comment faire ?

Valentin se sent perdu. Tout ce qu'il sait, c'est que sa vie avec Dorine doit continuer comme avant. Il ne veut pas qu'elle se fâche. Il sera très malheureux si elle se met à le regarder avec tristesse. Il veut continuer à être le frère qu'elle a toujours aimé. Celui avec qui elle aime rire ou ne rien faire. Celui à qui elle parle de ses tableaux. Alors, il ne faut rien dire. Il faut oublier. Le visage de Salomé. La colère qui abîme sa bouche et sa voix.

Salomé, Valentin croyait qu'elle était une amie. Il pensait pouvoir tout lui dire. Jamais elle ne s'était moquée de lui. Jamais elle ne lui avait dit des mots laids, des mots de boue.

Salomé, qui le regarde d'un air mécontent. Puis mauvais. C'est des images collées aux paupières.

Dorine range ses pinceaux. Non, ils ne vivront jamais ici. Leur maison est au Vésinet. Avec Alexandre.

Alexandre, le Roi.

Le roi des menteurs.

12

Barnier

Il y avait bel et bien des têtes de licorne lumineuses dans tous les coins, mais elles étaient accrochées suffisamment haut pour que leurs cornes n'éborgnent personne. Et au bout de ce couloir enchanteur, baigné d'une musique aérienne qui arrivait de nulle part, Maze et sa nonchalance prenaient appui contre un mur scintillant. Il discutait avec un maigrichon équipé d'un aspirateur. Barnier entendait leur échange.

– J'avais fait le ménage partout, il ne me restait plus que celle-là. La jeune dame l'occupait à une drôle d'heure.

– Personne ne l'a rejointe ? Vous confirmez ?

– Personne, sinon je l'aurais vu. Après son départ, j'ai jeté un œil. Eh bien, il n'y avait rien à faire à part aspirer la moquette et retaper le lit. Vous êtes vraiment sûr que je ne peux pas nettoyer maintenant ?

– Certain, dit Maze.

Il enfila une paire de gants et des surchaussures en polypropylène. Barnier l'imita. L'air déçu, l'employé s'éloigna en tirant son aspirateur derrière lui comme un animal fidèle. Ils pénétrèrent dans la chambre. Maze s'adossa un instant à la porte.

– J'ai dû jouer au gardien de la galaxie avant que tu n'arrives. Cet employé voulait *vraiment* faire le ménage. Pour clore sa journée et rentrer chez lui.

– On le comprend.

Rond comme un pancake géant, le lit était couvert d'un plaid pelucheux. Un poster, dévoilant la chute de reins et les fesses galbées d'une inconnue corsetée mais déculottée, suggérait de faire toutes les folies possibles et imaginables de son corps.

– Ça fait un peu ambiance bordel, commenta Barnier.

– À la Mondaine, j'ai vu nettement moins classe.

Le plaid était dérangé, les oreillers chahutés. Salomé Jolain s'était contentée de s'allonger. Elle avait aussi utilisé le minibar et englouti les biscuits apéritifs. Les sachets éventrés tenaient compagnie à une flûte, un bouchon de champagne et deux mignonnettes de vodka vides.

Maze glissa la clé magnétique dans la fente adéquate et la lumière fut. Une lumière aimable au teint. Le téléviseur s'éclaira sur TV24. Moralité, Salomé Jolain était restée cloîtrée à regarder la chaîne qui l'employait.

Ses confrères n'avaient quant à eux pas perdu leur temps. Elle apparaissait en médaillon au coin de l'écran. Les extraits de ses reportages et les témoignages de ses collègues défilèrent. Barnier et Maze avalèrent ce raccourci cadencé en silence. La gamine était dépeinte comme une professionnelle de talent, diplômée de l'École de journalisme de Sciences-Po, efficace, méticuleuse, charismatique, promise à un bel avenir.

Elle dégageait bel et bien une certaine autorité malgré son jeune âge ; jouant de sa voix mélodieuse et posée, elle savait mettre les gens à l'aise et obtenir d'eux les infos croustillantes dont se repaissait TV24.

Alors que faisait-elle là vautrée sur un lit à picoler ? Une baisse de forme ? Une mauvaise nouvelle ?

– Elle attendait quelqu'un, tu crois ?

– Ça serait logique, répliqua Maze.

– Et il lui aurait posé un lapin…

– Possible.

Barnier s'approcha de la fenêtre. La pluie était de retour. Elle zébrait la grisaille et cinglait le double vitrage. Au-delà des rideaux soyeux et d'un voilage aux volutes délicates comme des ronds de vapeur, le petit square. Aussi vide que lorsque la jeune fille y avait rencontré la mort.

– L'enquête de proximité ?

– Ça ne donne rien. Jusqu'à présent.

– Pourquoi quitter cette chambre confortable pour un square glacial et dépeuplé ?

– Bonne question. En tout cas, j'ai vérifié la météo. Dans le créneau où elle s'y trouvait, il avait cessé de pleuvoir.

Maze parlait depuis la salle de bains. Barnier l'y rejoignit.

Décoration soignée, raffinement. Murs couverts d'une mosaïque de faïence blanche et argentée, robinetterie et luminaires design. Les serviettes, qui semblaient moelleuses, étaient intactes. Comme la vaste cabine de douche, le lavabo… Mais pas les toilettes. Barnier constata que le ruban sanitaire ne protégeait plus la lunette, mais formait un point d'interrogation blanc sur le carrelage irisé. Normal, avec tout ce champagne.

– Son rédacteur en chef m'a confirmé qu'elle travaillait sur l'adultère, reprit Maze. Mais il ignorait qu'elle enquêtait dans cet hôtel. On passe à TV24 demain ? Ça te va ?

– Entendu.

– Si je pouvais, je prendrais bien une douche. J'ai rarement vu une aussi belle salle de bains.

– Oui, je comprends l'envie. Une douche brûlante.

– Et qui n'en finirait pas…

– Moi, je rêverais plutôt de m'allonger sur le lit et d'y dormir un siècle ou deux…

Ils partagèrent un court silence, puis sortirent de la salle de bains. Le visage de Salomé était toujours à l'écran, ses collègues chantaient fermement ses louanges et le gâchis de sa disparition.

Barnier se tourna vers le poster au-dessus du lit. Vraiment une belle chute de reins. Maze éteignit le téléviseur avec la télécommande.

– Il lui vole son matériel de reporter mais laisse l'argent, dit-il. Si elle était sa cible à cause de son métier, comment savoir qu'il la trouverait dans ce square isolé ? Elle est y allée sur un coup de tête. Il avait cessé de pleuvoir. Elle avait trop bu…

– Aucune idée, soupira Barnier.

*

Le réceptionniste portait une livrée crème sur un gilet rouge sang.

Il leur avait expliqué que Salomé Jolain n'avait pas utilisé le téléphone de l'hôtel et n'avait reçu aucun appel. Personne ne s'était présenté à la réception pour la demander. C'était son unique séjour ici, elle avait payé d'avance par carte de crédit. Il leur montra le bordereau. Salomé s'était servie de sa carte personnelle et non pas de celle de TV24.

– Elle a utilisé l'appli pour smartphone d'une centrale de réservation.

– Comment ça marche ?

– Ça existe depuis plusieurs années. Il suffit d'aller sur le site escapamour.com. Et vous pouvez réserver pendant les heures creuses. De très nombreux hôtels, de toutes catégories, même les plus chics, sont recensés, dans la France entière.

– Dont le vôtre ?

– C'est ça. Ça permet aux hôteliers de rentabiliser les chambres en dehors des réservations normales pour la nuit.

– Donc, ça intéresse des clients qui n'ont besoin d'une chambre que pour quelques heures, intervint Maze.

– Oui, oui.

– Comme dans un vulgaire hôtel de passe, reprit Barnier, mais sans que ce soit…

– Un vulgaire hôtel de passe. Vous avez bien compris.

– Elle est restée combien de temps ?

– Elle avait réservé pour deux heures. Elle est restée un peu plus d'une heure et demie.

Quel genre de journaliste était-elle ? Une machine de guerre à l'ambition sans limites ? Et quel genre de femme ? Attendait-elle un amant ou quelqu'un à interviewer ? Les deux ?

Maze surfait déjà sur le Net ; sans quitter son écran des yeux, il alla s'asseoir sur un fauteuil beige qu'on aurait dit constitué de chantilly.

– L'appli a été créée par un ancien de l'hôtellerie, un certain Mathieu Villebon. Belle couverture médias. Ce type a eu une idée de génie. Ces innombrables chambres vides en journée, du gâchis. Alors autant proposer des hôtels de charme aux couples, pour quelques heures, à prix bradés. Un business rentable.

Barnier repensa aux déclarations du père de Salomé. Il avait refusé d'aider sa fille pour son enquête. Mais en tant que concierge de palace il se devait de connaître escapamour.com. Le réceptionniste venait de dire qu'elle concernait même les meilleurs établissements.

Barnier appela Jolain, mit le haut-parleur, lui apprit ce qu'ils avaient découvert, et notamment la présence de Salomé à l'hôtel de la Licorne.

– Vous connaissez cette appli, monsieur Jolain ?

– …

– Allô ?

– Tous les employés de l'hôtellerie la connaissent.

Amertume palpable. Barnier voulut demander si, malgré ses réticences, c'était lui qui en avait parlé à sa fille. Jolain le devança.

– Ça vient à coup sûr d'Alice Kléber, ma belle-sœur. Elle est… ignoble.

– Vous m'expliquez ?

– Elle en fait suffisamment la promotion.

– Comment ça ?

– Alice est ce que notre époque produit de pire. Elle a créé un site qui fournit des alibis pour tromper son conjoint. L'appli escapamour fait partie de ces… outils.

– Je croyais qu'elle avait été créée par un type nommé Villebon ?

– Villebon est quelqu'un de sa connaissance, Alice me l'a dit. Disons qu'ils collaborent. Lui fournit les chambres et elle, les excuses toutes prêtes pour couvrir ceux qui les réservent. Quelques heures, ça peut passer inaperçu dans un emploi du temps. Mais parfois les amants veulent s'attarder et il leur faut une justification…

– Qu'est-ce que vous reprochez exactement à votre belle-sœur ?

– Alice, c'est zéro empathie, zéro complexe. Salomé l'appréciait, je n'ai jamais compris pourquoi. C'est cette dingue qui a branché ma petite sur cette saloperie, je le sens…

Il lui communiqua les coordonnées d'Alice Kléber. Barnier le remercia et coupa la communication.

Traits illuminés par son smartphone, doigts agiles, Maze surfait sur le Net. Quel effet ça faisait de vivre dans sa peau ? De récolter en continu le regard des autres ? Mais ce n'était pas qu'une affaire de belle gueule. Il avait une aura, sa présence s'imposait sans qu'il ait grand-chose à faire.

– Le site de la tante Alice est bien foutu, dit-il. « Alibis soignés, adaptés à vos besoins et en toute discrétion. » Et il y a bien un lien vers escapamour.com.

– Eh bien, Mathieu Villebon et Alice Kléber sont des gens à qui il faudra causer.

Ils se retrouvèrent à observer la rue depuis le seuil de l'hôtel. Le froid avait forci. Ça ne gênait pas Maze, qui laissait le vent chiffonner ses cheveux. Barnier releva le col de son manteau, pensa qu'il était lassé des costumes-cravate et devrait passer au style pratique et décontracté de son lieutenant. De toute façon, même en jean et blouson, Maze réussissait à être dix fois plus élégant que n'importe qui.

Il encaissa un frisson, regretta de ne pas avoir pris d'écharpe et enfila ses gants. Il fallait prêter main-forte aux collègues pour l'enquête de proximité. Fini la chaleur douillette de l'hôtel de la Licorne, ses salles de bains hollywoodiennes et ses appels de matelas moelleux. Cette année, l'automne avait les dents pointues, elles lui mordaient déjà la peau.

*

De retour dans la voiture, la fatigue lui suçant le cerveau, il luttait contre lui-même. Il aurait voulu poursuivre cette virée nocturne d'immeuble en immeuble, c'était presque un voyage. Avec son lieutenant, il pouvait relâcher la garde. Les autres officiers étaient adeptes des concours de testostérone. Stimulant au début, lassant sur la longueur.

Mais, après des heures à piétiner, ils n'avaient plus rien à faire dans ce quartier. L'heure légale était largement dépassée pour tambouriner aux portes des particuliers. Ils avaient visité restaurants, cafés et bars. Personne n'avait rien vu. L'enquête de proximité reprendrait demain. A priori, la seule personne qui savait quoi que ce soit au sujet du meurtre de Salomé était celle qui l'avait tuée.

Maze, bras tendus sur le volant, regard pointé sur la rue déserte :

– Et si elle attendait un amant dans cet hôtel ? Et pas quelqu'un à interviewer ?

– Peut-être.

– Une parenthèse dans son enquête, tu vois ?

– Possible.

– Elle l'attend, il ne vient pas. Elle désespère et se met à boire… Ou alors, rien de tout ça. Elle avait peut-être récupéré des infos compromettantes…

– Oui.

– Je te ramène, Barnier, ton cerveau a lâché, balança-t-il avec un grand sourire.

– Pas faux. Je ne me sens guère d'attaque pour étudier les comptes de cette gamine.

– Je m'en charge, si tu veux. Les chiffres ne me résistent pas trop, en général.

Je me demande ce qui te résiste, pensa Barnier. Il accepta.

– C'est dur de bosser avec un vétéran, hein ?

– On n'a que treize ans de différence. Tu es juste un peu tendu, non ?

– À peine.

Contact. Moteur qui ronronne. Barnier abandonna sa nuque endolorie au repose-tête.

13

Valentin

Ils traversent les grandes galeries. On n'y voit pas grand-chose, alors les personnages des tableaux ont l'air de fantômes. Qui se parlent à voix basse.

Celle de Dorine résonne.

– Ça m'arrange de m'attarder ici, Valentin. Quand nous rentrerons, Alexandre sera là. Je n'aime pas arriver dans une maison vide.

Il comprend ça. C'est beau et grand chez eux, mais sans personne, c'est un cercueil. Alexandre passe beaucoup de temps avec des gens qui ne sont pas de sa famille.

Dorine travaille souvent dans son propre atelier, une petite maison à côté de la grande, cachée dans la verdure du jardin.

Valentin la trouve courageuse. Rester seule, longtemps, comment fait-elle ? Mais en fait, Dorine n'est pas seule. Watteau veille sur elle. C'est son gros chat roux, très malin et qui a du caractère. Il n'aime que Dorine et Valentin. Pour les autres, il peut sortir les griffes, montrer ses dents pointues. Dorine dit que les chats font semblant d'être domestiqués. Et puis, il y a aussi Panigure, qui appartient à Alexandre. Il n'y a que lui qui le monte, mais le beau cheval aime aussi beaucoup Dorine. Il lui fait les yeux doux, lui dit merci à sa façon quand elle lui offre des carottes ou de l'avoine.

Valentin et Dorine disent au revoir au gardien, qui leur fait perdre du temps pour le plaisir de discuter. Valentin en a assez, la nuit est froide, il a faim, veut rentrer. Être assis au chaud dans un taxi, voilà ce qu'il lui faut.

Sa journée, c'est comme si elle avait duré un mois. Sa journée, Salomé l'a gâchée. Mais c'est fini maintenant. Valentin va pouvoir dormir et oublier.

La rue de Rivoli dégouline de pluie et de lumières, mais sous ses belles arcades les passants sont des obscurités. Dorine tient Valentin par le bras, et lui tient le parapluie. Elle a posé sa petite main sur la sienne.

Un cri.

C'est elle. Pourquoi crier ?

Dorine tombe à genoux. Valentin veut la relever.

Sa tête se brise.

Il a mal. Il tâte sa nuque, c'est chaud. De la sueur ? Sa main est rouge, pleine de sang. Son sang. Il est terrorisé. Son corps n'obéit plus. Ses yeux se gavent de brume.

Dorine regarde quelque chose qu'il ne peut plus voir.

– Qu'est-ce que vous voulez ? Laissez-nous tranquille !

Valentin panique. D'habitude, sa sœur sait toujours quoi faire.

Elle pleure. Et demande à l'homme sans visage d'arrêter de les frapper. « Prenez l'argent… Laissez-nous… »

Valentin se sent faible. Envie de vomir. De *se* vomir pour disparaître d'ici.

Mais il y a Dorine. Valentin se dit qu'il a une force en lui. Et qu'il aime tant sa sœur qu'il peut mourir pour elle.

L'ombre prend le sac à main que Dorine lui tend. Valentin ne veut pas qu'elle lui vole ses affaires. Alors il se jette sur l'ombre et la frappe avec le parapluie. L'ombre le lui arrache des mains. Les coups qu'il reçoit, Valentin ne les sent pas.

L'ombre gigote dans tous les sens. Valentin perd le fil. Il sent qu'on l'agrippe par-derrière. Il se laisse partir, devient mou comme Watteau. Et, comme le chat, se retourne vite pour attaquer. Il serre ses poings, il cogne, il crie. L'ombre recule. Valentin croit qu'elle va partir, mais l'ombre bondit en avant comme une bête. Et, de toutes ses forces, pousse Valentin, qui se retrouve à quatre pattes. Les coups pleuvent. Dans le ventre, le dos, les épaules. Il roule sur le dos. Il entend sa sœur. « Lâchez-le, par pitié… Si vous le tuez, vous irez en prison… »

Valentin est rassuré. Dorine n'a rien. C'est sur lui que tape l'ombre. Vaut mieux.

Dorine va hurler longtemps et attirer des passants. Bien. Ils seront sauvés. Bien. En attendant, tenir. Il goûte son sang, qui emplit sa bouche.

Il va se noyer dedans.

Devant son nez, un pied. L'ombre va lui écraser le visage. Alors Valentin attrape ce pied, tire.

Entre ses mains, il a un mollet. *Je suis un chat. Un chat méchant.* Oui, Watteau ne se laisserait pas faire. Il deviendrait tigre. Et Panigure ne se laisserait pas faire non plus. Il deviendrait un dragon. Et ses sabots, des marteaux.

Valentin plonge ses dents dans la chair, mord aussi fort qu'il le peut, a l'impression d'avaler l'odeur de l'ombre.

Du blanc lui traverse la tête.

Crâne fendu ?

Dorine et moi au paradis.

Le silence le gobe.

*

Valentin se réveille dans une voiture qui fait du bruit, chanson hurlante. Des lumières clignotent. Il est couché, sa tête lui fait mal, comme une pastèque fendue et fourrée à la viande. Dorine aussi est couchée, ses yeux sont fermés. Des gens en blanc s'occupent d'elle. Et il y a Alexandre. On ne le voit pas mais sa voix est là. Il parle au téléphone ? Au rédacteur en chef de Salomé, oui, Valentin l'entend l'appeler par son prénom. Ils discutent d'elle.

Qui a été attaquée.

Tuée.

Valentin veut crier, mais rien ne vient. Il est dans un nuage gris. Ce nuage le secoue, et veut l'emporter. Et Dorine, elle se repose, elle va bien ? Valentin doit savoir. Questions. Questions. Personne ne l'entend.

Le nuage devient gris foncé.

De la salive. Qui dégouline. Le nuage a faim. Il va manger Valentin.

*

Il ouvre les yeux. Les lumières au plafond, c'est des coups de couteau. Il bat des paupières, ça pique. Il voit des jambes, des bras. C'est lui, c'est son corps. Ses orteils bougent.

Il a beaucoup rêvé. Qu'est-ce qu'il fait ici ? Sa tête est lourde, de grosses fourmis mangent son cou.

« Valentin ? »

Il reconnaît cette voix. Celle de Salomé. Salomé Jolain. Juste avant, elle était dans ses rêves. Qu'est-ce qu'elle lui disait déjà ?

Il tourne la tête.

Salomé est assise à côté du lit. Son corps est brillant. Si brillant qu'on n'arrive pas à voir ses habits. Ses cheveux flottent.

Valentin veut se lever, mais sa tête tourne. Salomé n'est plus là. Il se sent… différent. Et très fatigué. *Dorine.* Ça y est, il se souvient. Ils ont été attaqués. Elle demandait à l'ombre de ne pas leur faire de mal.

Il crie son prénom.

Une infirmière arrive. Elle veut qu'il arrête de hurler. Elle dit que Dorine va bien, qu'elle est « en observation ».

Valentin se tait et ferme les yeux.

Quelqu'un entre dans la chambre. C'est Alexandre, Valentin reconnaît son eau de toilette et sa voix. Il parle au téléphone (Alexandre est tout le temps au téléphone) : « Dorine va bien. A priori, Valentin a juste un traumatisme crânien. Oui, c'est horrible ce qui est arrivé à Salomé. Je te rappelle. »

Valentin rouvre les yeux. Alexandre a une tête bizarre.

– Ne t'inquiète pas, Valentin. Ta sœur se porte au mieux.

– Il lui a tapé dessus…

– Elle a des bleus, mais rien de cassé.

– C'est vrai ?

– Oui. Elle a eu très peur pour toi. Tu es resté inconscient un moment. Tu as mal ?

– Non. Je suis mou.

– Le docteur t'a donné des médicaments contre la douleur et pour t'aider à te détendre. Ça va aller.

– Alexandre… Je n'ai pas eu le temps…

– Tu as fait de ton mieux. Ce voleur vous a attaqués sauvagement. Des passants sont intervenus.

– Le voleur, je n'ai pas vu sa tête.

– Son visage était dissimulé. Je vais porter plainte contre X.

– Contre qui ?

– C'est quand on ne connaît pas les agresseurs.

– Ah… Où est Salomé ?

– Quoi ?

– Elle est venue. Elle était là, juste avant toi.

Alexandre ne dit rien. Ensuite, il marche vers la fenêtre et revient et repart.

– Personne n'est venu te voir à part moi. Tu m'as entendu parler dans l'ambulance.

– Je ne sais pas.

– Valentin, je vais te dire quelque chose, mais promets-moi de ne pas t'énerver. Ça ne concerne pas Dorine, je te jure qu'elle va bien. Tu vas rester calme ?

– Oui.

– C'est Salomé. On l'a retrouvée morte.

Valentin veut reculer dans le mur. Mais ça n'est pas possible. Il pleure. Les larmes coulent jusqu'à son menton. Ce n'était pas un rêve, il avait bien entendu.

On peut mourir à cause d'un coup. Valentin n'aurait jamais cru. Dans les films, les gens se frappent fort. Une fois, trois fois, dix fois. Mais ils se relèvent toujours. La preuve, l'ombre a frappé Valentin, encore et encore, mais Valentin n'est pas mort.

Valentin a peur du loup qui dort dans sa peau. Il a peut-être une cicatrice en travers du ventre. La preuve que le loup est cousu là.

Il soulève son haut de pyjama, relève la tête pour voir son ventre. Il est blanc et lisse. Pas de cicatrice.

Alexandre lui donne un mouchoir en papier. Valentin n'en veut pas. Il veut sentir les larmes sur ses joues. Peut-être que quelque chose de mal va partir avec. Les choses molles qu'il a dans le corps, ces médicaments qu'il n'aime pas. Et l'esprit du loup qui rôde dans sa tête. Et tout ce qui s'est passé. Ce qui est arrivé à Salomé. Salomé qui racontait des mensonges.

Salomé qui n'était pas si méchante que ça.

Tu avais une tête en porcelaine, Salomé ? Tu aurais dû me le dire.

Mais en fait, Alexandre ne sait pas tout, ne comprend pas tout. Il se trompe. Salomé n'est pas morte. Elle s'est relevée, s'est soignée. Et c'est pour ça qu'elle danse dans les airs.

– Ce n'est pas vrai. Salomé, je l'ai vue.

– C'est affreux, mais on ne peut rien y changer. Je suis désolé, Valentin.

– Non, elle n'est pas morte.

– Bon, vous allez rester un peu à l'hôpital, Dorine et toi. Pour des examens.

– Non, pas d'examens, Alexandre.

– Les docteurs vont vérifier qu'il n'y a pas de blessure cachée. Ils ont besoin d'un peu de temps pour ça. Tu comprends ?

Valentin n'a pas envie de rester ici. Il veut rentrer au Vésinet avec Dorine. Retrouver la maison, Watteau le chat, Panigure le cheval. Ses amis.

Mais son beau-frère est sérieux. Il faut lui obéir. C'est mieux. On verra après.

– Oui, je comprends, Alexandre.

Le Roi est parti. Le Nain du Roi est seul.

Mais Valentin en a assez d'être le Nain du Roi. Un roi qui ne comprend pas.

Salomé était *là*. Elle parlait.

14

MoiToi

Ça avait failli mal se passer, mais il en était sorti victorieux.

Il venait de prendre sa douche glacée. Chair de poule, bite rétrécie, peau rouge, ongles bleus. Mais grâce à ce rituel, son cerveau était affûté comme un couteau. Face à la caméra, il n'avait plus besoin de préparation avant l'enregistrement de son message. Il était devenu excellent à cet exercice. Ses pensées étaient un fleuve. Elles coulaient librement.

« De toute façon, même si sa naissance avait été une bonne chose, Salomé ne méritait pas de vivre longtemps. Son affection pour moi et pour n'importe qui dans son entourage avait toujours été intéressée.

Salomé se croyait intelligente, mais elle ne l'était pas tant que ça. J'avais essayé de lui parler du monde data, de la condition de Joueur, mais j'avais vite senti qu'elle ne pouvait pas comprendre. Alors, j'avais joué le rôle qui me revenait. Celui du non-rebelle, celui de l'homme normal, capable d'aimer. Et je lui disais ce qu'elle avait envie d'entendre. Et je faisais mine de la guider sur les sentiers de la vie.

Ce petit jeu coincé dans le grand, je pouvais y jouer pendant des années.

Personne pour me soupçonner.

Chacun me trouvait raisonnable, digne de confiance, rassurant, efficace.

Salomé la naïve s'appuyait sur moi. Elle me prenait pour un guide spirituel, un sage, le tuteur qui fait pousser l'arbre droit.

Mon joueur me jouait avec finesse, il avait injecté de l'amour en moi. De l'amour pour Salomé. Cette petite fille devenue une si jolie femme mais qui gardait un charme enfantin. Une illusion. Évidemment.

MoiToi, on ne peut pas aimer les autres. On doit jouer.

Ça vaut toutes les chaleurs du monde.

Tu le sens, ce feu, rugir dans tes tripes quand le danger approche ? Bien sûr que tu le sens, puisque je le sens aussi dans ton passé.

Aucune sensation ne remplace celle-là.

On est des Dieux. Notre puissance est limitée, mais impressionnante.

On existe pour ça. C'est notre splendeur.

Je t'aime de tout mon être… À bientôt… »

15

Alice

Dimanche 16 octobre

La petite gare est bien entretenue, il y a des pins en pot en forme de colimaçon. La Mort patiente sur le quai en tailleur-pantalon beige, agrémenté d'un collier de perles à double rang. Elle fait signe à Alice de la rejoindre sur le banc. Elle est d'accord : lorsqu'il sera temps pour Alice de faire sa valise pour l'Outremonde et de prendre l'express en direction de la station Néant, on signera un pacte ; une partie d'Alice pourra vivre en Salomé ; de temps à autre, la tante utilisera les jolis yeux sombres de la nièce pour voir, comme à travers deux lucarnes, la vie se dérouler. Évidemment, il faudra définir les termes de ce contrat. Impossible qu'Alice loue le corps de Salomé et s'y installe. On parle plutôt de brèves périodes, il ne faut pas exagérer. Bien, je consens, c'est mieux que rien, admet Alice. La Mort la félicite d'être si raisonnable et sort son saxophone de son étui. Elle se lance dans l'interprétation d'un morceau plutôt dissonant…

Elle se réveilla en sursaut. Le téléphone sonnait. Il était 3 h 47.

– Il est arrivé malheur à Salomé, Alice.

La voix maigrelette, lointaine de sa sœur. Un murmure, mais très audible. Et un cauchemar qui commençait.

Non, pas Salomé.

Catherine se mit à sangloter. Alice sentit ses yeux s'embuer. Cela faisait des années qu'elle n'avait pas pleuré. Pas question de s'y mettre. Vite, se focaliser sur l'instant présent. Catherine pouvait-elle perdre les pédales, faire une folie ? Son imbécile de mari n'était peut-être pas avec elle. Concierge dans un palace parisien, il avait des horaires compliqués.

– Pierre est là ?

– Il s'est enfermé dans la salle de bains. Pour pleurer.

Super utile.

Percevant la tension, Willy geignait contre ses genoux. Alice pressa sa tête contre sa gueule. *On est là, deux animaux stupides, perdus.* Elle demanda à Catherine de lui dire ce qu'elle savait. Peut-être s'était-elle trompée. Et s'il y avait une erreur quelque part ? Un minuscule espoir.

Mais non, la police était venue, Salomé avait été identifiée.

Cognée à mort. Jetée dans une poubelle.

Alice perdit le fil. Un court instant. Le cerveau travaillé au poste à souder. La possibilité de mourir là, de chagrin.

Et puis non, nager vers la rive, vers la conscience. Catherine continuait de parler. Une logorrhée. Salomé si jeune, si gentille, qui ne méritait pas cela. Quel monstre avait pu faire une chose pareille ? Et ainsi de suite.

Sa sœur radotait, racontait ce qui lui passait par l'esprit. Pour tenter de conjurer l'horreur. Pauvre stratégie.

Moi, je fais face. Toujours. Même si la vérité a une gueule épouvantable.

On leur avait tué Salomé.

Quelqu'un l'avait attaquée dans un square isolé. Quelqu'un lui avait fait du mal. Quelqu'un… Elle interrompit sa sœur.

– L'agression était liée à son travail ? Une enquête gênante…

– Pour qui ?

– C'est bien ce que je te demande.

– Attends… Alice, écoute… Le médecin est venu, sa piqûre m'a assommée, mais je sors du trou. J'arrive de nouveau à réfléchir et…

– Et ?

– Si tu savais quelque chose, tu me le dirais, juré ?

– De quoi tu parles ?

– Salomé, dans cet hôtel. En pleine journée… Elle a utilisé ton appli.

– Catherine, par pitié, je ne comprends rien à ce que tu me racontes.

– Elle avait pris une chambre. Avec l'appli de réservation que tu conseilles à tes clients…

Alice sentit son cœur plonger vers ses pieds. Elle savait de quoi il s'agissait. Mais ce n'était pas *son* appli. C'était celle d'un contact de business, Mathieu Villebon. Un malin, qui avait eu une idée qu'on aurait voulu avoir à sa place parce qu'elle lui rapportait gros. Créer une centrale de location de chambres en heures creuses. Effectivement, Alice conseillait escapamour.com aux clients de lovalibi.com. Elle avait même mis le lien sur son site. Aucun doute, Salomé la connaissait. Alice ne lui cachait pas grand-chose de ses activités.

– Elle te disait avec qui elle sortait, Alice ?

– Pas depuis sa séparation d'avec son dernier petit ami. L'étudiant de l'école de journalisme.

Le jeune homme était parti faire un master aux États-Unis. Leur histoire s'était délitée avec l'éloignement, sa nièce n'en avait pas souffert. Ce jeune amant n'était pas si important que cela. Pas si important que qui ? Que quoi ?

– La police nous a questionnés, reprit Catherine. Pierre leur a tout dit. Ton activité, les couples adultères. L'appli de réservation.

L'inénarrable beau-frère. Le concierge Pierre Jolain. Qui gagnait bien sa vie dans son palace mais n'était qu'un larbin. Autant d'humour et de charisme qu'un congélateur. Alice avait pourtant fait des efforts à son égard pour ne pas attrister sa sœur. Cela faisait des années qu'elle ne l'avait pas vu. Catherine et lui s'étaient connus ados et avaient vécu *toute* leur vie ensemble. Il détestait Alice, ne faisait aucun effort pour le cacher. Le sentiment était réciproque.

La police va m'interroger. C'est garanti.

Ils pourraient même débarquer dans son havre de paix. Une horreur. Le risque qu'en épluchant ses activités ils s'intéressent à ses finances n'était pas nul.

– Ça fait tellement mal, Alice. Je ne sais pas si je vais tenir le coup…

Leur conversation s'étira. Jusqu'à ce que Catherine cessât de pleurer. Alice lui promit d'être à ses côtés au plus vite et mit fin à la conversation.

Le silence lui parut étouffant. Tête sur les pattes, Willy l'observait.

– Je pars pour quelques jours. Il faut que je sois là pour ma sœur, tu comprends ? Tu vas rester avec Lucien. Ça se passera bien.

Elle ouvrit le bar (un verre pour une fois, un seul), se rendit compte qu'elle n'en avait pas envie. Un leurre. Qu'est-ce qu'elle espérait dissoudre dans l'alcool ? La réalité ? Sa vie venait de prendre un tournant. Rien ne ressemblerait plus à ce qu'elle avait vécu. Pulvérisée, la quiétude.

Elle avait mis des années à trouver la paix.

Qu'est-ce que tu m'as fait, Salomé ? Bon sang.

Elle n'avait pas besoin de drame. Il lui restait trop peu de temps… Elle n'avait pas le luxe de se coltiner cette tristesse, de se faire écorcher par la douleur.

Ce n'était pas prévu !

Elle tremblait à présent, marchait en zigzag.

J'ai si froid.

Elle se réfugia dans la cabine de douche, bras serrés sur ses genoux repliés, et laissa couler l'eau brûlante.

Ici, pas d'entité gluante prête à mordre. De menace ridicule. De craintes théâtrales. La mort avait frappé ailleurs. Elle était l'innommable. Celle qui n'attaquait jamais où vous l'attendiez.

Museau écrasé contre la paroi de verre, Willy piaulait. Sa gueule se dilua vite dans la vapeur.

*

– Désolée de te réveiller.

– Tu es malade, Alice ? Tu es pâle…

Elle raconta. Lucien l'écouta, abasourdi. Elle faillit lui demander de la serrer dans ses bras pour qu'il lui insufflât une once de vie, puis renonça. Cela ne servirait à rien. Il était si jeune. Elle devait s'assumer. Comme elle l'avait toujours fait.

Lisa la rustaude avait le bon goût de ne pas être dans les parages. Heureusement. Alice n'était pas sûre qu'elle aurait pu supporter son air ahuri.

– Je pars chez ma sœur.

– En voiture ?

– Oui, pourquoi ?

– Dans ton état et dans le brouillard, ce n'est pas la bonne idée.

Il vérifiait les horaires SNCF sur son téléphone et annonça qu'il la conduirait à Auxerre. Elle pourrait prendre le premier train pour Paris Bercy.

– Je ne prends pas les transports en commun.

– Alice, sois raisonnable.

– Non négociable. Mais je te confie Willy. Et lovalibi.com.

– Bon, d'accord. Tu peux compter sur moi.

Ce n'était pas une demande. Mais plutôt un ordre.

Elle enfila un jean couture, noua artistiquement un foulard de soie autour de son cou, fourra quelques tenues épurées et élégantes dans son bagage dessiné par un styliste japonais, y ajouta son ordinateur portable et choisit son sac à main vintage vert en croco. Ce n'était pas parce que le drame fonçait sur vous comme un squale à double denture qu'il fallait être mal fagotée. Elle opta pour sa veste de chasse anglaise. Jamais il ne lui serait venu à l'idée de tuer des animaux, mais c'était un style qui la faisait se prendre pour une aristocrate réfugiée dans sa belle campagne.

Un rêve qui explosait en morceaux ?

Ou non. Elle n'avait pas dit son dernier mot. Elle trouverait une solution. Elle avait toujours su rebondir.

La lune scintillait sous un voile de brume. Lucien lui répéta d'être prudente au volant. Pensait-il au job qu'il risquait de perdre parce qu'elle n'aurait plus la force de continuer ou éprouvait-il une réelle empathie ? Elle lui accorda le bénéfice du doute. Elle hésita à lui apprendre que sa nièce avait utilisé l'appli d'escapamour.com, puis réfléchit. Si la police appelait ici, il valait mieux qu'il évite de dire des âneries. Elle lui raconta ce qu'elle savait, interpréta la lueur d'inquiétude dans ses yeux, anticipa sa réaction.

– Oui, si le scandale éclate, ça nous fera une mauvaise publicité. Mais je ferai au mieux. En collaborant avec la police, je nous protégerai. Sache que je ne te laisserai pas tomber.

Elle monta à bord de sa Jaguar, démarra et regarda les silhouettes de Lucien et Willy se dissoudre dans le rétroviseur.

Qu'est-ce qui avait bien pu se passer dans ce square ? Salomé se laissant approcher par un déséquilibré ? Improbable. Mature et prudente, sa nièce avait des petites antennes ; et la chaîne ne lui donnait à traiter que les sujets mineurs. Difficile d'envisager qu'elle se soit mise en danger avec une enquête.

Alice s'arrêta à la pompe à essence du centre commercial pour faire le plein. Les arbres obéissaient à la brise, la fragrance de leurs feuillages ondulait jusqu'à elle, comme pour la retenir. Elle pensa à son chien ; ils ne s'étaient jamais quittés. Elle envoya un texto à Lucien.

« Tu feras faire sa balade quotidienne à Willy ? »

Il répondit vite.

« *Conte* sur moi. »

Perturbé, il en perdait son orthographe. Son lapsus révélait-il qu'il les considérait plongés dans un conte cruel, elle et lui ? Hélas, ils vivaient dans la froide réalité ; elle n'offrait aucune échappatoire.

Elle reprit la route. Le visage de sa sœur dansa sur le pare-brise. Elles ne s'étaient pas revues depuis de longs mois ; comment imaginer que ce serait dans pareilles circonstances ?

Catherine était impossible avec sa naïveté d'ado attardée et son crétin de mari. Mais elle avait besoin de son soutien. Cela avait toujours été ainsi, même lorsqu'elles étaient enfants. Catherine, l'aînée de quatre ans. *Et pourtant, c'était moi, plus vive, plus hargneuse, qui me battais pour toi.* Alice avait tabassé un gamin, un jour, parce qu'il s'était moqué du physique de sa sœur, qui avait toujours été enrobée.

Catherine, lunaire, bonne pâte et qui attirait les abrutis tel un aimant. Alice, lucide, aussi sentimentale qu'une tronçonneuse et qui cognait les fâcheux.

Dans le fond, c'était peut-être grâce à cet entraînement son enfance durant qu'elle avait su trouver les ressources pour faire face lorsqu'elle avait découvert son anévrisme.

Au loin, une vague lueur. Dans peu de temps, le soleil levant inonderait les champs. Comme de l'or coulé sur des blessures.

Elle alluma l'autoradio sur sa station préférée. Beethoven. Coup de chance extraordinaire. Émotion idéale. Beethoven, mélancolique *mais* viril.

Elle se laissa bercer. Sa musique lui fit l'effet habituel. Mille caresses puissantes. La rigoureuse sérénité de la nature. Elle voyagea dans le temps et imagina qu'elle avait appris l'allemand et rencontrait Ludwig à Vienne pour lui déclarer sa flamme. Il lui proposait de l'épouser et lui écrivait une symphonie. Il mourait dix après elle sans qu'une seule de ses journées ne passe sans qu'il pense à leur amour.

Elle s'était trompée de siècle. Il était l'homme idéal. Celui qui aurait su la protéger et l'enchanter.

16

Barnier

Gros point positif, pour une fois, il avait bien dormi. Constat, son sommeil obéissait à des lois aussi variables que les effets du réchauffement climatique. Évidemment, son fils aurait préféré le voir passer le dimanche en famille. Il était même prêt pour le foot. Barnier ratait une occasion de l'arracher à son écran d'ordinateur, et culpabilisait. Il aurait pu se justifier, trouver les mots, mais inutile d'en rajouter dans les appels à la raison, les vicissitudes du boulot de flic échappaient au fiston. Quant à sa femme, c'était guerre du silence et grève du sexe. Bilan mitigé pour démarrer la journée.

Son lieutenant l'attendait, garé devant l'immeuble.

Il se glissa à ses côtés, ils se saluèrent d'un hochement de tête souriant. Maze dégageait son aura zen habituelle.

Une bonne idée avant de se taper une autopsie.

– L'opérateur vient de me transmettre la liste des communications, dit-il. Un océan de numéros.

– Oui, une reporter, ça a un peu tendance à téléphoner.

– Dans l'océan, un gros poisson. Elle a appelé le 06 du Barracuda des médias quand elle était à l'hôtel. Trois fois.

– Le *Barracuda* ?

– Le surnom d'Alexandre Le Goff, le patron de TV24.

– Il l'a rappelée ?

– Non.

– Une gamine qui dérange le big boss. Spécial.

– Du coup, j'ai étudié sa bio sur le Net. Sa chaîne est un succès. Croissant.

– Raconte.

– Cinquante-cinq ans, dont plus de trente dans le business de l'info. Excellent joueur de poker, qui trouve aussi le temps de se faire photographier dans les cocktails. C'est surtout un *control freak*, qui ne laisse rien au hasard. Ses collaborateurs ont intérêt à se remuer pour que la chaîne reste au top.

Ce type avait donc investi plus de trois décades de sa vie dans ce cirque. Impressionnant ou insensé ? *Et moi, je serai encore flic dans vingt ans ?*

Contact, moteur qui grogne, direction l'Institut médico-légal. Et les voilà qui dévalaient les avenues enfin baignées d'une pâle lumière.

Barnier était content de bouger.

*

Plus tard, adossés à la carrosserie de leur voiture, ils s'accordaient une pause. Une séance avec le légiste n'était jamais une partie de rigolade, surtout quand la victime était bien trop jeune pour le concert des scalpels et de la scie tournante. La pluie était revenue et repartie, Maze regardait la Seine gonfler, et Barnier le tracé régulier des rigoles sur le capot. Il se demandait si les mathématiciens étaient capables de repérer un ordre, un algorithme dans les motifs formés par les gouttes, ou si toute cette dégringolade était liée au hasard.

Il ferma les yeux un court instant pour mieux profiter de la caresse du vent et les rouvrit sur la réalité du moment. Le légiste avait confirmé qu'un seul coup de bouteille, mais extrêmement brutal et porté à la tempe, avait suffi à donner la mort. L'agresseur se tenait face à la victime. Et était a priori droitier. Pas d'autres violences à signaler. Aucune relation sexuelle récente. Elle était en bonne santé avant son décès, mais son alcoolémie était élevée.

Barnier pensa qu'elle avait à peine quelques années de plus que son propre fils. Dans quelle galère s'était-elle fourrée ? La bouteille comme arme éliminait la préméditation. Le tueur avait improvisé avec le moyen disponible.

Il s'étira jusqu'à entendre ses épaules craquer et remonta en voiture, paré pour l'invasion des terres de TV24. Maze se glissa souplement à bord et mit le contact. Barnier se demanda soudain quelle tête il ferait s'il lui annonçait avoir rêvé de lui.

Je ne suis pas gay et n'ai pas envie de le devenir. Ce n'est pas parce que je me suis laissé tailler une pipe étant ado que je le suis... C'était l'âge de l'exploration, des indécisions passagères.

Absurde cette histoire, il fallait se focaliser sur le boulot, la vie normale. Il avait choisi d'être flic en connaissance de cause. Et, sur cette foutue planète, des gens broyés par le désespoir souffraient pour de bon. Il n'avait aucun droit de geindre, de disséquer les raisons de ses choix, il retrouverait la forme.

Et son lieutenant était une bonne nouvelle, pas un ennui supplémentaire.

Maze annonça avoir étudié les comptes de Salomé.

– Déjà ? s'étonna Barnier.
– Oui, trop de café hier soir.
– Tu peux te calmer un peu. Je ne suis pas un négrier.
– Ça valait la peine.
– Dis-moi.
– Elle utilisait la carte fournie par TV24 pour ses notes de frais. Elle s'en était d'ailleurs servie pour réserver une chambre dans un autre hôtel de charme. Cette fois, dans le 5e.
– Quand ?
– Ça fait trois semaines.
– Avec sa carte pro, tu dis ? Pourtant elle a payé l'hôtel de la Licorne avec sa carte perso.
– C'est ça. Et ça ne s'arrête pas là. En trois mois, elle a réservé à ses frais dans douze hôtels différents, toujours à Paris, et en utilisant l'appli d'escapamour.com dont nous a parlé le réceptionniste.
– Eh bien voilà une bonne question pour le Barracuda des médias.

Ils arrivèrent dans un paysage de poutres métalliques et de verre. Le fin fond du 15e arrondissement et cet îlot de tours prétentieuses qui abritaient les sièges sociaux de plusieurs boîtes de médias, dont TV24.
– Salomé avait choisi un hôtel proche de l'endroit où elle travaillait, constata Barnier.
– Un détail intéressant.

Ils étaient en avance. Direction le café du coin. Son épisode tendu avec sa femme était déjà de l'histoire ancienne, Barnier avait faim et commanda des croissants. Son lieutenant refusa celui qu'il lui proposait.
– Tu as toujours voulu être dans la police, Maze ?
– Ça fait seulement quelques années, tu veux déjà me décourager ? plaisanta-t-il.

Il avait étudié le droit. Il aurait pu devenir avocat. Avec son allure et son opiniâtreté, il aurait fait partie de ces gens qui étincelaient dans les médias. Mais il avait choisi d'être flic.

– Sincèrement, pourquoi fais-tu ce job ?

– Parce que j'ai vu Steve McQueen dans *Bullitt.*

– Arrête un peu de déconner. Dis-moi.

– Tu lui ressembles pas mal, d'ailleurs.

– Tu sais que tu m'agaces ?

– Oui, et ça m'amuse. Bref, si tu veux vraiment savoir, il me fallait une activité qui ait du sens. Utile, carrée. Si j'en ai assez un jour, je changerai de voie. Liberté adorée. Tu veux changer de voie, Barnier ?

– Non. Mais j'aime bien douter. Ça m'aère la cervelle.

Maze hocha la tête et se passa une main nonchalante dans les cheveux. Pour quelqu'un qui avait passé une partie de la nuit à ausculter des chiffres et la bio du patron de TV24, il avait l'air très frais. Barnier ne pouvait pas en dire autant, il se sentait fripé. Du visage à l'âme.

Allez, pense aux horreurs de l'actualité et serre les dents.

Il était temps de se bouger. Il kidnappa le dernier croissant et le dévora en route.

*

Son bureau transparent était planté au milieu de la salle de rédaction. Plus spectaculaire encore en face-à-face, Alexandre Le Goff faisait dix ans de moins que son âge. Cheveux crin blanc, regard nucléaire, costume d'excellente coupe ; en comparaison, son équipe évoquait une bande de gueux.

Mais Barnier n'était pas impressionné. TV24 avait mis en péril le boulot de ses confrères de l'antiterrorisme. Lors des derniers attentats, la chaîne avait largué une exclusivité sur les avancées de l'enquête sans se soucier des dégâts potentiels. Grâce à ses connexions, Le Goff n'avait pas été inquiété.

Tension. Les journalistes étaient en mode hyperactif, mais leur désarroi était tangible. Ils avaient perdu l'une des leurs. Ils étaient sous le choc, même si le job leur imposait de continuer vaille que vaille.

Dans l'aquarium du Barracuda, la mort de Salomé frétillait encore sur un vaste écran plat. Le Goff crut bon de préciser que la rédaction l'avait annoncée aux téléspectateurs « avec le plus de dignité possible ». Salomé était si jeune. C'était son premier poste. En tant que JRI, journaliste reporter d'images, elle était formée à la polyvalence. Interview, cadrage, prise de son, montage. Ce qui expliquait qu'elle se soit retrouvée seule au moment de son agression.

Elle avait démarré une enquête sur l'économie de l'adultère et souhaitait rencontrer des couples illégitimes, leur faire raconter leurs rituels, leurs mensonges. Un monde secret, potentiellement dangereux.

– Et dire qu'elle m'a appelé juste avant… Trois fois. J'étais en réunion, je n'ai pas répondu. J'étais son mentor, pourtant. Je l'avais reçue pour l'entretien d'embauche, à la demande de sa tante, Alice Kléber, une amie de longue date. Je l'ai engagée sans hésiter. Salomé était… brillante.

Le Goff faisait les questions et les réponses. Jusqu'à présent, Barnier avait toujours pratiqué la courtoisie. Face à ce type qui, malgré son sens très particulier de la déontologie, s'écoutait parler et se donnait des allures impériales, ça devenait difficile.

– Elle vous téléphonait souvent ?

– Oui. Elle m'avait proposé de faire un livre-interview sur mon parcours et l'aventure TV24. J'avais accepté. On y travaillait quand on avait le temps. C'est-à-dire par petits morceaux.

– Bon, parlez-moi de son enquête sur l'adultère. Elle l'a commencé quand ?

– Je ne me souviens pas. C'était un format long, un projet de longue haleine. Un reportage en immersion sur lequel elle travaillait tout en couvrant le quotidien.

– Vous pouvez nous expliquer pourquoi elle avait réservé douze chambres ces trois derniers mois ?

– Sans doute pour cette enquête.

– À ses frais ?

– Voyez avec le rédacteur en chef. Je définis les grandes lignes. Je n'entre pas dans le détail.

– Ce n'est pas la réputation que vous avez, intervint Maze.

– Vous vous trompez de cible, lieutenant. Et si le fait de jeter le corps de Salomé dans une poubelle était un message ? Voilà une bonne question.

– Merci pour le conseil technique, ironisa Maze. Alors soyons précis. Elle a reçu des menaces ? Vous en avez reçu à son sujet ?

– Pas que je sache. Si ce n'est que nous sommes tous étrillés à un moment ou un autre sur les réseaux sociaux. Si Salomé avait été visée, elle se serait confiée à ses collègues.

– Pourtant, vous insinuez qu'elle a été prise pour cible…

– Disons que, comme vous, je n'écarte aucun scénario.

Barnier décida d'arrêter les frais. Ce type, qui observait son lieutenant avec un intérêt très appuyé, ne leur apprendrait rien.

Maze demanda un détour par les toilettes avant d'aller interroger le rédacteur en chef.

Il enleva son blouson de cuir, son pull, son T-shirt, puis se passa le visage et le cou à l'eau froide.

– La nuit a été un peu longue finalement. Ça va me ressusciter.

Ils se sourirent dans le miroir.

Il avait des épaules et des bras très musclés, et de sérieux abdos. Un corps dessiné. *Celui que j'ai imaginé dans mon rêve.*

– La boxe ?

– Et l'abstinence côté croissants au beurre, commandant.

– Amusant, lieutenant.

Il se rhabilla, croisa les bras, s'adossa au lavabo. Posture de danseur au repos.

– Enlève ta chemise.

– Quoi ?

– Je te sens stressé, Barnier.

– On n'est pas chez les Chippendales.

– Je vais te faire un petit massage. Tu ne vas pas te reconnaître.

– Tu plaisantes ?

– J'en ai l'air ?

Pendant quelques secondes, Barnier ne sut comment réagir. La curiosité l'emporta. Il se dévêtit, se laissa faire. Maze lui massa le cou et les muscles du trapèze. C'était légèrement douloureux, redoutablement bon. Et la fatigue se dissipait comme une vapeur.

– Où as-tu appris ça ?

– La boxe est un sport qui impose de connaître les gestes de la survie. Voilà, c'est fini. Tu te sens mieux ?

– J'avoue, c'est magique.

La main du lieutenant s'attardait sur son épaule. Son doigt suivit le tracé de ses vertèbres, s'arrêta à la limite de sa ceinture et s'échappa. Barnier avait frissonné.

Maze rassembla les vêtements abandonnés sur le lavabo avant de les lui tendre.

Dans le fond, il avait senti dès les premières secondes que le nouveau était différent. Il était homo. Qu'est-ce qu'il avait imaginé au juste ? Qu'ils allaient gentiment s'envoyer en l'air dans les chiottes de cette foutue télé ? Ça devenait insensé. Il allait *vraiment* falloir mettre les choses au point.

– Tu es un original, on te l'a déjà dit ? soupira-t-il.

Maze se contenta d'un sourire énigmatique.

17

Valentin

Valentin est allongé sur le dos. Ça sent fort dans cet hôpital. Une odeur de menthe. Une menthe moche.

Mal à la tête. Salomé discute. Elle est mécontente ou contente ? Valentin voudrait savoir.

Salomé est allongée au plafond juste au-dessus de lui. Comme s'il se regardait dans un miroir et la voyait à sa place. Comme si elle avait le dos couvert de chewing-gum. Ou était devenue un lézard brillant.

« J'aime bien cet endroit, Valentin. C'est la première fois que je viens dans un hôpital. »

– Ils vont te soigner aussi, Salomé ? Tu vas aller mieux ?

« Pas besoin de soins. Je suis bien comme je suis. »

– Je te demande pardon. Je ne savais pas que j'avais un loup qui habitait dans mon ventre.

« Les loups n'habitent pas les ventres, Valentin. Ils préfèrent les forêts. »

– Tu es fâchée ?

« J'aime bien les hôpitaux parce que les gens s'y déplacent sans faire de bruit. »

– Je ne voulais pas te faire de mal.

« Il faut que tu m'aides, Valentin. Même si je me plais ici, je n'ai pas l'intention d'y rester. »

– Pourquoi tu restes, alors ?

« Il faut que tu m'aides, mon ami. Réfléchis et tu sauras comment t'y prendre. »

Si Salomé lui dit qu'il est toujours son ami, c'est qu'elle ne lui en veut pas. Oui, ça il peut le comprendre. Mais qu'est-ce qu'elle attend de lui ? Pourquoi ne peut-elle pas s'envoler par la fenêtre ?

Elle a de la chance, il voudrait savoir voler lui aussi. Il voudrait être un hibou.

– Je t'ai entendue dans le parking de TV24, Salomé. Tu parlais avec Alexandre. Pourquoi tu lui disais tout ça ? Pourquoi tu t'accrochais à lui ?

« Aide-moi, Valentin. Il n'y a que toi qui peux. »

– Alexandre, il aime Dorine. Ma sœur ne peut pas être heureuse sans lui. Pourquoi tu veux lui prendre ? Ce n'est pas bien.

« Il n'y a que toi qui peux me comprendre, Valentin. Ça a toujours été comme ça. Allez, aide-moi... »

Valentin en a assez. Il voudrait la paix. Il ferme les yeux, essaie de dormir. Mais Salomé l'en empêche. Elle parle, elle parle.

*

Valentin entend une voix aimée. Il tourne la tête. Dorine est assise au bord du lit, elle porte un pyjama blanc, elle a son beau sourire.

Il est si heureux qu'il pleure et rit en même temps. La marmite en fonte noire qui lui écrase la poitrine s'est envolée. Et Salomé aussi. Ah, ça fait du bien.

– Comment vas-tu, mon chéri ? Tu as mal ? Tu es fatigué ?

– Non, Dorine. Je vais bien. Et j'ai dormi.

– Celui qui nous a attaqués ne reviendra pas. Alexandre est allé à la police. Ils vont s'en occuper.

– Comment ils vont faire ? On n'a pas vu sa tête.

– Il n'osera pas recommencer. Crois-moi. Il aura trop peur de se retrouver en prison.

– Il voulait quoi ?

– Notre argent, sûrement. Tu t'es battu comme un lion, mon chéri. Mais tu sais, même si je suis fière de toi, je pense que tu n'aurais pas dû. Il aurait pu être armé, tu comprends ?

Non, Valentin ne comprend pas, mais il est content que Dorine soit fière de lui. S'il devait recommencer, il recommencerait et ne laisserait personne l'attaquer.

Valentin cherche Salomé et ne la trouve pas. Il voudrait qu'elle demande pardon à Dorine.

Il est fâché contre Alexandre, il sait qu'il ne peut plus lui faire confiance. Mais sans Alexandre, Dorine est triste.

– Salomé était là.

– Qu'est-ce que tu dis, mon chéri ?

– Salomé. Je lui ai parlé.

Le visage de Dorine se resserre. Valentin sent que ses joues se plient elles aussi. La tristesse de Dorine, c'est un nuage qui les enveloppe. Il agite la main pour s'en débarrasser.

– Je suis désolée. Salomé nous a quittés. C'est terrible, mais on n'y peut rien.

– Elle n'est pas morte. On a parlé. Elle veut que je l'aide à sortir d'ici.

– Valentin, écoute…

– Elle aime l'hôpital. Mais ne veut pas y rester trop longtemps. On va l'aider. D'accord, Dorine ?

Dorine garde ses yeux de tristesse. Elle serre la main de Valentin, puis lui caresse la joue. Elle se lève, ouvre la porte, appelle quelqu'un. Une infirmière arrive. Elle parle à Valentin comme s'il était un bébé. Valentin cherche Salomé. Elle se cache. C'est énervant.

18

Barnier

Le rédacteur en chef était un binoclard bedonnant aux verres de lunettes sales et à la veste froissée. Lui aussi aurait eu besoin d'un petit massage. Barnier l'interrogea sur la personnalité de Salomé.

– Elle creusait ses idées avant de les proposer et avait plusieurs fers au feu. Elle s'entendait bien avec l'équipe. En tant que junior, elle devait être polyvalente et allait d'un service à l'autre. En y réfléchissant bien… Salomé était toujours amicale, mais dans le fond, plutôt secrète. Elle n'étalait pas ses états d'âme ou sa vie privée.

– Elle était déprimée ?

– Non.

– Elle buvait ?

– Pas que je sache. Pourquoi ?

Barnier évita de répondre.

– On a étudié ses comptes, reprit-il. Elle n'était guère payée et contrôlait ses dépenses.

– Oui, la paye n'est pas terrible pour les débutants.

– Elle a réglé elle-même la réservation à l'hôtel de la Licorne. Alors qu'elle utilisait la carte de TV24 pour les notes de frais de chacun de ses reportages.

– C’est bizarre. D’autant qu’elle l’avait utilisée pour l’hôtel précédent.

– Dans le 5e ? demanda Maze.

– C’est ça. Pour interviewer un couple illégitime. Elle avait eu un mal fou à dénicher des amants acceptant de lui parler.

– Pourquoi ? Vous garantissez bien l’anonymat. Non ? reprit Barnier.

– Avec le Net, les gens sont devenus paranos. Les reportages se retrouvent partout sur la Toile en un clic. Ça surmultiplie les risques de se faire repérer par le conjoint trompé. Tout le monde a entendu parler de témoins du terrorisme ou d’affaires criminelles qui ont été reconnus malgré les précautions.

– Salomé Jolain enquêtait sur l’adultère, pas sur la mafia albanaise !

– Quel que soit le sujet, les gens exigent la sécurité maximale. Ils flippent à cause des nouvelles technologies qui permettent de remonter à la source.

– Les conjoints trompés faisant appel à des hackers, bonne blague.

– Si vous mettez le prix, vous pouvez embaucher un détective acharné et maîtrisant les outils de décryptage. Et puis, il y a le détail qui tue.

– C’est-à-dire ?

– Un bijou, une coiffure, une gestuelle, une expression favorite, un coin de rue ou un bistrot repérable, et le témoin est cuit. Résultat, TV24 joue la carte de la sécurité. Il faut travailler image par image pour savoir quel détail pixéliser. Plus de plan large, on fait des cadrages serrés sur des parties du corps. On table sur les ombres chinoises ou les visages floutés. Et, bien sûr, il faut choisir un endroit neutre.

– Comme un hôtel ?

– C'est ça.

– Et dans le cas de l'adultère, ça met le spectateur dans l'ambiance.

– Exact.

– Compris. Bon, comment les a-t-elle rencontrés ?

– Je ne sais pas.

– Ah bon ?

– C'était à elle de se décarcasser. Elle arrivait toujours à ses fins. Mais je me souviens que l'homme se prénommait Guy. J'ai oublié son nom, désolé. Un bon client d'après Salomé. Il avait accepté de se lâcher en échange d'un dîner et d'une nuit à l'hôtel avec sa maîtresse, payés par TV24. D'après Salomé, ça s'était bien passé. Vous trouverez sans doute leurs coordonnées dans ses affaires.

Barnier réussit à l'étonner en lui parlant des douze réservations dans différents hôtels parisiens. Le rédacteur en chef déclara ne pas être au courant.

– Qui est la dernière personne à avoir été en contact avec elle, ici ?

– Valentin, l'homme à tout faire de la rédaction. Elle lui a dit qu'elle partait en reportage. Après avoir reçu un texto. Du moins, c'est ce qu'il nous a raconté.

– Où est son bureau ?

– Il n'en a pas. Valentin fait le ménage, les cafés, la manutention. Pas sûr que vous en tiriez quelque chose.

– Pourquoi ?

– C'est le jeune beau-frère du patron. Autiste, attardé, malade mental, survivant d'un accident, je ne sais pas. Disons qu'il est lunaire. Alexandre lui a donné ce job parce qu'en famille, on se soutient. Enfin, c'est ce que j'en ai déduit. Je n'en ai jamais parlé avec lui. En ce moment, il est hospitalisé à l'Hôtel-Dieu à la suite d'une agression.

– Vous avez les détails ? demanda Maze.

– Je me suis dit comme vous que ça pouvait avoir un lien avec la mort de Salomé, mais non. C'était juste une tentative de vol. Valentin accompagnait Mme Le Goff, un type cagoulé a voulu lui arracher son sac. Valentin est intervenu. Il s'est fait tabasser.

Il les accompagna en salle de rédaction jusqu'au bureau qu'occupait la journaliste.

– Elle n'avait pas d'ordinateur fixe ?

– Non, juste son portable. Pas question de laisser traîner ses affaires. Elle était parano. Tout bon journaliste l'est.

Les trois tiroirs du bureau étaient fermés à clé. Maze demanda un pied de biche et fractura les serrures. Ils collectèrent dossiers et piles de documents.

Le Goff avait délaissé son bureau de verre. Il les arrêta devant l'ascenseur, s'adressa à Maze.

– J'ai une proposition à vous faire.

– Allez-y.

– Je vous ai déjà vu à l'écran. Vous étiez dans un téléfilm ou quelque chose comme ça ?

– Quelque chose comme ça, oui. Du genre éphémère.

– Vous avez un physique et une présence. Une combinaison rare. (Maze soupira, les dossiers commençaient à peser.) Ne le prenez pas mal, écoutez-moi jusqu'au bout. Voilà, je vous propose de témoigner sur TV24. Votre look va remuer les téléspectateurs et, avec un peu de chance, déclencher une réaction.

– Comme ?

– Des témoignages. C'est bien ça le problème, non ? Personne n'a rien vu.

– C'est tentant, mais non, merci.

– C'est très bien payé…

– Votre reporter vient de mourir, et c'est ça qui vous préoccupe ? intervint Barnier.

– Je peux faire plusieurs choses à la fois. Et le public a le droit et le besoin de savoir. Alors autant l'informer au mieux, non ?

Vite, dans l'ascenseur. La porte se referma sur la tronche du barracuda des médias. Ils se regardèrent en souriant.

– Un bel enfoiré, lâcha Barnier.

– Il est désespéré parce qu'on vient d'embarquer de précieux documents. Le Goff, qui pense et respire audience, voudrait que TV24 puisse mener l'enquête sur la mort de Salomé. Déontologiquement, c'est scabreux parce que c'est notre job. Alors, il trouve un biais. Le flic qui veut bien passer sur sa chaîne.

– Splendide.

– Appelle ça une mutation. Ça fait trente ans qu'il ne pense qu'à ça. C'est devenu une seconde nature.

– En parlant de ça, tu as fait l'acteur ?

– Non, le consultant technique pour un ami producteur.

– Raconte.

– Il préparait une série policière. Il voulait que ses flics de télé soient réalistes. Dans la foulée, il m'a demandé de jouer un petit rôle. Ça s'est arrêté là. Je ne suis pas doué pour balancer la réplique.

– J'aurais cru, pourtant, rigola Barnier.

Ils chargèrent leur butin dans le coffre de la voiture, montèrent à bord.

– On peut imaginer que c'est sa vie privée qui a inspiré son enquête à Salomé, reprit Barnier.

– Vie privée, vie professionnelle. C'est vrai que les frontières sont parfois poreuses.

Le lieutenant se caressait les lèvres du bout des doigts. De la provocation ? Clairement. Surtout après le coup du massage impromptu. Maze, son culot inimaginable, et sa classe insensée pour faire passer la pilule. Du jamais-vu. Ça en devenait presque divertissant.

– Elle vivait chez ses parents, dit Barnier. Dans une chambre spartiate. Pas très romantique tout ça. Lui ne pouvait pas la recevoir.

– Parce qu'il était marié. Elle n'avait pas les moyens de se payer des hôtels de charme du type de celui de la Licorne. Imagine…

– Je ne fais que ça.

– Son amant la remboursait en liquide. Discrétion. C'est elle qui paie. Le nom de l'amant n'apparaît pas. Pratique.

– Ils ont leur routine.

Contrairement à nous, pensa-t-il. *Impossible de s'ennuyer avec toi, Maze.*

19

Valentin

Salomé porte les mêmes vêtements que la dernière fois. Elle est assise sur la chaise, mains sur les genoux, une marque rouge autour de la tête. Valentin pense à une couronne fabriquée en perles de sang.

« J'aime bien voler dans le ciel. »

– Quoi ?

« Je suis légère maintenant. Mais j'aurais préféré vivre. »

– C'est vrai que tu es morte, Salomé ?

« Oui, regarde, je vole et pas toi. »

– Je suis triste, je ne voulais pas que ça arrive.

Des coups à la porte. Deux hommes entrent.

Salomé est déjà partie.

Valentin ne dira plus à personne qu'elle vient le voir. Dorine ne le croit pas. Alexandre ne le croit pas. L'infirmière lui parle comme s'il était plus bête qu'un lapin.

– Commandant Barnier et lieutenant Maze. Brigade criminelle. Pardon de vous déranger pendant votre hospitalisation. On a quelques questions.

Valentin fait comme s'il ne voyait pas la main tendue.

On dirait que le commandant est fâché même s'il parle poliment. Sa mâchoire est solide. Ses cheveux sont courts, châtain clair et un peu blonds, ses yeux enfoncés dans son passé. Il ressemble à un gladiateur dans une BD qu'aime bien Dorine. Il est costaud.

– On nous a dit que vous étiez le dernier à avoir vu Salomé Jolain.

– Le dernier ?

– À TV24. C'est bien là que vous travaillez.

– Oui, je vois Salomé à mon travail tous les jours.

Le policier plus jeune s'assoit sur la chaise de Salomé, et Valentin se retient de rire. Si elle réapparaît, le lieutenant se retrouvera assis sur elle. Ses cheveux sont noirs, un peu ondulés, ses yeux de la couleur d'un bouchon d'eau minérale. C'est difficile d'arrêter de le regarder, sa figure est un coquillage qui a du mal à se raser le matin. Lui n'est pas énervé.

– Vous pouvez nous raconter ?

Valentin ne comprend pas ce que veut le commandant sévère.

– Je ne sais pas quoi dire.

– Salomé. La dernière fois que vous l'avez vue. Qu'est-ce qui s'est passé ?

– Elle a fait tomber des feuilles. On les a ramassées.

Valentin pense à la dernière des feuilles. Celle que Salomé a oubliée sous le bureau. Est-ce qu'il doit en parler au commandant ? Il n'en a pas envie. À certains moments, il ne faut pas tout dire. C'est comme ça qu'Alexandre réussit à faire ce qu'il veut.

– Elle vous a dit où elle allait ?

– Dans un hôtel.

– Lequel ?

Valentin réfléchit très fort. Est-ce qu'il faut parler de l'hôtel de la Licorne ? Est-ce qu'il faut parler de la dispute avec Salomé ? De Salomé qui tombe ? Valentin sent que non. Il ne veut pas aller en prison, il ne veut pas quitter Dorine. Alors, il ferme les yeux sur le visage en colère de Salomé.

– Salomé regardait son téléphone.

– Elle a reçu un appel ?

– Quelqu'un a écrit sur son téléphone.

– Qui ?

– Je ne sais pas. Elle a pris un air sérieux. Et après, un air content. Elle a mis ses affaires dans son sac, elle est partie.

Valentin a très soif à force de parler. Et ça le fatigue. Il attrape la bouteille d'eau que lui a donnée Dorine, et boit. Il n'a plus soif, mais est toujours fatigué.

– Vous étiez amis ?

– Oui.

– Elle vous a dit si elle avait un amoureux ?

– Non.

Bien sûr qu'elle n'a rien dit. Parce que Salomé est comme Alexandre. Elle sait quand il faut se taire.

Elle est maligne.

Elle n'est pas vraiment gentille. Valentin pense que Salomé et Alexandre sont deux petites poupées coincées dans sa poitrine. Un feu mange les poupées. Et Valentin est content qu'elles meurent.

Et en même temps, il n'est pas content de penser à ces méchancetés.

– Elle a parlé à quelqu'un avant d'aller à l'hôtel de la Licorne ?

– Quoi ?

– Salomé a parlé à quelqu'un d'autre que vous ?

Valentin pense à Alexandre et Salomé dans le parking. Ils se sont dit de drôles de choses. Salomé s'est serrée fort contre lui.

Il hésite.

Le commandant fixe Valentin avec des yeux qui aimeraient mordre. Valentin n'aime pas ça. Le lieutenant à la belle figure s'étire comme un chat et tourne la tête vers la fenêtre. Il y a beaucoup de soleil. Salomé est revenue, elle prend une douche de lumière. Peut-être que le lieutenant la voit. Peut-être pas.

Le commandant continue de parler, mais Valentin en a assez. Il se rallonge et fait semblant de s'endormir.

Quand ils sont partis, il pousse un soupir.

Il allume la télé et cherche TV24. Ça lui manque. Il voudrait être au Château. Aider tout le monde. Faire ce qu'il doit.

Parce que les choses doivent rester comme elles sont.

C'est comme ça qu'on est heureux.

20
Alice

Prostrée, l'album familial sur les genoux, Catherine n'était plus que l'ombre d'elle-même.

Alice s'était forcée à regarder les photos. Revoir les étapes de la courte vie de Salomé l'avait secouée. Sa nièce, si talentueuse. Quel ignoble salopard avait bien pu faire ça ?

Vite, une mini-séance de méditation réparatrice face à la baie vitrée, puis elle déposa son bagage dans la chambre d'amis. Rideaux pourpres peuplés de dragons jaunes, murs rose fuchsia, lanterne à verroteries et pompons, paravent zodiaque. C'était le seul endroit où vibrait une once de folie. La seule pièce où Catherine s'était autorisée à se faire plaisir.

Ma pauvre grande sœur. Elle imaginait sa douleur. Un jet de lance-flammes. Qui revenait et qui revenait. Un enfer absolu…

Elle prit une grande inspiration et alla la retrouver.

Heureusement, Pierre n'était pas dans les parages. Le beau-frère soignait son spleen derrière son comptoir de super-concierge du Royal Plazza plutôt que de soutenir sa femme. Vraiment, la vie à deux était une farce. Un conte de fées que les braves gens se racontaient pour ne pas hurler de terreur face à l'inéluctable.

L'averse n'en finissait pas.

Il fallait à peine une paire d'heures pour aller de sa campagne à Paris, mais Alice avait l'impression de s'être coltiné un voyage intersidéral. À peine arrivée, elle avait respiré un air vicié et trouvé aux passants des airs de déterrés. Elle avait tourné un moment avant de se garer dans un parking de la rue de Flandres, mais ne regrettait pas d'être venue en Jaguar. Elle détestait la promiscuité du métro. Il fallait déjà supporter les embouteillages, les files d'attente, les trottoirs couverts de scooters, de mégots de cigarettes, de fumeurs attablés et de crottes de chien. Elle détestait Paris. Il avait fallu y revenir pour le comprendre.

À peine y remettait-elle les pieds que la ville lui nuisait déjà. Elle brouillait ses repères. Où était la femme calme et réfléchie qui connaissait chaque sentier, chaque rivière de l'Yonne ? Elle redevenait celle qu'elle pensait avoir oubliée, une excitée ne tenant pas en place.

J'aurais mieux fait de faire ma sociopathe et de rester chez moi.

Mais non, il fallait tenir bon. Catherine avait vraiment besoin de son soutien, pas question de se laisser aller.

Elle pénétra dans la chambre de sa nièce.

Elle effleura les livres du bout de l'index, se tordit le cou pour lire les titres. De la littérature, des essais. Sur la table de chevet, un ouvrage sur la poésie japonaise. Les pages étaient cornées, il avait été lu et relu. Elle s'allongea sur le lit pour le parcourir. Un haïku de Natsume Sôseki était coché au crayon à papier.

« Sans savoir pourquoi
j'aime ce monde
où nous venons tous pour mourir »

Elle posa le livre ouvert sur son ventre. Il devint le toit d'une maisonnette contenant une galaxie.

*

Grondements. Le tonnerre. Alice ouvrit les yeux.

Elle s'était assoupie dans les effluves du parfum de Salomé, qui imprégnaient l'oreiller. Elle revint au salon. Mauvaise surprise. Col roulé noir, pantalon gris, pantoufles de cuir, raide comme un piquet, narines quasiment fumantes, Pierre était de retour.

Hormis ses tempes brunes, sa chevelure avait blanchi. Ses joues s'étaient ridées, son nez et son menton semblaient redessinés à la truelle. Elle ne parvenait pas à détacher son regard de ce visage. Sans doute parce que les yeux, sombres, beaux, intenses, étaient ceux de Salomé.

– C'est toi qui as incité Salomé à réserver cette chambre ?

– Absolument pas.

Les premières années, ils avaient été en bons termes. Une époque reposante. Presque agréable. C'était depuis le lancement de lovalibi.com qu'il était devenu imbuvable. Il méprisait son activité et le lui avait dit. Se croyait-il supérieur et glamour dans son job d'esclave doré sur tranche ?

– Alors ?

– Alors quoi ?

– Ça suffit. Lâche le morceau.

Il allait droit au but, logique. Elle lui raconta ce qu'elle savait. À peu près rien. Oui, elle avait dû parler d'escapamour.com et de l'appli de réservation de chambres à Salomé. Mais par hasard et sans s'appesantir.

– C'est toi qui l'as branchée sur cette enquête !

– Bien sûr que non.

– Qui ça pourrait être d'autre ? L'adultère, toutes ces saloperies, tu connais le sujet comme ta poche. Depuis le temps.

– Elle ne m'avait rien dit, Pierre, et je t'avoue que ça m'en flanque un coup. Je pense qu'elle savait que je refuserais qu'elle m'interviewe.

– N'importe quoi !

– Mon activité ne peut fonctionner que si elle reste discrète. C'est ce que mes clients veulent, sinon je les perds, tu comprends ?

Il alluma une cigarette et inspira une longue goulée.

– Il n'y a que toi qui crois à cette histoire, Alice. Si ça se trouve, c'est aussi vrai que tes alibis à la con.

– Quel intérêt j'aurais à vous mentir ? Et dans un moment pareil.

– Ça fait longtemps que j'ai renoncé à comprendre tes motivations. La seule chose qui me retient de ne pas pourrir ton sale petit business, c'est que je refuse que le nom de ma fille soit souillé.

– Pierre, on ne va pas se disputer, gémit Catherine.

Il fit signe à Alice de le suivre à la cuisine.

– Je veux que tu t'en ailles, grogna-t-il entre ses dents.

– Je suis là pour ma sœur.

– Catherine se débrouille sans ton aide.

– Bonjour l'esprit de famille, Pierre.

– Ne me fais pas rire. Tu reviendras le jour où tu auras quelque chose à me dire au sujet de cette putain d'appli.

– Je t'ai dit ce que je savais.

– Ça m'étonnerait.

– Je n'ai rien à voir avec le meurtre de Salomé. Tu es dingue ou quoi ?

– Dégage.

Alice bomba le torse et soutint quelques secondes son regard atomique. Elle ramassa ses affaires, expliqua à sa sœur qu'elle ne pouvait pas rester.

– Alice, ne pars pas. J'ai besoin de toi.

– Appelle-moi quand ton mari sera absent.

– Mais, Alice…

– Au moindre souci, j'arrive, d'accord ?

Catherine s'effondra vers ses mains et fit gigoter ses doigts. Alice en profita pour s'échapper. Refermant la porte, jambes en coton, elle s'agrippa un instant à la poignée. Non, elle ne crierait pas, elle ne pleurerait pas. Elle avait la force et la retenue d'une statue de l'île de Pâques. Elle se secoua, et appela l'ascenseur.

Elle pourrait toujours téléphoner à Catherine.

*

Une quarantaine de minutes plus tard, elle attendait Mathieu Villebon dans les locaux vides d'escapamour.com. En ce dimanche, il aurait pu la recevoir chez lui mais préférait à l'évidence maintenir la distance. Alice patientait en moulinant de sombres pensées. Cachotteries. Incompréhension. Salomé s'était lancée dans une enquête d'envergure sur l'adultère sans lui en parler. Pourquoi donc ?

Lorsque Villebon lui fit signe de le suivre dans son bureau, elle détailla son nouveau look en réprimant une envie de s'esclaffer. Mèche folle sur le front mais tempes presque rases, barbe à la Jules Verne, chemise de bûcheron à gros carreaux, jean étriqué qui laissait voir les chevilles, mocassins portés sans chaussettes. Il avait toujours été une *fashion victim*. Hormis son derrière bien valorisé, la nouvelle mode ne l'avantageait pas et lui collait dix ans de plus.

– La police a téléphoné et m'a questionné jusqu'à la nausée. Un certain lieutenant Maze. Ça te dit quelque chose ?

– Ça devrait ?

– Oui, ça devrait !

– Tu penses à quoi au juste ?

– C'est toi qui les as dirigés vers moi, Alice ?

– Bien sûr que non. C'est mon ahuri de beau-frère.

– Ah, je vois. Au fait, désolé pour ta nièce. Toutes mes condoléances.

Mieux vaut tard que jamais, crétin.

– Ne t'inquiète pas, Mathieu. Je suppose que la police va me contacter bientôt. Ni toi ni moi ne sommes responsables de ce qui s'est passé.

– Salomé a bel et bien utilisé mon appli. Le lieutenant voulait savoir si j'avais le nom de son compagnon.

– Quel compagnon ? Je croyais qu'elle était là pour une enquête sur l'adultère.

– Elle est restée seule dans cet hôtel du 15e, oui, c'est vrai d'après la police, mais avant ça…

– Avant ça, quoi ?

– Elle avait réservé douze chambres en trois mois. Avec mon appli.

Alice marqua un temps d'arrêt. À quoi avait joué Salomé ? Avec qui ? C'était pour son travail ou pour le plaisir ?

– Et tu l'avais, le nom de son compagnon ?

– Non, elle réservait sous le sien et payait en ligne par carte bancaire. Qu'est-ce qui a bien pu lui arriver ?

– Aucune idée.

– Et c'est tout l'effet que ça te fait, Alice ?

– Elle t'a interviewé ?

– Qui ? De quoi tu parles ?

– De Salomé. Elle enquêtait sur le sujet qui nous concerne, toi et moi. Elle savait que je n'accepterais pas de parler de mon business. Mais toi…

– Quoi moi ?

– Tu es toujours prêt à faire le buzz, Mathieu.

– Tu délires, Alice.

Ils se lancèrent dans le concours de celui qui dévisagerait le mieux l'autre. Elle abandonna vite.

– Bon, j'ai besoin d'une chambre, Mathieu. Dans un bel hôtel. Et bien sûr, c'est gratuit.

– Quoi ?

– C'est normal. N'oublie pas qui t'a mis le pied à l'étrier.

– C'est *moi* qui ai eu l'idée de créer *ma* centrale de réservation.

– Oui, mais c'est *mon* site qui t'a permis de créer ta base de clientèle. Et mon business est en expansion depuis dix ans. Je ne t'apprends rien.

Villebon était un petit malin, très fluide en affaires, il savait ce qu'elle pensait. *Si tu ne me loges pas gratis, je t'expulse de mes références et casse ta réputation sur les réseaux sociaux*. Il lui obtint une réservation dans un quatre-étoiles de la rue de Rivoli.

Une heure plus tard, Alice était installée et admirait la vue sur le jardin des Tuileries. La salle de bains était spacieuse, le petit déjeuner buffet proposait des produits bio et il y avait un service de massage.

Parfait.

Son musée préféré se trouvait à deux pas. L'Orangerie recelait les plus belles œuvres jamais peintes ; Beethoven les aurait adorées.

Elle se changea pour une tenue confortable, ressortit à pas vifs, s'engagea dans le parc, entra dans le musée et acheta un ticket.

Elle pénétra dans la salle ovale à pas lents. La splendeur des *Nymphéas* l'engloba.

C'était la beauté du monde qui s'épanchait ici. Aquatique, nuageuse, frissonnante, tantôt limpide tantôt obscure, tissée de reflets et d'évocation. La *parfaite* beauté du monde.

Claude Monet les avait pourtant peints en 1917. Alors que la violence déferlait, que la Première Guerre mondiale activait son gigantesque hachoir.

Peindre à Giverny, dans la paix lumineuse de la campagne, créer cette légèreté, imaginer cette délicatesse floutée tandis que la planète était à feu et à sang… Pourquoi ? Cela n'était pas de l'égotisme, cela n'était pas de l'indifférence. Un homme était tout sauf indifférent lorsqu'il parvenait à exprimer une réalité à la fois si délicate et si juste, qui nous touchait au cœur. Le peintre avait fait don de ses peintures à la patrie au lendemain de l'armistice de 1918. En symbole de la paix. Elle se souvenait avoir lu que son projet était de longue haleine, mais qu'il avait redoublé d'énergie au moment où son fils était mort. Et que la guerre venait d'éclater.

La mort. La dernière ennemie. Celle qui nous terrorisait.

Et celle qui déclenchait en nous des merveilles.

Elle s'assit sur un banc, au milieu de la salle, et se laissa emporter par la grâce des longues œuvres courbes.

Pourquoi ai-je attendu des années avant de revenir ici ?

21

MoiToi

Dents qui claquent, chair de poule.

Se forcer à rester nu devant le miroir. Pour s'étudier.

Muscles, lignes, fermeté. En fait, il aimait son enveloppe corporelle, il aimait ses traits, et surtout ses yeux. Les autres lui faisaient comprendre qu'il avait un pouvoir de séduction. Il n'avait pas envie de gâcher ça, c'était très utile, ça huilait les rouages du Jeu.

Il refusait que sa chair pourrisse et que son image disparaisse à jamais. Le Joueur, le Surfeur avait l'allure idéale.

Il se sécha avec la serviette rouge, se rhabilla vite et fit démarrer la caméra fidèle.

« Je pense qu'il n'y a pas que mon esprit que je t'ai transmis. Tu es exactement comme moi, hein, c'est ça ? Ma data, c'est ta data. MoiToi, c'est même visage, même corps et même peau. Tu es peut-être plus léger parce que tu te nourris mieux ou parce que tu prends plus soin de toi que moi, mais globalement, on est identiques. Ça me plaît beaucoup, cette idée. Je nous trouve beaux.

À part ça, les gens sont marrants, parce que même s'ils m'apprécient, dans le fond, ils me prennent pour leur esclave. Dans le futur, c'est ce qui t'arrive aussi ?

Bien sûr. Parce que MoiToi joue la même partie. Plusieurs manches, un seul Jeu. C'est clair.

Ça me fait du bien de penser que, dans la matrice, on est des Dieux. Ça me répare. De ces regards méprisants. De ces demandes stupides. De ces servitudes.

Ça n'a rien à voir avec le statut social, tu le sais. Dans le monde auquel croient les autres, chaîne verticale, le ver de terre est un minable, le lion un roi. Mais dans la datamatrice, c'est différent.

MoiToi peut jouer au ver comme au lion. Pas grave. Facile. Une histoire de point de vue.

Dans le monde auquel croient les autres, je suis capable de silence, de calme, de tranquillité.

Pendant des années.

Je sais rester à ma place. Communiquer. Travailler dur. Remplir les tâches qui s'accumulent. Faire semblant de m'intéresser. De désirer et d'apprécier pouvoir, richesse, amour. De ressentir.

Pendant des années.

Bonus, parts de marché, taux d'audience, chiffre d'affaires, gémissements, plaisirs, orgasmes, privilèges, belle bagnole, belle baraque, droit au chapitre, admiration, assouvissement, asservissement, possession, dépossession, repossession.

Pendant des années.

M'en fous. En fait.

Suis rien de tout ça en réalité. Tu le sais bien. MoiToi est eau bouillante, feu laser, glace qui tranche, gaz qui infiltre le système respiratoire de l'ennemi et explose.

Dans la datamatrice, MoiToi est le meilleur.

Le Joueur, ultime.

On est des catastrophes ambulantes.

De belles cruautés… »

22

Barnier

Lundi 17 octobre

C'était une jolie chambre, mais dans le genre sobre, rien à voir avec la déco féerique de l'hôtel de la Licorne.

« Vous ne culpabilisez jamais ?

– Notre histoire, c'est une chouette aventure. Un moment hors du temps, qu'on vit avec sincérité. Dans nos moments ensemble, on refait le monde. Ensuite, on retrouve notre quotidien avec nos conjoints. Mais ce qui s'est passé entre nous, ça nous a filé la pêche, vous voyez ? Ça redonne des envies, de la motivation. C'est positif pour notre vie normale. Alors, où est le mal ? Justement, grâce à nos silences, on n'en fait à personne. »

Salomé Jolain faisait bien son travail. Hors champ, tenant la caméra, elle balançait, juste au bon moment, des questions suffisamment provocantes pour obtenir ce qu'elle voulait.

Les interviewés s'étaient délestés de leurs chaussures. La compagne illégitime gigotait des orteils. Jolie brunette d'une trentaine d'années, elle était vêtue de manière suggestive. Décolleté plongeant, jupe moulante, et on devinait à des éclats de chair pâle qu'elle portait des bas. Son partenaire, la quarantaine rondouillarde, parlait sans retenue.

« C'est à cause de la lassitude ?

– Non. Plutôt le besoin de vivre plusieurs vies en une. On a nos compartiments. Et on fait bien attention à ce que personne ne souffre. J'insiste. »

Ils s'exprimaient à visages découverts. Avant de démarrer l'interview, Salomé leur avait assuré que leurs traits seraient floutés et leurs voix modifiées au montage.

Salomé variait les angles. Les rushes étaient bruts. De fait, ça durait un temps infini. Pourquoi bavasser à propos de l'adultère ? Il suffisait de le vivre, non ? Ces deux spécimens étaient des exhibitionnistes. Point barre.

« On peut aimer deux personnes à la fois, vous croyez ?

– Bien sûr, et ça devrait être accepté. Mais ce n'est pas possible, à cause de la souffrance que ça causerait à notre conjoint. Et on ne veut pas abîmer la fierté de son épouse, casser l'équilibre de la famille.

– Vous êtes d'accord ? demandait Salomé à la jeune femme.

– Oui. Les enfants ne comprendraient pas. Ça les détruirait. Alors, on cultive le secret. »

L'homme lui coupait la parole tout en lui tapotant la cuisse.

« Ici, on est quelqu'un d'autre. Ou plutôt une autre partie de nous-mêmes. »

Barnier jugeait ce déballage de plus en plus ridicule. Et sacrément risqué. Si lui-même trompait sa femme et décidait de s'en vanter à la télé, elle le reconnaîtrait, même flouté. À sa gestuelle, à ses expressions.

Elle avait des petites antennes et avait oublié d'être stupide.

En attendant, le *témoin* s'offrait un grand moment existentiel. Flatté, important, il pérorait, entre une maîtresse sexy et une ravissante journaliste qui buvaient ses paroles. Le type même du narcissique comme en produit en masse notre époque.

Ça faisait deux fois qu'ils visionnaient l'interview. Barnier faisait une overdose. Il stoppa la vidéo.

– Tu en penses quoi ? demanda Maze.

– Il est content de lui. À part ça…

– Très content, justement. Ça vaut le coup de le travailler, je crois. Il a pu faire des confidences hors micro. Salomé aussi.

– Dans le style donner pour obtenir. Oui, pourquoi pas.

– Elle démarrait son enquête grâce à eux. Ça a dû la mettre de bonne humeur…

Interroger le tombeur de ces dames ne posait aucun problème. Salomé avait noté son 06 dans l'un des carnets repêchés à TV24. Un certain Guy Sabatier.

– Imagine qu'il ait eu des remords. Qu'il ait voulu faire marche arrière. Salomé avait eu du mal à dénicher ce tandem. Elle a pu refuser.

– Et il l'aurait suivie, attendue sous la flotte avant de la trucider d'un coup de bouteille. C'est du lourd, comme scénario.

– Je n'irais pas jusque-là… Ce type sait peut-être quelque chose. Et ce n'est pas comme si on croulait sous les témoignages…

– Bon, allons lui travailler le cuir.

Barnier n'y croyait pas vraiment, mais il n'en pouvait plus d'être enfermé dans ce bureau à écouter un rigolo philosopher autour de la métaphysique du plan cul. Dans le fond, admit-il, s'il était vraiment honnête avec lui-même, ce qu'il aurait aimé faire dans l'immédiat, c'était aller boxer avec Maze. Depuis que son jeune lieutenant lui avait parlé de ses entraînements, il se voyait sur le ring.

Et ça me remettrait les synapses en place.

Mais son lieutenant et lui n'étaient pas libres.

Pendant ce temps, Maze appelait Guy Sabatier et réussissait à obtenir ce qu'il voulait. Il rempocha son portable et passa sa main dans ses cheveux. Ses yeux brillaient.

– On a rendez-vous dans un café. Dans le quartier où il travaille.

– Super. Il fait quoi dans la vie à part tromper sa femme ?

– Les assurances.

– Avec un tel baratin, il doit faire des affaires en or.

Barnier lui lança la clé de la Renault de fonction et lui demanda des nouvelles du husky.

– Ma sœur l'a récupéré. Son Opel aussi.

– Alors tu pars boxer en métro. Pauvre de toi.

– Eh oui.

– J'ai envie d'y aller.

– Dans le métro ou à la boxe ? ricana Maze.

– Fais pas ton malin, Mohamed Ali. Tu m'as collé le virus. J'en veux.

– Tu es prêt à te lever à l'aube, toi qui dors déjà si mal ?

– Je suis prêt à pas mal de turpitudes, ne te fie pas à mon air pépère.

– Bien, on y va demain.

– Ça ne te dérange pas ?

– Non. Ta femme va apprécier, tu crois ?

– Impossible de savoir ce qu'elle apprécie en ce moment, de toute façon.

– Ah.

*

Guy Sabatier portait bien le costume, ses chaussures étaient impeccablement cirées, et un seul sujet accaparait son attention. Son nombril. Apprendre la mort de la journaliste ne l'avait pas choqué plus que ça. Ce qui le chagrinait, et il était d'une franchise désarmante, c'était que le reportage ne passerait probablement pas.

– Mon amie et moi, on avait pris des risques pour l'aider. Tout ça pour ça…

Maze cuisinait ce pitre avec calme et efficacité, mais Barnier avait plutôt envie de lui balancer son jus de tomate au nez avant de s'exfiltrer. Un coup pour rien. Il en était sûr.

L'appel de sa femme arriva presque comme une délivrance. Leur fils était impliqué dans une bagarre, il avait envoyé un autre gamin à l'infirmerie du lycée.

– Cette fois, tu viens ! Il doit être recadré. Par son père. C'est toi, tu t'en souviens ?

Il annonça une urgence familiale. Maze lui passa la clé de la Renault. Barnier l'abandonna au baratin de l'assureur.

*

Barnier rappela en soirée. Entre les réprimandes de sa femme et les remontrances faites à son fils, il se sentait moulu. Maze voulut des détails.

– Il y a eu une grande discussion sur le mariage pour tous dans son école. Mon fils était pour. Un autre gamin l'a traité de pédé. Ça a fini par un poing dans la figure.

– Ah.

– J'avoue que j'étais assez fier de mon petit gars. J'ai dû lui expliquer que c'était beau d'avoir des convictions et de l'ouverture d'esprit, mais qu'il valait mieux user sa salive que de cogner. J'espère qu'il a compris.

– On peut le mettre à la boxe lui aussi, il a l'air motivé… Ça marche toujours pour demain ?

– Bien sûr. Ça a donné quoi avec l'autre gugusse ?

– Sa maîtresse nous a rejoints. Salomé leur a mis le grappin dessus en utilisant le fichier de lovalibi.com. Guy et sa copine sont clients depuis trois ans.

– C'est quoi, déjà ?

– Le site d'Alice Kléber. La tante de Salomé.

Celle que Pierre Jolain ne pouvait pas voir en peinture. Celle-là même que Salomé Jolain visitait souvent en Bourgogne. L'interroger devenait urgent.

– Bien. Rien d'autre ?

– D'après eux, non. Ils l'ont jugée déterminée, ambitieuse, professionnelle et intelligente.

– Tout ça ?

– C'était plutôt le point de vue de l'amante. Lui est plutôt autocentré.

– Plutôt, oui.

– Elle s'appelle Noémie. Elle travaille dans la même boîte que Guy. Elle est du genre inquiet. C'est lui qui l'a convaincue de participer au reportage. Elle ne voulait pas au départ. De peur que son mari la reconnaisse.

Noémie, jolis seins, jolies jambes, belle empathie. Mais qui perdait son temps avec un abruti trop content de lui. Barnier voyait encore son porte-jarretelles noir flasher sur le lit immaculé. Lui faisait-elle envie ? Oui, peut-être bien.

– Dernière chose. Quand Salomé se faisait tuer, Guy était à l'hôtel avec Noémie. Du moins, c'est ce qu'ils prétendent. Il faudra vérifier. Je n'ai pas encore eu le temps.

– Impeccable, Cassius Clay.

23

Valentin

Elle est revenue danser dans les airs. Elle ne sourit plus.

« Il faut que tu m'aides. Et que tu aides Dorine. »

– Je ne sais pas quoi faire, Salomé.

« Tu ne sais pas que tu sais. Tu vas trouver. »

Valentin réfléchit.

Salomé veut s'en aller. Elle répète qu'il est seul à pouvoir l'aider. Alors peut-être que s'il sort de l'hôpital elle pourra sortir avec lui. Peut-être qu'ils sont comme ces deux poissons qui s'aident dans l'eau. Le gros voit mal, mais sait se défendre. Le petit a de bons yeux. Il guide le costaud, qui n'arrive pas à trouver à manger sans lui. Valentin a vu ça à la télé.

Il s'habille, passe une tête dans le couloir. Personne ne s'intéresse à lui. Sauf Salomé, qui flotte au-dessus de sa tête. Elle sourit, elle est contente.

Valentin prend l'ascenseur. Des gens dans le hall. Partout. Debout, couchés, assis dans des fauteuils roulants. Ça donne le tournis. Les portes en verre s'ouvrent pour lui. Il est dans la rue. Dans Paris. Mais où ça ?

Tiens, Salomé n'est plus là. Elle s'est envolée ? Bon débarras.

Un passant dit à Valentin où trouver la bouche de métro. Et la femme derrière le guichet comment aller au Vésinet. Elle lui offre un plan en papier et entoure les stations avec un crayon.

Ce n'est pas la première fois qu'il monte seul dans un wagon du métro. C'est ce qu'il a fait quand il a retrouvé Salomé à côté de l'hôtel de la Licorne. Il s'en est sorti tout seul. Pas de raison d'avoir peur. Suffit de se mettre loin des gens pour ne pas se faire toucher. Beaucoup d'odeurs flottent dans le wagon. Chaque voyageur a la sienne. Ensemble, elles font un feu d'artifice. Valentin les voit. Il les a toujours vues dans les moments où il se sentait fatigué, mais ne l'a dit qu'à Dorine. Elle pense qu'il a de la chance. « Tu vois le monde mieux qu'un peintre, Valentin. »

*

Sa grande maison aux volets verts et aux murs couverts de feuilles le regarde. Valentin est content d'être de retour, même s'il craint d'entrer car c'est la première fois qu'il sera seul ici. Sans Dorine, sans Alexandre. Mais il y aura Watteau. Et Panigure.

Le matou fait la sieste dans la cuisine. Il se frotte aux jambes de Valentin et se fait caresser. Watteau et tous les animaux, ce n'est pas comme les gens. Valentin aime les toucher. Leurs peaux poilues, c'est doux.

Valentin entend chanter. Il lève la tête. C'est Salomé ! Elle est de retour. De nouveau collée au plafond, bras et jambes écartés. Beau papillon. Ses vêtements éclairent la pièce. En fait, il est content de la voir, ça le rassure de ne pas être seul. Et puis, Salomé n'est pas fâchée contre lui, sinon elle le lui aurait dit.

« Dorine et toi, vous devez vivre. »

– Hein ?

« Il ne faut pas que le voleur vous attaque encore. »

– Je dois faire quoi ?

« Tu trouveras. Promis. »

Watteau s'est sauvé, il n'aime pas voir des gens collés au plafond.

Valentin regarde par la fenêtre. Rester enfermé à l'hôpital, avec la cervelle et le corps en brouillard, c'était difficile. Il est content d'être de retour chez lui. Son jardin, sa maison, c'est le paradis.

Il sort et laisse le vent jouer avec ses joues. Salomé n'est pas là. Elle n'aime pas prendre l'air ? Elle ne veut pas que les nuages l'emmènent de l'autre côté de la Terre ? Watteau est assis sur le perron. Sérieux comme un prince. Il se met à miauler. Ça ressemble à une chanson triste. Watteau veut dire quelque chose. Mais, même s'il est le plus malin des matous, il ne sait pas parler. D'habitude, il va renifler du côté de chez Panigure, son grand copain. Il lui fait la conversation à sa façon.

Un jour, Alexandre a retrouvé le chat sur le dos du cheval. Comme s'il était prêt à galoper. Panigure ne bougeait pas, ne soufflait pas des naseaux. Il était content d'avoir Watteau comme cavalier. Ça les a bien fait rire. Surtout Dorine. Elle les a même pris en photo.

Valentin veut donner une carotte à Panigure. Le beau cheval d'Alexandre sera content.

Il s'approche de l'écurie. Panigure devrait l'avoir senti. Et pousser des hennissements contents. Mais Valentin ne voit pas sa grosse tête dépasser de la porte du box.

Il s'approche encore.

Il voit le bout de ses pattes. Blanc comme des chaussettes. Et ses longues jambes caramel. Panigure ne bouge pas. Il dort ?

Le cheval d'Alexandre ne dort jamais en pleine journée.

Valentin l'appelle longtemps. Il sent une abeille lui piquer la poitrine. Encore et encore. Ça fait mal. Ça fait très peur.

Cette abeille dit qu'il est arrivé malheur.

24

Barnier

Mardi 18 octobre

La salle de boxe puait violemment la sueur, mais, une fois plongé dans l'ambiance, on oubliait. Les adeptes étaient aussi amicaux que motivés. Dans le lot, quelques filles.

En short et torse nu, Barnier s'était d'abord senti lent face à ces combattants secs et concentrés. Ses cours de karaté remontaient à sa jeunesse, il avait perdu la forme. Le déclic s'était produit quand Maze l'avait fait travailler sur un sac de frappe, lui détaillant les techniques. Plutôt que de se perdre dans des détails compliqués, il montrait le geste, expliquait avec son corps.

Barnier avait retrouvé des sensations perdues.

Il regardait Maze boxer un adversaire plus grand et plus volumineux. Vif, fluide, volontaire, puissant mais pas agressif, son lieutenant dominait. On l'aurait dit né pour ça. C'était beau à voir.

À sa descente du ring, il le félicita.

– Alors, convaincu de t'entraîner ?

– Oui, ça va me faire un bien fou.

Il évita de dire que ça n'était pas du goût de sa femme. Hier soir, ça avait chauffé. « Tu rentrais tard. Maintenant, en prime, tu te lèves aux aurores. » Boxer le soir activerait son taux d'adrénaline et l'empêcherait de dormir. Seul créneau pour s'entraîner, le matin très tôt. Sa femme refusait de comprendre et parlait de « désertion ».

Quand le fossé avait-il commencé à se creuser ? Juste après sa promotion ? Ou avant. Des années auparavant. Une petite fissure qui se transforme en crevasse… et personne ne sait pourquoi.

Dans le temps, il aimait tout chez elle, même ses défauts. Ces derniers mois, sa seule présence l'oppressait. Il n'y avait qu'au travail qu'il se sentait lui-même. Avec Maze. Qui ne posait jamais de questions idiotes. Qui savait vivre. Et laisser vivre.

Assez de problèmes métaphysiques, il fallait retourner à la Brigade.

Les douches n'avaient rien de luxueux. Du carrelage entartré, pas de cabines séparées, un plafond lézardé qui crachait une eau délicieusement trop chaude. Barnier soulagea ses muscles endoloris en compagnie d'une cohorte de costauds. Maze avait récolté quelques beaux hématomes.

En montant dans la voiture de fonction, joues rouges et sourire aux lèvres, ils économisaient leurs gestes, évitaient la fatigue inutile. À part ses jointures écorchées, tout baignait dans l'huile.

J'adore ce mec. Je crois bien qu'il est en train de devenir mon meilleur ami. Raison de plus pour lever l'ambiguïté.

– Tu ne crains pas de te faire casser le nez ? Si j'avais une gueule comme la tienne, j'y réfléchirais à deux fois.

– Première loi du ring, toujours tenir sa garde. Mais ma gueule m'intéresse modérément. La boxe est un fantastique défouloir et une école de discipline. C'est ce qui compte.

– Dis-moi…

– Oui ?

– Tu es gay ?

Maze retint deux secondes sa respiration. Puis lâcha un grand sourire. Tension dégoupillée.

– Désolé, pas moi, reprit Barnier de sa voix la plus apaisante.

– OK, pas de problème.

Une bonne chose de réglée.

Il colla le gyrophare sur le toit, avec plus de force qu'il ne l'aurait voulu. Son lieutenant, impassible, se faufila dans le trafic. Pas question de traîner, la tante de Salomé, Alice Kléber, que détestait passionnément Pierre Jolain, était convoquée à 8 heures à la Brigade.

*

La ressemblance était troublante. En s'adressant à Alice Kléber, Barnier avait l'impression de parler à une revenante. Dans le futur. Elles avaient quoi ? Une vingtaine d'années d'écart ?

Cette femme était d'une assurance peu commune, manipulatrice et sans doute nympho. Elle les avait détaillés comme si elle appréciait ce qu'elle voyait, contemplait Maze sans se gêner, tentait de leur soutirer des informations en donnant le minimum. Elle prétendait ignorer que sa nièce enquêtait sur l'adultère.

Ça ne marchait ni avec l'un ni avec l'autre. Elle n'était pas digne de confiance, faisait de la rétention, et son air fuyant la trahissait.

– Elle se confiait pourtant à vous, d'après votre sœur.

L'agacement de Barnier s'était concentré au bout de ses doigts. Qui tapotaient le dossier vert contenant les pièces de l'affaire.

– Salomé m'avait dit qu'elle rêvait de proposer un reportage ambitieux et d'un format plus long. Mais elle ne m'a jamais donné de détails ni demandé de l'aide.

Il caressa le dossier du plat de la main. Ses écorchures rouges ressortaient sur le tissu vert.

– Je ne vous crois pas, lâcha-t-il.

– Pardon ?

– Salomé était focalisée sur son métier. Elle venait souvent vous voir en Bourgogne. Vous parliez de la pluie et du beau temps ? À d'autres.

Elle se retenait de l'insulter. Pas plus épaisse qu'une sylphide, elle semblait aussi redoutable qu'une tigresse. Elle était jolie avec ses grands yeux sérieux, sa chevelure en flammes et sa bouche généreuse, mais pour rien au monde il ne se serait risqué dans un lit avec elle.

– Nous parlions de ses enquêtes, oui. Mais pas cette fois.

Barnier se tourna vers son coéquipier. Perché sur le rebord de la fenêtre, profil se détachant sur le bleu du ciel, il faisait rouler ses bagues sur ses doigts. Barnier vit soudain son corps nu sous la douche. Son visage détendu, son rire. Et ce massage impromptu dans les locaux de TV24, le contact de ses mains… C'était comme s'il l'avait tatoué avec ses doigts, la sensation était gravée…

Putain, retour du petit vélo dans ma tête.

Il se concentra sur Kléber.

– Elle vous parlait de sa vie sentimentale ?

– Pas vraiment.

– Ça aurait été naturel. Elle n'avait pas trop d'atomes crochus avec ses parents, non ? Ni avec ses collègues.

– À mon avis, elle n'avait personne depuis le départ de son petit ami aux États-Unis. Un sujet douloureux, je ne remuais pas le couteau dans la plaie.

– Puisqu'on en est aux sujets douloureux, parlez-moi de votre job.

– Un business légitime. Où est la douleur là-dedans ?

– Pour les conjoints trompés, ce n'est pas terrible.

– Inutile de me faire la morale, je suis imperméable à ça.

– Je suis flic, pas curé. Je veux seulement comprendre. Alors je réitère ma question. En quoi consiste votre job ?

– Il n'y a rien de plus que ce que vous voyez en ligne. Je fournis des alibis. Adaptés aux besoins de mes clients.

– Et ça va jusqu'où ?

– Je ne comprends pas la question.

– Est-ce que vous leur conseillez de faire appel à une centrale de réservation de chambres d'hôtel ?

– Oui, et vous le savez déjà puisque vous avez interrogé Mathieu Villebon.

– Un ami à vous ? Il vous tient au courant ?

– Je l'ai appelé pour qu'il me trouve un bon hôtel pendant mon séjour à Paris. Et oui, j'en avais sans doute parlé à Salomé, si c'est à ça que vous pensez. Escapamour.com, c'est une idée que j'aurais aimé avoir.

– On tourne en rond. Ça suffit. Concernant l'économie de l'adultère, vous étiez une source d'infos idéale. Et d'ailleurs, le couple qu'a interviewé Salomé est client de votre site lovalibi.com.

– Quel couple ?

Surprise totale. Cette femme était ou la sincérité incarnée ou une redoutable comédienne. Vu son pedigree, il penchait pour la seconde option.

– Vous m'avez très bien entendu. Guy Sabatier et sa maîtresse, Noémie. Ils vivent et travaillent à Paris. Ça vous dit quelque chose ?

– Non, j'ai des centaines de clients. Plus ou moins réguliers. La majorité vit en province.

– Revenons à Salomé. À son enquête.

– Salomé ne m'en a jamais parlé, vous avez ma parole. (Soudainement radoucie, elle avait oublié le look tigresse et lui faisait des yeux d'épagneul breton.) Elle connaissait très bien ma position. Mon business se construit sur la garantie de l'anonymat de mes clients. Sans ça, je les perds. J'ai mis plus de dix ans à bâtir cette affaire. Ce n'est pas rien.

Elle percutait vite. Quant à lui, il ne comprenait pas pourquoi dix ans lui semblaient une si longue période pour établir une activité professionnelle. D'autant qu'elle ne semblait pas à plaindre. Mais ce n'était pas son problème.

– Ils restent anonymes, dites-vous. Mais vous avez forcément un fichier de noms puisque votre nièce a puisé dedans.

– C'est-à-dire que je m'engage à ne rien divulguer. Jamais. Un peu comme un avocat. Mais j'ai des noms et des contacts.

– Des numéros de téléphone ?

– Oui, ou des e-mails, ça dépend de ce que les gens veulent me laisser. C'est leur choix.

– Vous gardez ça où ?

– Vous êtes à deux doigts du harcèlement, là, non ?

– Je veux le listing de vos clients, madame Kléber. Maintenant.

– Ça ne va pas être possible.

– Vous croyez ?

Ouvrant le dossier vert, il en sortit plusieurs photos de Salomé, dont certaines prises à l'Institut médico-légal. La gamine allongée sur la table en inox. Peau blafarde, lèvres grises, jeunesse massacrée.

Kléber déglutit, resta figée un instant et lui balança un regard nucléaire.

– Vous jouez à quoi, commandant ?

– Comprenez que son tueur est peut-être dans votre fichier. Alors, vous allez nous confier vos infos.

Elle le dévisagea un moment, puis hocha la tête.

– J'y ai accès avec mon smartphone.

– Eh bien, allons-y.

Elle tapa un code, se connecta, tendit son téléphone à Barnier.

– Mon fichier est à vous, dit-elle d'un ton amer.

*

Maze délaissa son rebord de fenêtre, s'approcha, et de l'index effleura la main de Barnier, juste au-dessus de ses jointures rougies.

Il me parle, même quand il se tait. On va danser longtemps comme ça ? Je croyais avoir été clair.

– C'est grave, docteur Maze ?

– Les gants qu'on t'a prêtés étaient trop larges. Le frottement t'a abîmé la peau. Je te conseille de t'en acheter une paire. Si tu veux continuer, bien sûr.

Ses yeux souriaient.

– Je veux continuer.

Ça venait d'où ce ton grave ? Cette phrase expulsée ? Trop tard pour la rembobiner. Le visage du lieutenant redevint lentement sérieux.

– Quelle histoire pour obtenir ce fichier, reprit Barnier. On croirait les secrets du Pentagone. Bon, on va faire des recoupements et vérifier les alibis de ses clients vivant à Paris et en région parisienne. Je mets plusieurs gars sur le coup.

Maze lui décocha un sourire rapide et franchit le seuil.

Je suis en plein délire. Faut que j'arrête.

Il téléphona à sa femme. Il fallait enterrer la hache de guerre, recoller leur vie, se retrouver. Il la surprit en lui annonçant qu'il l'invitait au resto.

25

Alice

Descendue sur le quai, le corps sans vie de Salomé gravé sur la rétine, Alice marchait d'un pas vif. Elle avait vomi dans les toilettes de la Brigade criminelle. Sans lever la main sur elle, Barnier avait réussi à la fracasser.

Un type odieux, insensible.

Et surtout dangereux. Il pouvait massacrer lovalibi.com. Jeter sa source de revenus au fisc. Et lui confisquer sa liberté. Son existence. Heureusement, il lui avait rendu son smartphone.

La tour Eiffel grandissait. Les vagues jaunâtres de la Seine scintillaient sous un soleil agressif. Elle se moquait d'avoir mal aux yeux. Elle avait besoin de grandes goulées d'air pour extirper la colère.

Qui étaient-ils pour la juger ? Pierre, son crétin de beau-frère qui l'avait flanquée dehors. Et maintenant, ce flic. Elle faisait de sa vie une œuvre d'art. Rien qu'à eux deux, ils formaient une conjuration d'imbéciles qui lui jetait une morale étriquée à la figure.

Et pour couronner le tout, cette expo de photos, à même la muraille des quais. Des visages géants, du monde entier, s'affichaient, accompagnés de mots d'amitié dans toutes les langues. Ils la ramenaient à celui de Salomé. À ses traits délicats, ses yeux immenses. À sa chevelure de feu.

Elle accéléra le pas ; bientôt, ces visages furent derrière elle. Disparus. Presque oubliés.

Elle pensa soudain à celui du lieutenant.

Il était d'une beauté foudroyante. Malgré le stress, malgré le chagrin, elle n'avait pas pu s'empêcher de l'observer. Il lui semblait l'avoir déjà rencontré. Où, quand ? Il s'était contenté de la saluer d'un coup de tête et avait laissé Barnier mener l'interrogatoire. Dommage, le timbre d'une voix révélait souvent la sensibilité d'une personne.

Elle se sentait déjà mieux, le vent lui giflait les joues et l'esprit.

Péniches et bateaux-mouches passaient sans gêner quiconque. À ras d'eau, Paris devenait supportable. Les quelques SDF, les rares passants ne la remarquaient pas. Sa détresse pouvait s'aérer. Le trafic n'émettait qu'un marmonnement lointain.

Ses pas s'accordèrent au rythme de ses pensées.

Rayon déontologie, Salomé avait dérapé. Gravement. Confondait-elle le métier de journaliste et celui de barbouze ? Sans aucune vergogne, elle avait fouillé son fichier clients pour y dénicher Guy Sabatier et sa maîtresse. Comment avait-elle obtenu le code d'accès de l'ordinateur ? Tout de même pas par Lucien ?

Non, en fouillant mon smartphone. Elle connaissait le code.

Alice s'était laissé aveugler par son affection. Elle lui avait accordé sa confiance. Elle avait cru qu'elles pouvaient tout se dire. Qu'entre Catherine, Salomé et elle existait un lien très fort. La famille comme refuge à l'hypocrisie. La réalité avait un goût amer.

Son téléphone sonna dans sa main. Lucien.

– Quatre de nos clients réguliers se sont fendus d'un coup de fil. Ils étaient furax. Parce que la police les avait contactés. Je ne comprends pas…

– Ce flic n'a pas perdu de temps.

– Comment ça ?

– Il m'a forcée à lui donner notre fichier.

– Restons optimistes, Alice. On a plus d'un millier de clients. La plupart fidélisés. Je vois mal la police les contacter tous, ils vont plutôt se focaliser sur Paris et la région parisienne, non ? Ça reste une minorité.

– Pas faux.

En fait, plus tôt on trouverait le tueur, moins lovalibi.com risquerait d'être écartelé en place publique.

– Rassure-toi. Certains clients s'en iront, mais d'autres les remplaceront. Et je soigne les nouveaux en mettant le paquet. Je m'étonne moi-même. À ton retour, je t'aurai détrônée.

– Ha, ha, très drôle, Lucien.

– J'essaie de te dérider. Ta voix te trahit. N'oublie pas qu'on est *deux* menteurs professionnels. Qu'est-ce qui se passe au juste ?

– La police m'a montré des photos. C'est dur.

– J'imagine.

– Non. Tu n'imagines pas.

Salomé personnifiait la vie, l'avenir, l'énergie, les projets. Tout ce qu'elle-même n'avait qu'en série limitée. Dans aucun des scénarios qu'elle avait envisagés pour sa nièce ne figurait un détraqué qui lui fracassait le crâne d'un coup de bouteille de champagne avant de la jeter dans une poubelle.

Elle lui raconta ce qu'elle avait appris. L'enquête de Salomé, son utilisation de l'appli Escapamour, ses douze réservations dans des hôtels de charme.

– Elle a convaincu deux de nos clients d'accepter une interview. Tout ça en douce.

– Ça ne lui ressemble pas.

– Oui, c'est à n'y rien comprendre. Dis-moi…

– Quoi donc ?

– Elle t'a parlé de cette enquête ?

– Je te l'aurais dit, Alice.

– Tu ne l'as jamais vue utiliser nos ordinateurs ?

– Non.

– J'ai fait une erreur, Lucien.

– Laquelle ?

– J'ai téléchargé notre fichier-clients dans mon smartphone.

– Ah.

– Ça me semblait plus pratique de l'avoir toujours sous la main. Et de disposer d'une copie. Si le disque dur de mon ordinateur plantait. Je pense que Salomé a espionné le contenu de mon téléphone. Elle m'avait vue maintes fois faire le code.

– Alice ?

– Oui ?

– En admettant que Salomé soit mal tombée, c'est-à-dire sur quelqu'un prêt au pire pour garder ses secrets, son tueur n'est pas à l'abri.

– Parce qu'il est dans notre fichier.

– C'est possible. Quelqu'un qu'elle aurait interviewé et qui aurait ensuite regretté de lui avoir révélé son intimité.

– Et on peut tuer pour ça ? Qui plus est, une journaliste ?

– Je n'en sais pas plus que toi, mais je crois…

– Quoi donc ?

– Qu'il faut qu'on soit sur nos gardes. On n'est jamais trop prudent. Je le serai, Alice. J'espère que toi aussi.

Il avait raison. Elle ne s'était pas méfiée de Salomé, ça lui avait coûté cher.

– Bon, c'est d'accord, je suivrai ton conseil.

Elle attendit, écouta. Un chant d'oiseau ?

Elle imagina Lucien, installé au jardin en compagnie d'une théière odorante, son ordinateur portable ouvert devant lui, Willy somnolant à ses pieds.

– Tu es toujours là ?

– Oui, patronne, pendu à tes lèvres.

– Comment va Willy ?

– En pleine forme.

– Je donnerais cher pour être chez nous.

– Ça va se terminer bientôt, je suppose.

– Espérons. À plus tard.

Elle mit fin à la communication et ralentit le pas.

Elle était arrivée au niveau de la place de la Concorde. Le soleil enflammait la pointe de l'Obélisque. Devant l'entrée du parc des Tuileries, les cabines blanches en forme d'œuf de la grande roue emportaient les amateurs de vertige dans les airs avec une lenteur irréelle. Regarder des gens tourner à une vitesse de mollusque lui ferait du bien.

Elle quitta le quai, traversa la place, s'approcha du manège.

C'est alors qu'elle la vit.

Sa chevelure cuivrée, livrée au vent, son petit visage triangulaire, sa peau d'ivoire. Salomé.

Alice avala sa salive comme une bolée de plomb.

Et si ce n'était pas Salomé dans cette poubelle sinistre ?

Elle s'approcha encore et attendit. Jusqu'à ce qu'elle puisse discerner les traits de la jeune fille. Ce n'était pas Salomé. À part les cheveux, elle ne lui ressemblait même pas.

Barnier m'a mis le cerveau en capilotade.

Elle tourna le dos au manège.

Au-delà de la place, l'hôtel de Crillon en travaux était dissimulé sous une façade éphémère en trompe-l'œil.

Les hôtels. Les hôtels de charme de Paris. Une enquête. Douze réservations. En trois mois. Et un seul couple officiellement interviewé.

À quoi as-tu joué Salomé ?

Elle eut une idée. Et téléphona à Mathieu Villebon.

Au ton de sa voix, il était mécontent de l'entendre mais se forçait à la politesse. Elle lui expliqua qu'elle voulait changer d'hôtel. Aujourd'hui même. Pour celui où s'était trouvée sa nièce.

– Je comprends mal pourquoi tu souhaites dormir dans l'hôtel où a été assassinée ta nièce. C'est un peu…

– Morbide ? Non. J'ai mes raisons et te les expliquerai à l'occasion.

– Écoute…

– Ce n'est pas négociable. Fais vite.

– Pas de scandale. Ce sont mes clients !

– Je ne fais jamais de scandale. Trop fatigant.

– Alice, je suis dans la même galère que toi. Si les médias doivent parler de mes affaires, je préfère que ce soit pour véhiculer une image positive.

– Et alors ?

– Et alors, être au centre de l'enquête m'enquiquine. J'aimerais la jouer profil bas. Fais pareil. Soutenons-nous. Imagine ce qui risque d'arriver si un reporter de TV24 apprend que tu loges à l'hôtel de la Licorne ?

Hergé, *Le Secret de la licorne*, l'album préféré de Salomé. Ça pouvait n'être qu'une coïncidence. Ou pas.

– Je serai d'une discrétion absolue. Réserve-moi cette chambre.

– Alice !

– C’est ça ou je te fais une ambiance Gengis Khan, mentit-elle.

– Quoi ?

– Les invasions barbares. Terre brûlée et déferlement. Je nous suicide médiatiquement tous les deux. Je n’ai plus rien à perdre.

Elle lui raccrocha au nez.

Le ciel était une pureté bleue où s’étiraient des nuages d’un blanc idéal.

Tout le contraire de ma vie.

En se dirigeant vers son quatre-étoiles, elle se surprit à marcher sur le tracé à peu près rectiligne et rassurant que formaient les pavés bordant le trottoir. Elle s’en éloigna. Un trouble obsessionnel compulsif parmi d’autres. Dont elle avait presque réussi à se débarrasser mais qui remontait à la surface, parfois. Une façon de se convaincre que, tant qu’il y aurait des lignes droites, les détours et complications du présent seraient moins douloureux à encaisser.

Elle parvint vite à l’unique conclusion possible. Pour retrouver une certaine harmonie dans le maelström qu’était devenue son existence, la solution était de contribuer à découvrir ce qui était arrivé à Salomé.

Rue de Rivoli, elle pressa le pas. Il était temps de refaire sa valise et de récupérer sa Jaguar.

26

Valentin

Plaqué contre la porte entrouverte du salon, Valentin écoute. Dorine et Alexandre parlent doucement, mais ils sont énervés. Ils croient qu'il se repose dans sa chambre. Ils ne savent pas qu'il les entend, sinon Alexandre ne dirait pas tout ce qu'il est en train de dire.

– Il est peut-être temps de l'hospitaliser, Dorine.

– Hors de question.

– Et si c'est lui pour Panigure ?

– Ça ne peut pas être Valentin. Tu ne devrais pas dire ça. Tu ne devrais même pas le penser.

– Mon cheval s'est étouffé avec du pain.

– Valentin sait très bien qu'il ne faut jamais donner de pain à un cheval. Parce que ça gonfle dans l'estomac et qu'un cheval ne peut pas vomir.

– Il le sait parce qu'on lui a expliqué. Justement.

– Qu'est-ce que tu insinues ?

– Que c'est comme ça que l'idée lui est venue.

– Et pourquoi t'aurait-il tué ton cheval ?

– Qu'est-ce que j'en sais. Ça n'est pas plus bizarre que de répéter que Salomé Jolain lui fait la conversation ! Elle est morte, nom d'une pipe !

– Tu crois que ça a un intérêt quelconque de s'énerver ?

– Dorine, j'aime ce gamin autant que toi…

– La preuve que non.

– Lui et toi, vous êtes ma famille. Les personnes les plus importantes dans ma vie. Mais l'affection ne doit pas nous aveugler.

– À force de travailler sur les faits divers à TV24, tu imagines le pire…

– Écoute-moi. S'il y a la moindre possibilité que Valentin s'en soit pris à Panigure, il faut en avoir le cœur net. Être lucides.

– Je suis lucide et je te dis qu'il n'a pas ça en lui.

Valentin a les larmes aux yeux, mais aussi un sourire. Les paroles de sa sœur le rassurent. Elle ne veut pas qu'Alexandre le renvoie dans l'hôpital triste et qui pue la menthe moche. Il n'y retournera jamais.

– Valentin s'est montré insolent avec moi, Dorine. Pour la première fois.

– L'agression l'a traumatisé. La mort de Salomé qu'il aimait beaucoup n'a fait qu'aggraver la situation. Valentin te reproche peut-être de ne pas le soutenir. De ne pas être là pour lui.

– C'est ce que tu penses ?

– Ton travail t'accapare, ça n'a jamais été un problème pour moi. J'ai épousé un homme d'action, affaire entendue. Et je suis une grande fille autonome. Pour Valentin, c'est différent.

– Il travaille avec moi, que diable ! On se voit tous les jours.

– Je te répète que cette succession d'événements l'a secoué. C'est tout.

– Alors, qui a tué Panigure ?

– Je n'en ai aucune idée. Et ça m'inquiète.

Valentin est fâché. Il se demande s'il ne va pas se venger d'Alexandre. Il pourrait dire à Dorine ce qu'il sait. Salomé, amoureuse d'Alexandre, qui voulait dormir avec lui à l'hôtel de la Licorne.

Mais Valentin serre les poings et réfléchit. S'il crie la vérité, il faudra raconter la suite.

Salomé qui n'est pas contente de voir Valentin. Valentin qui se met en colère. Salomé qui tombe. Et n'ouvre plus les yeux.

Alors Valentin se tait. Et reste là, plaqué contre la porte. Watteau le regarde d'un air calme.

Le chat malin ne lui en veut pas. Il sait bien que ce n'est pas lui qui a tué son grand ami Panigure.

27

MoiToi

L'illusion d'être un humain le travaillait. Parfois, il ne savait plus s'il voyait juste. Il lui arrivait de penser que sa caméra n'était pas un portail temporel et qu'il était seul, à raconter des dingueries.

Mais ça ne durait pas. Il se souvenait vite qu'en lui imposant une série d'épreuves, en s'amusant avec sa cervelle, son Joueur extraterrestre le testait.

Pour rester le meilleur, pas question de baisser sa garde. Pas question de se ramollir.

Il prit une grande inspiration et fit démarrer la caméra.

« Hier, j'ai rêvé d'une femme fragile, qui était à la fois Alice et Salomé. Elle n'avait pas d'âge, ses traits étaient flous. Sa présence m'était nécessaire, j'éprouvais une sorte d'amour pour elle. Un cocktail des amours possibles. Paternel, sexuel, amical… Elle avait besoin de moi. Et moi, besoin de son besoin.

Tu vois ?

Au réveil, heureusement, l'illusion m'a sauté au nez, retour à la normale.

Oui, elles se ressemblaient physiquement, et ce n'était pas un hasard. C'est parce qu'elles étaient aussi méprisantes l'une que l'autre.

De nouveau, il n'y avait plus que MoiToi.

J'aimerais t'entendre, te voir. Il faudrait que le temps soit autre chose qu'un ascenseur qui ne permet que de redescendre vers le passé en pensée. Ça me plairait de monter vers le futur pour te rencontrer et vivre un peu avec toi, mon frère siamois.

Comment est le son de ta voix ? Essaie de me répondre. Sans ta présence, je me sens seul.

Incomplet.

Mais j'ai confiance. Notre lien est vrai. Depuis les lointains, tu m'entends. Dans ton espace de la data-matrice, tu m'écoutes et tu es ému. C'est ce qui compte.

Au fait, j'ai trouvé où cacher mes vidéos. La caméra et sa carte-mémoire t'attendront emballées dans une pochette ultrarésistante que j'ai fabriquée avec une couverture de survie argentée. Pour que tu la trouves au-delà du temps qui nous sépare, je la fixerai le moment venu sur la cime d'un arbre qui sera centenaire. Elle brillera comme une étoile, tu ne pourras pas la rater.

J'ai choisi un arbre dans une forêt isolée. En cas de futures guerres, cette zone éloignée des centres stratégiques du pays n'intéressera personne et sera préservée.

Prends bien soin de toi. Je t'aime fort… »

28

Barnier

Mercredi 19 octobre

L'affaire Salomé Jolain piétinait. Échec de l'enquête de proximité, le tueur s'était fondu dans la grisaille. Mais il y avait les autres affaires, toutes les autres. Là, maintenant, celle d'un allumé ayant enlevé en plein Paris la jeune femme qui refusait ses avances.

Ils étaient en chasse. Enfin dans l'action. Et Barnier revivait. Même attaqué par les courbatures de la boxe, même mâché par la fatigue, il appréciait de fuir la lourdeur des jours, de griller le temps à son propre jeu.

L'hélicoptère avait repéré le 4×4 jouant les *go fast* sur la D 928. Direction nord-est. À coup sûr, une tentative de fuite par la Belgique.

Maze tranchait l'autoroute et une pluie de fin du monde. À ses côtés, Barnier maintenait le contact radio avec la gendarmerie, qui avait monté un barrage à hauteur de Saint-Just-en-Chaussée. À l'arrière, le brigadier-chef.

La voiture avala la bretelle de sortie de l'A6 et accéléra sur la départementale. Encore quelques kilomètres à longer la platitude des champs mangés par la nuit et ils déboulèrent dans une zone forestière. Il avait entrouvert sa vitre. L'odeur humide de la végétation envahit l'habitacle. La rage de l'averse se mêla aux hululements des oiseaux nocturnes.

Encore quelques mètres. Au-delà des trombes d'eau, pas plus visibles que des lucioles, les feux arrière d'un véhicule à l'arrêt. Au loin, la barre lumineuse et vacillante du barrage des gendarmes.

On roula jusqu'à ce que tous puissent le discerner. Un utilitaire noir. Le 4×4 Toyota.

Sur la gauche, la masse compacte des bois. Barnier se sentit vampirisé. La nuit passée, il avait rêvé d'une forêt gluante, d'une chorale de plantes carnivores. Lui, intouchable, mais frôlé par leurs tentacules, s'y déplaçait en canoë. Les plantes affamées psalmodiaient une chanson répétitive.

Pas le moment de divaguer, la fatigue ne le broierait pas. Il se flanqua une claque virtuelle.

Au même instant, le conducteur du 4×4 fit une brusque marche arrière. Les vitres teintées absorbèrent son visage. Il bifurqua vers la gauche, s'engouffra dans le sentier forestier. Maze engagea la Renault dans son sillage.

Ils tanguèrent dans les ornières. Les grands arbres ne stoppaient pas les lances furieuses taraudant la carrosserie, les amortisseurs encaissaient. La Renault risquait de rendre l'âme.

Barnier utilisa micro et haut-parleur pour ordonner une reddition. Effet nul.

Il dégagea son arme de son holster et fit coulisser sa vitre. La pluie matraqua le cuir de son blouson, il tira en direction des pneus, atteignit son objectif. Le 4×4 fit une embardée, patina dans la vase, montra son profil, pila.

Maze eut la bonne réaction pour ne pas s'embourber. Il fit marche arrière en douceur, créant une distance de sécurité.

Un mouvement.

Une silhouette dans les phares. Un chauve, la quarantaine efflanquée.

Armé.

– Kalach ! cria Barnier en plongeant sur le côté.

La salve tailla le vide au ras de leurs dos, leur voiture rua sous les impacts. Boucan d'acier perforé, verre atomisé. Douleur aux tympans, mur de ouate, mais Barnier savait que le pare-brise avait explosé.

Il fallait riposter. Ne pas blesser la prisonnière du dingue.

Il se redressa.

Maze était inerte, les yeux clos. Barnier sentit l'angoisse l'éventrer. Réponds-moi !

Bruits de portière, mots incompréhensibles pour son ouïe amochée. Le brigadier-chef s'extirpa de la Renault. Et tira.

Cadenasser la panique. Maze n'était probablement que blessé, l'urgence était de le protéger d'une nouvelle attaque.

Encore une rafale. Et les cris, les insultes du cinglé. Deux coups de feu. Et encore un autre.

Maze ne bougeait toujours pas.

Barnier enserra son visage entre ses mains tremblantes. Il le supplia de lui parler, répéta son prénom.

Il le sentit réagir et faillit chialer.

– Mon gilet pare-balles s'en est mangé une. Je suis juste sonné.

Il se redressa.

Vite, s'arracher de la voiture.

Ils encaissèrent les coups de cravache de l'averse, avancèrent arme au poing dans le faisceau des phares, progressèrent jusqu'au corps enchâssé dans la boue. Le chauve gisait à côté de son véhicule, son fusil-mitrailleur avait giclé à un mètre, il s'était pris deux balles dans le thorax et une dans le cou. Le brigadier, statue ruisselante, releva la tête. Regard noyé.

– J'ai pas pu faire autrement, chef.

– Je sais.

Barnier se plaqua contre la carrosserie du 4×4, progressa pour sécuriser le périmètre. Il ouvrit l'arrière du véhicule, éclaira l'intérieur avec sa lampe de poche. Terrorisée, la jeune femme était ficelée avec de la corde, muselée avec du ruban adhésif. Il la libéra de son bâillon et de ses liens. Choquée, elle balbutia des paroles inintelligibles.

Il était heureux d'avoir fait son job, d'avoir sauvé une vie, mais une partie de lui ne répondait plus à l'appel.

Il fallait pourtant faire le nécessaire. Pour que la jeune femme soit prise en charge par les secours, pour prévenir les gendarmes. Il sortit du 4×4.

Son estomac se gavait d'acide, il s'aperçut qu'il tremblait toujours.

Sonné, il avança vers son lieutenant. Adossé à la carrosserie de la Renault, radio en main, il appelait une ambulance. Traits creusés, cheveux ruisselants. Fragile tout à coup. Et si la mort avait décidé de s'en prendre à lui ?

Elle vient de me balancer un avertissement ?

29

Valentin

Valentin bâille, il est fatigué. Salomé est trop souvent près de lui. Quand il prend un bain, quand il mange, se met au lit. Il l'aime bien, il est content qu'elle ne soit pas tout à fait morte, mais il ne comprend pas ce qu'elle lui veut.

Watteau et Valentin tiennent compagnie à Dorine. C'est important car elle a peur depuis l'attaque de l'ombre. Elle ne veut plus faire les courses, se promener seule ou avec Valentin. Elle pense qu'il peut revenir.

Elle ne quitte plus Le Vésinet, et son bel atelier. Il a une grande cheminée où faire de bons feux, un magnifique carrelage à damier noir et blanc. Dorine dit que c'est comme si on vivait dans « un jeu d'échecs géant ». Il y a des rideaux jaune soleil et des vieux meubles qu'elle a mis du temps à trouver.

Pour oublier l'ombre, elle reste ici toute la journée et travaille sur un autre tableau que celui du Louvre. C'est pour une riche cliente parisienne. Elle passe des heures et des heures à gratter. Il y a une image sous l'image. Dorine répète qu'il faut beaucoup de douceur pour découvrir les secrets d'une toile. Elle dit aussi qu'il faut faire des recherches pour savoir comment étaient habillées les « soubrettes ». Il y en a une dans le tableau, mais elle a été tellement abîmée par le temps qu'elle a presque disparu. On ne voit plus que sa coiffe en dentelle.

Un mouvement sur la gauche. Valentin sursaute. C'est peut-être encore Salomé ? Non, c'est Alexandre.

Valentin n'est pas content de le voir. Est-ce qu'il croit toujours qu'il a tué Panigure ?

Alexandre fait du thé. Dans la théière préférée de Dorine. Celle qui a une forme de citrouille. Et il a apporté des gâteaux. Dorine le remercie sans le regarder, elle continue de travailler.

– Tu ne crois pas que tu devrais un peu te reposer ?

– Ma thérapie, c'est ce tableau, Alexandre. Le portrait d'un ecclésiastique. Pas très excitant, tu me diras. Eh bien, si. La toile a été passée aux rayons X, un autre monde attend sous cette image. Tu sais bien que le XVIIIe siècle est double.

– Oui. Le siècle de la raison, du dialogue philosophique et scientifique. Et celui du libertinage.

– Sous ce portrait sévère, il y a le désir. Et je suis le démiurge qui peut le ressusciter. Qui *va* le ressusciter. Si je ne fais rien, je deviens folle.

Dorine, ma grande sœur, qu'est-ce que tu racontes ? Valentin a du mal à accrocher ses phrases qui tombent plus vite qu'une pluie de grêlons, mais il sent ses frayeurs. C'est comme si elles étaient vivantes. Des vers gluants et violets qui rampent sur le carrelage.

Alexandre aussi a l'air de sentir ces frayeurs. Il n'aime pas ça. Il veut que ça s'arrête.

– Dorine, écoute…

– Et si, comme prévu, je remplis ma mission, je serai très bien payée.

– Tu sais très bien que je suis là pour toi. Tu n'auras jamais à t'en faire financièrement.

– Ça me fait du bien de penser que je suis capable de m'assumer. Dorine Le Goff, l'assistée ? Très peu pour moi. Et très peu pour toi. Est-ce que tu n'en as pas assez de veiller sur une femme-enfant ?

Sa sœur parle trop vite. Eh, quoi ! On dirait qu'elle a envie de rire et de pleurer en même temps. C'est bizarre.

Alexandre a posé le plateau avec la théière et les tasses sur la table, il marche de long en large. Ça donne le tournis.

– Écoute, Dorine, on peut reparler de cette tentative de vol. Ça va te soulager.

– Ce n'était pas un voleur.

– Pourquoi dis-tu ça ?

– Au lieu de m'arracher mon sac et de fuir, il a pris son temps, il nous a frappés.

– Parce que Valentin a résisté…

– Je me repasse la scène, encore et encore. J'ai eu le sentiment qu'il nous attendait.

Valentin ne peut pas s'empêcher de poser la question qui déborde de sa bouche.

– Ce n'était pas un voleur, tu crois ?

– Mais non, je plaisante, Valentin, répond Dorine avec son beau sourire. Je suis un peu fatiguée, c'est tout. Tiens, tu veux bien aller acheter du lait pour le thé ? Il n'y en a plus. Merci.

Il plisse les yeux pour mieux voir sa sœur, puis le billet qu'elle lui tend. Il l'empoche et dit qu'il va à l'épicerie. Mais en chemin Salomé est là, enveloppée dans les grands rideaux jaunes. Une étoile dans un soleil. Ça fait mal aux yeux.

« Désobéis, Valentin. »

Salomé a vraiment de drôles d'idées. Il a assez désobéi ces derniers temps. Il ne veut plus. Ça n'apporte que des ennuis. Mais Salomé lui fait signe de se cacher, d'écouter. « *C'est important, Valentin.* » Il hésite, mais les yeux de Salomé sont des pierres de lune. On ne peut rien leur refuser.

Valentin claque la porte de l'atelier pour faire croire qu'il est parti. Il ne bouge plus.

– Je ne me sens pas bien, Alexandre.

– Mais c'est normal. Après une agression…

– Deux agressions.

– Quoi ?

– Ton cheval. Tu as bien admis que ça ne pouvait pas être Valentin ?

– Oui, bien sûr. Je penche pour un stupide accident. Un proche du palefrenier ou du jardinier, un gamin qui n'y connaît rien et a fait une grosse connerie. Et on n'ose pas nous le dire. Mais je saurai. Ça prendra le temps, c'est tout.

– À l'écurie, tout le monde sait comment nourrir un cheval.

– Dorine, arrête…

– J'ai bien réfléchi, Alexandre. Salomé est tuée. On nous agresse, Valentin et moi. Ensuite, on tue ton cheval. Ça fait trois événements atroces. Très différents, c'est vrai. Mais… Et si tout était lié ?

– Écoute, Dorine, je suis désolé. Je vais m'organiser, ça va changer, promis, on va passer plus de temps ensemble toi et moi. Pardonne-moi.

– Ça n'a rien à voir. On vit comme ça depuis toujours. Je respecte ton travail et toi le mien. Je me suis même habituée à tes nuits au poker.

– Écoute…

– Il n'y a pas que ça, Alexandre.

– Dis-moi.

– Ça a réveillé des souvenirs.

– Lesquels ? Tu peux me dire, mon amour, tu sais bien.

– Mon père. Quand j'ai trouvé la force de le menacer de tout dire, il a payé des employés de son écurie…

– Pour te faire taire. Oui, tu me l'as raconté. Je m'en souviens.

– Ils m'ont guettée, ils m'ont battue. Comme ce type, rue de Rivoli.

– C'était il y a plus de vingt-cinq ans, Dorine.

– Et alors ?

– Ton père est mort depuis une éternité. Je ne vois pas le rapport.

– Oui, ce salopard est bel et bien mort. Son décès a été un jour heureux. Celui de ma libération. Mais je ne peux pas m'empêcher de faire le rapprochement.

– Ce n'est pas rationnel.

– Je sais.

Watteau est venu se frotter contre les mollets de Valentin. Il miaule. Sacré Watteau, coquin de chat, à cause de lui Dorine et Alexandre vont surprendre Valentin.

Il a chaud, il se sent mal.

Mentir, faire semblant, c'est comme une soupe aux pamplemousses sans sucre. Ça fait mal au ventre.

Il ouvre la porte, doucement.

Le voilà dehors, il va acheter du lait.

Dorine est donc comme lui. Elle pense souvent à l'ombre qui les a attaqués. Mais pourquoi parle-t-elle de Panigure ? Et de Salomé ?

Valentin s'arrête et tourne sur lui-même. Il fouille le vent. Il aimerait que Salomé apparaisse. Sur le dos de Panigure. Elle met quelquefois des bottes de cavalière, alors elle peut monter à cheval, non ? Ils seraient tout brillants, beaux comme des personnages de cartes Magic. Et Salomé expliquerait à Valentin pourquoi Dorine parle d'eux.

Mais Salomé et Panigure n'apparaissent pas. Ils galopent dans les champs de la mort. Ils sont très occupés, ils s'amusent bien.

Il reprend sa marche. Les questions bourdonnent dans ses oreilles. Pourquoi Dorine parle-t-elle de leur papa ? Valentin ne l'a jamais vu. Il est mort avant sa naissance et repose dans un cimetière dans le sud de la France. C'est très loin, le sud. Trop loin pour y aller, même en voiture, même en avion. Valentin a essayé très souvent d'imaginer la tête de leur papa. Dorine ne se souvient pas à quoi il ressemblait. Alexandre non plus. Et il n'y a plus de photos, elles ont brûlé dans un incendie. Ce n'est pas de chance.

Leur papa était donc très sévère. Il a puni Dorine. Mais pourquoi donc ? Pourquoi battre quelqu'un qui ne fait jamais aucun mal ?

Valentin repasse par la maison pour enfiler son caban et son bonnet. Il s'observe un instant dans le miroir. Il ferme très fort les yeux, se dit que quand il les rouvrira Salomé sera là. À cheval. Panigure et elle dans le salon, dégoulinants de pluie sur les tapis, ce sera marrant. Il pourra lui poser les questions qui font du ping-pong dans sa cervelle.

Mais quand il rouvre les yeux, il n'y a que Valentin dans le miroir. Avec son caban bleu marine et son bonnet vert sapin enfoncé jusqu'aux sourcils.

Valentin, qui doit aller acheter du lait.

Il franchit le porche avec les mêmes questions en tête. Elles sont lourdes, elles le fatiguent. Pourquoi Dorine dit-elle que l'ombre les attendait ? Pourquoi dit-elle que leur papa était un salopard ? C'est un vilain mot pour parler d'un papa.

Il ne peut pas questionner Alexandre et Dorine. Sinon ils sauront qu'il les a écoutés alors qu'il n'aurait pas dû.

Ah, il aimerait que Salomé étale la vérité comme une pâte à tarte. Mais elle est toujours là quand il ne faudrait pas et jamais là quand il faudrait. C'est très fatigant.

30

Barnier

Jeudi 20 octobre

Elle se faisait appeler Sonia. Courtes boucles brunes, peau de lait, regard vif, dents de nacre, décolleté envoûtant et jambes à n'en plus finir. Ravissante. Son tailleur chic et son maquillage sophistiqué la faisaient paraître d'autant plus jeune. Barnier ne lui donnait pas plus de vingt ans.

Maze et lui l'avaient rejointe en terrasse d'un café proche du Canopy, élégant hôtel du 7e arrondissement où elle irait bientôt se faire sauter pour une somme inconvenante par un type qui avait les moyens de ses goûts sophistiqués. Elle avait de jolis mouvements pour tirer sur sa cigarette, pour siroter son eau pétillante et pour vérifier constamment ses messages sur son téléphone portable à coque dorée.

C'était un tonton de Maze du temps de la Mondaine qui les avait branchés. Sonia affirmait avoir croisé Salomé Jolain à l'hôtel Canopy, quinze jours auparavant. Elle venait de leur expliquer que, en tant que fan de TV24, elle appréciait son style, sa façon de s'imposer avec féminité dans un monde gouverné par les hommes et le fait qu'elles étaient de la même génération.

– Nos parcours étaient proches. J'étudie les sciences politiques (Barnier plissa les yeux). Ça vous étonne ?

Call-girl, mais avec du caractère. Une combinaison à haut voltage.

– Non, je ne vous juge pas. Ce qui m'intrigue, c'est le fait que vous connaissiez sa formation.

– Il y a une interview d'elle sur le site de l'école. Elle y détaille sa passion pour son métier.

Ça sonnait authentique et raisonné. Il lui demanda de poursuivre.

– J'attendais dans le hall de l'hôtel ce jour-là. Je l'ai reconnue. J'avais encore un peu de temps, j'ai eu envie de l'aborder. J'ai pris l'ascenseur avec elle.

– Comment était-elle ?

– Rayonnante. Elle m'a souri. Je me suis excusée de la déranger et lui ai dit que j'admirais son parcours. Elle a été adorable. Exactement comme je l'imaginais.

– Que faisait-elle là à votre avis ?

– Elle venait retrouver son amant.

– Vous êtes catégorique.

– Je lui ai dit : « Vous êtes amoureuse. Ça saute aux yeux. » Elle a répondu qu'elle en était la première surprise, parce que cet homme n'aurait pas dû être son genre. (Barnier lui fit signe de continuer.) Nous sommes sorties de l'ascenseur. Elle m'a souhaité une bonne soirée. Elle est entrée dans la chambre avec sa carte magnétique.

– Quelqu'un l'y attendait ?

– Aucune idée. En tout cas, elle est restée silencieuse. Je ne me suis pas attardée. Et je ne l'ai pas revue. Désolée. J'espère de tout cœur que vous coincerez son tueur.

Sonnerie de téléphone. Maze décrocha, lança un « Salut, Philippe ! » chaleureux. Il s'éloigna pour répondre. Barnier le suivit des yeux.

– Je perçois un lien entre vous, dit Sonia. Vous êtes amants, n'est-ce pas ? (Interdit, Barnier avala sa salive.) Non ? Ah, pas encore alors.

Elle lui balança un sourire angélique et un rien narquois avant de lui tapoter l'épaule et de s'éloigner sur l'avenue. Chute de reins magique, souvenir parfumé, intelligence aiguisée, mais elle aurait bien mérité une gifle.

– Déjà partie ? Qu'est-ce qui se passe ? demanda Maze, qui avait terminé sa conversation.

– Rien de plus que ce que tu as entendu.

Confusion. Salomé enquêtait-elle ou voyait-elle son amant ? Sonia avait fait de son mieux. Elle ne les avait pas vraiment aidés.

– Elle t'a donné sa carte ou quoi ? Tu sembles secoué.

– Non.

– Bon. Je t'offre autre chose que de l'eau. Tu as l'air d'en avoir besoin.

– Écoute, je vais rentrer. Je suis lessivé.

Et c'était vrai. Depuis sa réconciliation avec sa femme, fini la grève du sexe, il avait à peine dormi. Et aussi pas mal réfléchi, yeux grands ouverts en pleine nuit, alors qu'elle dormait avec un abandon enviable à ses côtés. Elle faisait des efforts, y mettait du sien. Lui aussi faisait preuve de bonne volonté. Et même d'acharnement.

Il fallait oublier l'angoisse. Celle d'avoir failli perdre Maze.

Mais peut-être que ses problèmes avec sa femme n'avaient rien à voir avec son lieutenant. Peut-être qu'ils étaient simplement arrivés au bout du chemin, elle et lui. Il ne fallait pas se mentir, leurs étreintes manquaient de passion. Il avait même des difficultés à trouver quoi lui dire. Ils voulaient se retrouver mais n'y parvenaient pas.

N'y parvenaient plus. Ensemble depuis si longtemps, ils n'avaient pas évolué de la même façon. Le temps leur jouait un mauvais tour.

– Reste avec moi, insista Maze. Viens danser.

– Quoi ?

– Ne me regarde pas comme ça. Tu m'as dit que tu n'étais pas gay. C'est bon, c'est clair.

– Si clair que ça ?

– Limpide. On va juste se changer les idées. On l'a bien mérité. Un ami fait une fête chez lui.

– C'est qui ?

– Tu le sauras si tu m'accompagnes.

Quelques enjambées vers la voiture garée devant le café, et il s'adossa à la carrosserie, bras croisés. Barnier étudia son visage énigmatique. Il jouait encore avec lui, et cette pute de luxe se croyait extralucide. Les gens étaient fatigants aujourd'hui.

Maze lui fit un petit signe. *Alors ?*

Il n'allait pas laisser ses ennuis conjugaux casser leur relation. Ils bossaient bien ensemble. Et ce n'était pas sa faute si le tuyau de son tonton ne les avançait guère. *Et ce n'est pas mon affaire si Maze aime les mecs.*

Ils montèrent à bord, son lieutenant l'observa en silence.

– Quoi ?

Regret immédiat pour ce ton agressif. Mais Maze passa outre.

– On lui mettra la main dessus à cette ombre. Fais-nous confiance.

Barnier hocha la tête et fixa son regard sur la route. La jolie bouche de Sonia. Sa voix douce et distinguée. Trop douce pour balancer des absurdités. *« Vous êtes amants, n'est-ce pas ? »*

*

Un bel appartement dans le quartier de la Bastille. La musique était bonne. Barnier s'alcoolisait et mâchait des glaçons et tanguait, voyageait dans sa tête. Claquages contre l'émail des dents. Les glaçons fondaient plus vite qu'ils n'auraient dû, peut-être était-ce un début de fièvre.

Ils étaient reçus par le dénommé Philippe. Maze s'était décidé à expliquer que ce type était l'ami producteur qui l'avait engagé en tant que consultant pour sa série policière. Puis il était parti danser. Et les ennuis avaient commencé à pleuvoir. Une pluie tropicale, chaude, dangereuse, insurmontable. C'était elle qui attaquait les glaçons. Déluge croissant, alerte maximale. Les eaux montaient, Barnier surnageait à peine. Il finissait son énième whisky sans pouvoir, sans vouloir quitter Maze des yeux.

Sublime. Il déployait son impeccable sens du rythme sur du RnB qui aurait donné une faim d'ogre à un anorexique sexuel. Pulsation continue, cardiaque, aphrodisiaque, et cette basse qui vous retournait à l'endroit à l'envers à l'endroit à l'envers. Il était dans son élément au cœur de la nuit et dans ce monde de belles personnes et de mecs importants. Barnier s'était senti à l'aise lui aussi, comme ça à nager hors du temps, à brasser des pensées qui ne faisaient de mal à personne et qu'on oublierait demain, brouillard de la mémoire, jusqu'à ce qu'un blond à la gueule burinée vienne tourner autour de Maze. Ces deux-là se connaissaient.

De temps à autre, Maze faisait signe à Barnier de venir le rejoindre. Barnier aurait pu danser, et parfaitement en rythme, et aussi sensuellement que n'importe qui d'un peu bourré ou défoncé ; mais il n'avait pas envie de danser. Il avait juste envie de regarder son lieutenant mettre le feu. L'essence sur les vagues. C'était possible, ça n'engageait à rien, ça n'avait pas d'incidence. *Oh pourvu que ça dure le plus longtemps possible.* Comme un film, un beau spectacle lavant l'inquiétude des jours gris, évacuant cette enquête qui piétinait.

Mais le blond à gueule chahutée s'incrustait. Et un sentiment qui n'aurait pas dû être là montait des profondeurs, de ces nuits sans sommeil à brasser des idées étranges. Des idées qui rebondissaient.

Il fallait bien l'admettre, l'apparition de ce type, sa lourdeur insistante, ça faisait mal. Ça tranchait.

Barnier avait déjà vu sa tronche allumée quelque part. Une femme lui confirma que c'était un acteur qui jouait le rôle d'un flic dans une série télé. « Pourri, hyperviolent, immoral mais fidèle jusqu'à la mort à ses coéquipiers. Très crédible. »

Au bout d'un moment, le flic très crédible se mit à palper le cul somptueux de Maze, qui se dégagea. Le blond n'abandonna pas sa proie, lui caressa les épaules, puis tenta de lui embrasser le cou. Ce type visqueux n'avait pas la moindre idée de ce qu'était un sanctuaire.

À ce stade, deux choix s'imposaient. Casser la gueule du blond ou se dissoudre dans la nuit.

Barnier s'enfila son whisky cul sec, récupéra sa veste et s'en alla.

Dans la rue, il se souvint que Maze avait la clé de la voiture. Plus de métro. Il n'était pas loin de chez lui, il pouvait rentrer à pied. Il s'avala une centaine de mètres en brassant des pensées baroques. La place de la Bastille. Et le génie de la Liberté frétillant des ailes sur sa colonne verte. À deux doigts de décoller, de se déhancher au rythme de la musique que Barnier avait encore en tête. Il fit demi-tour. Il voulait savoir. Ce que ferait Maze quand il en aurait marre de danser.

Tu veux séduire tout ce qui passe à ta portée ?

Il s'adossa à l'une de ces boîtes grises fendues dans lesquelles les gens jettent leurs vêtements usagés, et attendit. Au bout d'un temps infini, et humide à vous mordre les os, Maze sortit de l'immeuble. Il passa ses mains dans sa chevelure, regarda son écran de téléphone, resta un instant immobile, se dirigea vers la voiture. Le blond sortit à son tour. Et se mit à courir. Maze se retourna. Barnier sentit son cœur prêt à rompre.

– C'était bien de te revoir, Augustin, mais j'ai besoin d'être seul, d'accord ?

– Tu m'as manqué, connard. T'étais où ?

– Où j'avais envie d'être. Bonne nuit.

– Tu ne vas pas me faire ça.

– La preuve que si.

– Tu te fais désirer. Mais tu m'appelleras. Je sais que tu finiras par le faire.

– Eh bien si tu sais, inutile d'en parler.

– Ça finira mal, tu sais.

– Ça ne finira pas puisque c'est *déjà* fini.

Maze monta à bord et démarra. Le blond leva le poing, beugla son prénom et des insultes. Barnier, toujours adossé à sa boîte pleine de vieilles fringues, aurait voulu y enfouir ses sentiments. Il se laissa glisser. Fesses sur le trottoir, il le revit en train de danser. Courbes, force, vitesse, abandon, contrôle. Magnifique. Encore mieux que de le voir boxer. Arrêt sur image.

Sonnerie, arrivée de texto. Maze.

« T'es où ? Ça va ? »

Barnier plaqua son portable sur son front. Son plexus était en feu. Le désir faisait mal. Un mal de chien.

Quand est-ce que ça avait commencé ? Son double resté sobre lui répondit que c'était arrivé le jour où le jeune lieutenant avait débarqué à la Brigade. Lorsqu'il avait vu ce visage incroyable. Cette beauté qui ne faisait pas de quartier, qui ravageait tout sur son passage. Les préférences sexuelles, les choix, les pauvres certitudes, le passé. C'était à cet instant précis qu'il aurait fallu réagir et demander sa mutation dans la Creuse. Ou se barrer à Honolulu, au Mozambique. N'importe où.

Je suis qui ?

Cet ado trop bourré pour savoir ou volontairement bourré pour oser ? Cet ado qui hurle sa jouissance dans une bouche d'ombre et qui ensuite attend. Attend, attend. Empile des matelas sur cet instant de vérité. Cet homme qui s'oublie. Des années durant.

Des années à roupiller en t'attendant.

Cette vérité de l'instant initial lui explosait à la gueule.

Et maintenant ?

31

MoiToi

État d'agitation impossible.

Il avait besoin de parler à son double digital comme un défoncé avait besoin de sa dose. Ça lui attaquait le plexus.

Le cordon ombilical qui les reliait était enflammé.

Vite sous la douche. Vite son corps transformé en bloc de glace.

Pas la patience de se rhabiller. Le cul gelé sur la chaise. Caméra branchée, vite, se filmer.

« J'ai réfléchi. Pas la peine que j'accroche mes messages en haut d'un arbre pour que tu les découvres plus tard. Tu vis dans un monde de technologie avancée. Mes messages, tu les reçois forcément.

N'empêche, je préférerais que notre relation existe dans les deux sens. J'aimerais que tu me répondes.

C'est quoi ton prénom ? À quoi tu penses, qu'est-ce qui t'excite ? Tu sais tout de moi. Mes habitudes, mes forces, mes rares faiblesses. Mais toi, comment vis-tu ?

Tu ne dis toujours rien.

Tu sais, ton absence est difficile à supporter. Fais-moi un signe, tu veux ? Au-delà du temps, agite un fanion. Dis-moi que je suis ton frère, ton ami, ton âme-sœur, ton âme-frère. Ta source. Ce que tu veux ou voudras ou voulais.

Avec Salomé, j'avais rêvé de ça. Je croyais qu'elle me donnerait la joie qui me manquait, qu'elle remplirait le vide. Mais son visage était un mirage.

Salomé ne pensait qu'à elle.

Alice est pire.

Elle amasse du fric grâce à ses mensonges. Elle se fait plaisir en insultant les autres. Elle ne me reconnaît pas à ma juste valeur.

Je me fous de la morale, mais j'ai un sens inné du style.

Cette salope n'a aucun courage. Vivre réfugiée à la campagne, ça n'a aucune classe. Elle devrait faire face. Se battre contre sa maladie. Et peut-être qu'elle se découvrirait des qualités de Joueuse. J'ai eu souvent envie de lui révéler la vérité. De lui dire que notre monde n'est qu'un Jeu.

Elle est capable de me balancer que je suis dingue. Je n'ai pas envie de supporter ça. Son mépris est inacceptable.

Alice ne mérite pas de jouer, elle mérite de perdre… »

32

Alice

Vendredi 21 octobre

Installée au bar de l'hôtel de la Licorne, Alice réfléchissait.

Avant d'interroger le barman, elle avait déambulé en tous sens pour sentir les lieux et questionner l'ensemble d'un personnel très attentif, surtout en cette période d'alerte attentats. C'était sans conteste un établissement de charme, idéal pour les retrouvailles amoureuses.

Personne n'avait rien vu ni entendu de suspect.

Sa nièce avait réservé une chambre pour deux, mais s'y était saoulée en solitaire. Ça n'avait aucun sens. En admettant que celui ou celle qu'elle comptait interviewer et filmer lui ait fait faux bond, pourquoi attendre près de deux heures avant de déclarer forfait ?

Tenait-elle une information compromettante sur quelqu'un ? Elle n'était ni stupide ni téméraire. Et n'aurait pas risqué sa peau pour un sujet de reportage. Il aurait suffi de la menacer pour la faire renoncer.

Attendait-elle un amant ? Sur les photos de la police, elle était vêtue sans apprêt. Elle n'avait jamais une minute à perdre pour ses tenues. Rien que du pratique, du fonctionnel. Pourtant, lorsqu'elle faisait des efforts, son charme était dévastateur.

Cette fois, elle avait attendu son amant sans faire le moindre effort d'élégance. Et en buvant comme un trou.

Que faisais-tu là, Salomé ? Qui attendais-tu ?

Et pourquoi s'était-elle retrouvée dans ce foutu square isolé ? Si elle était restée au chaud dans cette chambre douillette, rien ne serait arrivé. Son tueur s'était servi de la bouteille qu'elle avait achetée à l'hôtel. Ça signifiait qu'elle était sortie avec et qu'il avait improvisé. Un vagabond, un sale type guidé par le hasard ? Mais pourquoi voler le matériel TV24 et laisser l'argent et la carte de crédit ?

Mille questions, un baril de confusion.

Et l'assassin s'était peut-être déjà échappé du pays. Alice souffrait de se sentir impuissante. Et si toutes ces émotions avaient un sale impact sur son anévrisme ?

Pas question de mourir avant de savoir.

Elle aurait voulu être une super-héroïne capable d'anéantir celui qui lui avait massacré sa nièce. Elle s'imagina achetant une arme au marché noir. Et vidant sans hésitation le chargeur dans la poitrine du salopard.

Son smartphone vibra et dansa sur la table. Sa sœur Catherine. Qui voulait lui communiquer la date et le lieu de l'enterrement.

– Tu viendras, Alice, n'est-ce pas ?

– Bien sûr, tu me prends pour qui ?

– Oh, tu n'es pas toujours facile à suivre.

– Si tu le dis.

– Mais je te comprends et je te pardonne. Avec ta maladie…

– Ce n'est pas une maladie, c'est un destin, Catherine.
– Il faut toujours que tu aies le dernier mot, Alice.
– Oui, je préfère.
– Écoute, reviens dormir chez nous. Ça ne ressemble à rien que tu sois à l'hôtel alors que je peux t'héberger.
– Pierre a été très clair à ce sujet.
– Je vais le convaincre…
– Jamais je ne demanderai l'aumône ou le gîte à ton mari.
– Tu fais toujours ta fière. À quoi ça rime à nos âges ?
– Ne t'inquiète pas, je suis bien à l'hôtel.
– Mais qu'est-ce que tu fais de tes journées ?
– Je suis retournée au musée de l'Orangerie.
– Ah, pour les Monet.
– Oui.
– Tu disais que c'était le plus grand peintre.
– Je n'ai pas changé d'avis.
– Et Beethoven, l'homme qui te donnait le frisson. Tu sais qu'il y a un rapport entre eux.
– À part le génie et la force de la délicatesse ?
– Le musicien a fini sourd, le peintre quasi aveugle.
– Mais ils ont continué de créer, jusqu'au bout.
– Oui, c'est ça, Alice. Tu aimes leur combativité. Et moi, la tienne.
– La nôtre, tu veux dire… Je passerai te voir dès que possible.
– Pierre travaille de nuit. Dans la journée, il est souvent là.
– Eh bien, je viendrai la nuit. Je t'embrasse, Cat.
– Moi aussi.

Elle mit fin à la communication et s'accorda un bref sourire. Catherine avait encore de la ressource. Sa souffrance devait être terrifiante, elle n'en sortirait pas indemne, mais au moins elle n'était pas annihilée. Repliée en un minuscule origami, l'énergie de sa jeunesse, de *leur* jeunesse, palpitait encore.

Elle l'inviterait en Bourgogne. Dès que possible et souvent. Leur glorieuse campagne lui ferait l'effet d'un baume.

Mais en attendant les promenades avec Willy, les feux de cheminée et l'évocation de leur enfance, il fallait dissiper le chaos. L'avenir de lovalibi.com était tangent. Elle avait reçu une série de mails énervés ; une dizaine de clients ne feraient plus appel à ses services. Si elle perdait sa source de revenus, comment supporterait-elle le coût d'entretien de sa maison ? Elle s'était habituée à une vie luxueuse.

Ses tableaux choisis avec soin, elle avait besoin de les admirer. Ses bijoux, elle les portait en fonction de ses humeurs, de ses désirs, de la météo. Elle n'avait aucune envie de s'en séparer. Ils étaient une extension d'elle-même.

Ils étaient surtout, et avant tout, un seul et même talisman contre la mort.

Elle avait réussi à réduire ses TOC, elle pourrait aussi bien désacraliser ses totems.

Vendre des tableaux et des bijoux, rien de compliqué.

Plusieurs solutions étaient envisageables. Comme de vendre lovalibi.com. Lucien garderait son emploi ; il suffirait d'inscrire la conservation de son poste comme une clause du contrat.

Il était peut-être temps de trouver une occupation qui ait du sens. Vivre sur la bête, sur le morne animal nommé mensonge, cela commençait à bien faire.

Mais pour l'instant, elle n'avait aucune idée de ce que pourrait être cette nouvelle voie. Autant y réfléchir en prenant un bain bien chaud.

Elle remonta dans sa chambre et brassa ses interrogations en observant les sels parfumés se transformer en îles rosées. Elle se glissa dans la baignoire en pensant qu'il lui faudrait bientôt appeler Alexandre Le Goff.

Les yeux à ras de l'eau, elle se mit à l'affût de réponses. Mais c'est Bella qui émergea du bain, cheveux protégés par un bonnet en plastique.

– On me prend Salomé, et tu ne trouves rien à me dire ?

Bella commença à clignoter furieusement des paupières.

– Un battement de paupière signifie oui, deux battements, non. C'est ça le code ?

Bella cligna une fois de l'œil droit.

– Qui a tué Salomé ? Un pro ?

Un clignement.

– Ah, j'aurais parié pour un amant ?

Un clignement.

– Alors, un pro, un amant, une mauvaise rencontre ? Décide-toi.

Feria de clignements.

– Je ne comprends rien à ce que tu me racontes.

– Alice, fais un effort. Cette gymnastique faciale commence à me fatiguer.

– Tiens donc, tu maîtrises le langage articulé. Intéressant.

– Je n'avais guère de raison de me joindre au concert.

– Bon, alors, qui l'a tuée ?

– Tu crois que si je divulgue mes secrets je pourrai garder mon job ?

– C'est quoi, ton job ?

– Je suis un archange, pardi. Du coup, je me translate à volonté entre ta réalité et l'Outremonde.

– Bien pratique. Tu pourrais au moins me dire qui était vraiment ma nièce. Je me suis trompée à son sujet, non ? Elle m'a bien baladée.

– Pas forcément. Elle était jeune, embarquée à la découverte d'elle-même. C'est un voyage compliqué, tu le sais bien…

Bella commença à s'évaporer. Bientôt ne subsista que l'éclat de ses dents flottant au-dessus du bain. Son sourire finit par se dissoudre.

Alice soupira. Sa fichue imagination ne la laissait jamais en paix.

Oui, il était temps de changer de métier. Mais cela ne se ferait pas en cinq minutes, et elle devait prendre des nouvelles du fidèle assistant qui maintenait le cap, vaille que vaille.

– Allô, Lucien ?

– Alice ! J'allais justement t'appeler. Willy et moi, on est à Chartres.

– Pour ?

– Une cliente qui veut se dépêtrer d'un enquiquineur. Je serai le successeur dur à cuire, et Willy, le molosse impitoyable. J'ai emprunté la voiture de Lisa…

– Aïe. Si mes souvenirs sont bons, la guimbarde de ta copine est en phase terminale.

– Avec ma moto, c'était impossible. Je ne pouvais pas laisser Willy seul.

– Lisa ne voulait pas s'en occuper ? demanda-t-elle.

– Les chiens ne sont pas admis à l'épicerie, tu sais bien. Je me suis dit que le chien et moi, on pourrait passer te voir.

– Pour ?

– Te soutenir le moral. Par exemple.

– Tout va bien, mentit-elle. Mais si tu y tiens vraiment. À tout à l'heure.

En fait, elle avait plus envie de voir Willy que Lucien. Fourrer son nez dans l'épaisse et douce fourrure de son chien lui ferait un bien fou. Et son bel animal avait nettement plus de consistance que Bella.

Elle ouvrit le bar et détailla son contenu. Des sachets de crackers japonais, des mignonnettes de toutes sortes, et une seule et arrogante bouteille de champagne. Elle la saisit et s'orienta vers la fenêtre pour la faire tourner dans la lumière. Au-delà, le square. De l'agression.

Salomé buvait seule. Pourquoi ?

Alice fourra la bouteille dans son sac à main et quitta sa chambre.

Au square, il n'y avait plus aucune trace du passage de la police. Elle aurait imaginé ces longs rubans de plastique fluo comme on en voit dans les séries policières, abandonnés au vent. Mais rien.

Ni personne. Comme la fois où Salomé y avait rencontré la dernière ennemie.

Ce fichu square faisait de la résistance. C'était un îlot de verdure trapu, touffu, coincé dans la masse insistante des immeubles. Aucun enfant ne jouait sur le petit toboggan ou les autres installations multicolores.

Combien de jours avant que les habitués ne rappliquent ?

Elle s'assit sur un banc proche du bac à sable, sortit la bouteille de son sac et la posa à côté d'elle. Le ciel était superbe. Bleu laiteux, au bord de la crise de nerfs, traversé par des nuages gris et blancs.

Salomé dans une chambre romantique, clin d'œil à ses lectures chéries. Pourquoi ?

Salomé désespérée, qui boit au point de perdre le nord. Qui s'abandonne. Au hasard ?

Non, tu n'es pas venue ici pour une interview.

Le ciel creva comme un sac. Alice leva son visage et laissa les gouttes crépiter sur ses joues.

Tu es venue ici pour quelqu'un que tu aimais…

33

Barnier

– Je t'attendais. La porte est ouverte.

Sa voix. Rideaux tirés, la chambre dans une semi-pénombre. Barnier frémit, puis entra.

Une silhouette, allongée.

Il s'approcha, s'assit au bord du lit aux draps qui bâillaient, le ménage n'avait pas été fait. Il hésita, avança la main et toucha son lieutenant. Ses yeux s'étaient déjà habitués à l'obscurité. Il discerna le regard brillant du jeune homme, son expression sérieuse. Et sa propre main posée sur la poitrine de Maze. Il percevait les battements de son cœur. Mains derrière la tête, jambes croisées, sans blouson ni boots.

La chambre sentait bon. Comme si les derniers occupants avaient laissé derrière eux les effluves d'un parfum capiteux. Et de leur étreinte.

Les yeux de Maze le brûlaient. Barnier avala sa salive.

Ton silence. Ton puissant silence.

On frappa. Quelqu'un entra et alluma la lumière. Barnier se retourna vers une femme de chambre en uniforme. Il s'approcha pour lui montrer l'enveloppe en papier kraft contenant l'argent, puis la remit dans la veste.

– Votre inspecteur m'a promis que je n'aurais pas besoin de témoigner. Je ne veux pas perdre ma place. Le manager nous répète qu'on ne doit pas s'occuper de la vie des clients.

– Ça restera entre nous, mentit Barnier. (Il lui montra une photo de Salomé Jolain.) Vous l'avez vue ?

– Oui, elle est venue à l'hôtel.

– Avec quelqu'un ?

– Un monsieur bien plus vieux qu'elle.

– Décrivez-le.

– D'épais cheveux blancs. Un bel homme.

– Ils étaient dans cette chambre ? (Elle hocha la tête.) Racontez.

– Je suis entrée quand je n'aurais pas dû, croyant que la chambre était à faire. Il était nu sur le lit. Elle en peignoir, debout près du réfrigérateur, buvant de l'eau au goulot.

– Vous avez capté leur conversation ?

– Non, je me suis excusée et j'ai vite refermé la porte. Lui m'avait souri. Comme s'il était fier de coucher avec une jeune et jolie fille. Et était…

– Était quoi ?

– Content qu'un témoin le sache.

– Et elle ?

– Elle n'a pas eu de réaction.

Barnier chercha une photo de Le Goff sur son portable et lui montra. Elle confirma qu'il s'agissait bien du patron de TV24.

– C'était quand ?

– Il y a environ deux mois. C'était l'été. Quand je suis revenue pour nettoyer, j'ai vu qu'ils avaient coupé l'air conditionné. La fenêtre était ouverte, il faisait chaud.

– Vous vous souvenez d'autre chose ? N'importe quel détail.

– Non, je ne vois pas…

Barnier s'approcha pour lire son prénom brodé sur son uniforme. *Nadine.* Il lui tendit l'enveloppe en papier kraft, elle l'empocha en évitant son regard.

– Je peux partir ?

– Vous pouvez. Merci.

Il voyait des images fuser. Des amants dans le lit aux draps humides parce que c'est l'été. Salomé Jolain et Alexandre Le Goff. Des gens qui n'auraient pas dû se retrouver là. Pour des tas de raisons et notamment parce qu'il était marié et que Salomé était son employée. Entre eux, plus de trente ans de différence, une échelle hiérarchique et une tonne de mensonges.

Un reportage en immersion. Tu parles.

Derrière lui, Maze n'avait pas bougé. Barnier fixa la porte que la femme de chambre avait refermée, le soupir métallique de la serrure résonnait dans sa mémoire. Il pensa aux poings gantés de cuir rouge. À ses mains nues qui malaxaient ses épaules et l'électrisaient. À l'image tremblante de son corps dans les vapeurs de la douche. À cet abandon quand il dansait. Au connard blond qui hurlait son nom dans la nuit. À Sonia, la pute sublime qui lui annonçait comme une pythie que leur histoire était scellée. À ce qu'il ressentait et qu'il n'aurait pas dû ressentir. Et à ce qu'il verrait quand il se retournerait. Cette beauté foudroyante, ces yeux qui avaient su si bien voir en lui. Le lire jusqu'au tréfonds. Avec cette douceur. Avec cette force.

Lui vint une pensée bizarre. Peut-être que s'il pouvait caresser le visage de Maze, ne serait-ce qu'un instant, la fissure qui lui lézardait le cerveau depuis une éternité disparaîtrait enfin ?

Qu'est-ce qui avait déplacé les lignes et tout bouleversé ? Ce fichu boulot, qui vous filait des rendez-vous réguliers avec la mort ? Depuis quelques mois, il ne savait plus bien qui il était. Juste cet homme que la peur de l'annihilation avait mordu. Maze, le poison et l'antidote ?

Il devinait que son jeune compagnon ne prononcerait plus une parole. Avant que lui-même ait pris l'initiative.

Leur enquête avait fait un bond vers le ciel. Alexandre Le Goff et Salomé Jolain.

Mais ça pouvait attendre. Sursis. Parenthèses.

Barnier avait une décision à prendre.

Sa femme, son fils, c'en serait fini de leur vie d'avant. Il ne pourrait rien cacher à sa femme. Elle devinerait.

Sa vie d'avant. Il l'aimait, cette petite vie. Non ?

Vite, s'échapper. Son aventure adolescente, c'était juste une parenthèse. Il voulait rester lui-même. Décider.

Il fonça vers la sortie.

Le couloir. Qui bougeait. Vertige et gorge sèche. Il oublia l'ascenseur, dévala l'escalier.

Il monta dans la voiture de fonction. Un instant d'immobilité.

Réfléchir, revenir à la réalité, arrêter ces conneries.

Il téléphona à TV24, demanda à parler à Alexandre Le Goff. On lui annonça qu'il était chez lui. Barnier obtint l'adresse. Direction Le Vésinet.

34

Valentin

Allongé sur la terre humide, Valentin observe le ciel et respire de bonnes odeurs. Le parc de la maison du Vésinet n'est pas aussi grand qu'une forêt, mais beaucoup d'animaux y vivent. Des lièvres, plein d'oiseaux, des hérissons et même des taupes. Alexandre voulait les tuer, mais Valentin a réussi à le convaincre de ne pas le faire. Elles ont le droit de vivre leur drôle de vie dans le noir. Dorine dit que les taupes sont presque aveugles. Valentin n'arrive pas à imaginer à quoi ressemble une existence sous terre, à plisser de mauvais petits yeux pour ne voir que des ombres. Peut-être que les taupes ont tout le temps peur. Parce qu'elles ne savent pas ce qui se passe.

Comme Valentin. Qui ne comprend rien.

Panigure lui manque. Aujourd'hui, il voudrait voir Salomé flotter dans ses habits de lumière. Elle lui raconterait ses histoires, même si elles sont bizarres. Il se sentirait moins seul.

Bientôt, il entend un moteur, et le bruit de l'interphone. Valentin a de bien meilleurs yeux que ceux des taupes malchanceuses, il reconnaît le conducteur de la voiture qui passe le porche électronique. C'est le policier à la figure sévère. Celui qui était venu à l'hôpital. Le commandant Barnier.

Valentin se demande ce qu'il fait là.

Le commandant se gare devant la maison. Alexandre vient lui ouvrir, il fume un cigare. Les cigares d'Alexandre ont une odeur qui se glisse comme un boa dans la maison, dans le jardin. Et même quand Alexandre ne fume pas, ça sent encore mauvais.

Valentin s'avance sans faire de bruit. D'où il se trouve, il aperçoit sa sœur à travers la fenêtre de son atelier. Son visage est tout près du tableau qui cache un autre tableau. Comme si elle lui parlait en douce. Elle travaille depuis des heures, c'est trop long. Sa sœur s'occupe moins de lui depuis que Panigure est mort. Elle est là, mais elle lui manque. Elle sourit à peine quand il lui parle. Pourtant, Dorine sait que Valentin n'avait fait aucun mal à leur cheval.

Valentin se glisse dans la maison. Il a appris à être plus silencieux que Watteau. Debout dans le couloir, il ferme les yeux, écoute.

Le commandant n'est pas content.

– Vous allez arrêter de nous enfumer, Le Goff.

Le policier n'aime pas les cigares ? Qu'est-ce qu'il veut ? Alexandre ne répond pas ? Ah si.

– Vous déboulez chez moi pour m'insulter, Barnier. Couillu. C'est oublier que je dirige une chaîne d'info. Si ça me chante, je fais et défais des carrières. Et personne n'est irremplaçable. Surtout pas un petit flic avec un gros problème d'attitude.

– Je peux changer de tactique. Et vous coller en garde à vue. Votre femme est là, si ça se trouve. Elle se remet de son agression, hein ? Vous voulez que je me lance ?

– Vous avez oublié vos anxiolytiques, ce matin, ou quoi ?

– J'ai un témoin. Salomé était votre maîtresse.

La voix du commandant est calme et sévère. Valentin n'aime plus Alexandre autant qu'avant, n'empêche, il voudrait qu'il se fâche. Comme il sait bien le faire à TV24 contre ses journalistes.

Mais Alexandre se tait, et quand il parle, son ton est poli.

– J'ai fait une erreur, j'ai cédé à la tentation. Mais j'aime ma femme et Salomé n'était qu'une aventure. Vous comprenez ?

– Jusque-là, oui.

Valentin a failli crier. Ses lèvres sont serrées. Alexandre a trompé Dorine. Dorine qu'il connaît depuis toujours et appelle « mon amour ».

– On se voyait à l'hôtel. C'était toujours elle qui réservait.

– Avec l'appli mobile ?

– Oui. Elle payait avec sa carte bancaire, je la remboursais ensuite.

– Pas de traces de vous.

– C'est ça.

– Et chaque fois des hôtels différents pour éviter de se faire repérer.

– Oui.

– Combien de fois ?

– Je ne sais plus. Une dizaine. Ça faisait environ trois mois qu'on avait entamé une liaison.

– Au bout d'un moment, elle a voulu plus.

– Dès le départ, j'ai été clair. Je lui avais dit que je ne quitterais jamais Dorine.

– Bref, vous étiez à l'hôtel de la Licorne. Avec elle.

– Non, Barnier. J'étais à la rédaction. Avec plus de cinquante témoins. Je n'ai jamais mis les pieds dans cet hôtel.

– Elle y attendait quelqu'un. Vous voulez me faire croire que ce n'était pas vous ?

– C'était moi. Mais je n'y suis pas allé. La dernière fois que je l'ai vue, c'était dans le parking de TV24. Je voulais rompre. Elle n'a rien voulu savoir.

– Et ?

– Elle m'a dit qu'elle m'attendrait à l'hôtel de la Licorne. Comme prévu. Et que si je ne venais pas, elle téléphonerait à ma femme.

– Elle l'a appelée ?

– Non. Quand votre lieutenant a contacté la rédaction en fin de journée pour nous apprendre sa mort, j'ai joint Dorine et compris, au son de sa voix, qu'elle ne savait rien. Salomé avait renoncé. En fait, je me doutais qu'elle ne le ferait pas.

– Pourquoi ?

– Je pense que c'était du bluff. Salomé tenait vraiment à moi. Elle savait que si elle prévenait ma femme ce serait définitivement fini entre nous.

– Boire comme elle l'a fait, seule dans cet hôtel, c'est une attitude assez désespérée pourtant.

– Elle avait de la ressource. Flancher et revenir ensuite à la charge, c'était tout à fait son style.

– Vous avez fait vos calculs. C'est bien. Ça ne peut pas être vous.

– Ça n'est pas moi, non.

– Engager un tueur, rien de plus facile.

– Il y a des méthodes moins radicales pour rompre. Surtout dans la rue. En plein jour. Et puis, ce n'est pas la première fois que je trompe ma femme. Ça ne vous est jamais arrivé ?

– Non.

– Eh bien, je suis ce que je suis. Et j'assume.

– C'est à vous que vous pensez alors que votre maîtresse est morte. Je trouve ça…

– Immoral ?

– Étrange.

– Croyez-moi ou pas, mais la mort de Salomé me peine, horriblement.

– Pas très cohérent. La première fois que je suis passé à TV24, vous avez proposé à mon lieutenant de commenter l'affaire sur TV24. Pour faire de l'audience. Salomé, celle dont la mort vous peine *horriblement*, venait à peine de se faire tuer.

Il y a un long silence. Valentin n'entend plus que son cœur. C'est comme s'il battait entre ses oreilles.

– J'étais très mal, je ne pouvais rien montrer. Pas question que Dorine apprenne ma liaison, surtout dans de telles circonstances. Alors j'ai tenté de vous mener en bateau. De vous faire le coup du pro cynique.

– Ça vous vient assez naturellement, si vous voulez mon avis. Le livre que Salomé écrivait soi-disant sur votre succès à TV24, c'était du pipeau, je suppose ?

– Oui, je savais qu'en retraçant les appels téléphoniques vous sauriez forcément qu'elle m'avait appelé. Très souvent, depuis longtemps. Et juste avant sa mort. Alors, j'ai inventé cette histoire de bouquin.

– Vous ne les avez pas pris, ces trois appels. Pourquoi ?

– Je savais bien pourquoi elle m'appelait. Elle m'attendait à hôtel, avait compris que je ne viendrais pas, mais ne voulait pas l'admettre. Écoutez, elle était jeune, talentueuse, pleine d'énergie. J'espère de tout cœur que vous trouverez l'ordure qui l'a tuée.

Valentin avale sa salive. Il pense qu'il n'est pas une ordure. Une saleté dans une poubelle. Et Salomé n'est pas vraiment morte puisqu'elle danse dans le ciel.

– Elle avait peut-être un autre amant en dehors de vous ?

– Non, Salomé était directe, elle me l'aurait dit. Sa mort est liée à son enquête sur l'adultère. Je ne vois pas d'autres explications.

– Votre femme est là. Je veux la voir.

– Vous n'imaginez pas que Dorine… Je vous répète qu'elle ne savait rien.

– Qu'est-ce qui le prouve ?

– Si Dorine l'apprend de vous, elle sera mortifiée. De toute façon, elle était au Louvre quand Salomé se faisait tuer. Facile à vérifier.

– Peut-être, mais il y a toujours cette possibilité du pro à louer.

– Dorine embauchant un tueur ! Comment et où voulez-vous qu'elle en ait rencontré un ? Au Louvre ? Au Vésinet ? Ça n'a aucun sens.

– À moi d'en juger.

– Non, attendez !

Des pas. Valentin pense qu'il va se faire prendre. Il recule. Son cœur bat très fort.

– Lâchez mon bras, Le Goff. Immédiatement.

– Salomé et moi, on échangeait surtout par SMS. Je les effaçais au fur et à mesure. Impossible que Dorine les ait lus.

– Restent les appels téléphoniques. Vous vous appeliez souvent.

– Son nom n'apparaissait pas. Un 06 parmi tant d'autres.

– Son 06.

– Dans mon métier, je reçois énormément d'appels. Ceux de Salomé étaient noyés dans la masse.

– Il suffisait que votre femme connaisse son numéro.

– Eh bien, justement, ce n'était pas le cas. Dorine n'avait rien découvert, j'en suis certain. Vous aimez votre femme. Entre hommes, on peut se comprendre, non ?

– Je ne suis pas votre cellule psychologique, Le Goff.
– Dorine est fragile. Elle a eu une sale enfance.
– Raison de plus.
– Je lui dirai moi-même, le moment venu. Je vous en prie…
– Laissez-moi passer, Le Goff. Dernier avertissement. Et j'en ai marre de respirer votre haleine de cigare.
– Vous n'avez pas trompé votre femme, dites-vous. Mais ça ne vous est jamais arrivé d'en avoir envie, Barnier ? Bien sûr que si…
– Écoutez…
– Là, je le vois dans vos yeux. C'est là. Vous savez de quoi je parle. Exactement.
– Ça suffit. Ce n'est pas de moi qu'il est question ici.
– Je ne peux pas perdre Dorine… C'est… impossible. Vous savez ce que c'est de tenir à quelqu'un au point d'avoir mal. Oui, vous le savez. Ça saute aux yeux… S'il vous plaît. Barnier.
Valentin avale sa salive. Les gens peuvent être aussi changeants que le vent ? Où est le roi Alexandre ?
– D'accord, soupire le policier.
– Merci. Vraiment. Vous êtes quelqu'un de bien.
– N'essayez plus de me balader. C'est clair ?
– Ça l'est.
Les mots d'Alexandre, Valentin en a assez. Il est triste, il est faible, mais c'est de la boue qui coule de sa bouche. Il a menti à Dorine. Il a fait mal au cœur à Salomé.
Dans ce monde, il n'y a que des menteurs ?
Oui, et même des fantômes menteurs.
Salomé, la petite princesse du château TV24 qui brille comme un lustre, a menti elle aussi.
Mais il y a aussi un Valentin menteur.

Il a chaud, des fourmis lui dansent dans les jambes, il a envie de dire au commandant que c'est lui qui a tué Salomé dans le square. Mais il pense à Dorine. Il imagine son visage couvert de larmes.

Parce que Valentin se retrouverait en prison.

Il sort de la maison. Son beau-frère et le policier ne l'entendent pas, ils continuent de parler.

35

Alice

Lucien délaissa le parking jouxtant le château et se gara au plus près de la forêt. Alice libéra son chien, qui fila ventre à terre en poussant des jappements joyeux.

Ils s'enfoncèrent dans la verdure comme s'ils rejoignaient un monde n'appartenant qu'à eux. Un sanctuaire à quelque trente minutes de Paris. On n'y croisait pas âme qui vive. Elle se sentait revivre dans ce silence odorant.

– Chartres, ça s'est bien passé ?

– Willy et moi, on a été impeccables. Notre cliente n'entendra plus parler de son harceleur. J'ai mis le paquet.

Fouillant son blouson, il fit jaillir une arme. Alice en eut le souffle coupé.

Il la lui tendit. Un Beretta. Crosse en beau bois, canon en acier poli et gravé. *Centennial.* Il expliqua qu'il avait été conçu pour fêter la production, par la célèbre marque italienne, de son premier pistolet semi-automatique. Une version améliorée du modèle initial.

– Qu'est-ce que tu fabriques avec ça ?

– Je me suis fait passer pour le futur mari de la cliente.

– Oui, tu me l'avais dit.

– Eh bien, j'ai ajouté une touche personnelle. Futur mari *et flic*.

– Où l'as-tu trouvé ?

– Mon père est dans la police. Et c'est un collectionneur.

– Tu m'en diras tant.

– Je ne t'en ai jamais parlé parce que… je ne suis pas fier de son job. Et j'ai cru comprendre que tu n'appréciais pas les flics.

– Disons que je les ai assez vus.

– Je comprends le sentiment, Alice, je suis bien placé pour ça. Tu veux l'essayer ?

Bien placé ? Elle aurait pu lui demander s'il avait eu des problèmes avec son papa, mais elle n'ambitionnait pas de jouer les psychologues.

– Non, merci, les flingues ne m'ont jamais fascinée. Il est chargé ?

– Oui.

Rien que ça. Vérifiant que la sécurité était en place, elle constata que le pistolet en avait deux, l'une à l'arrière, l'autre sur la queue de détente. Elle s'y connaissait. Le grand-père Kléber chassait ; pour éviter les accidents, il avait appris le maniement des armes à feu à ses deux petites-filles. Et le tir. Catherine avait horreur de ça.

Elle lui rendit son Beretta.

Il ramassa une branche, la lança dans un vallon. Willy, envoûté, dévala la pente.

Lucien s'amusa à viser des arbres jusqu'à ce qu'on entende des voix. Des promeneurs, non loin.

– Lucien, pas de concours de tir ! Tu risques de blesser quelqu'un.

– Désolé.

– Si tu voulais déstabiliser ce type, pourquoi venir avec une arme chargée ? La vue du Beretta aurait suffi à le calmer.

– Je ne l'ai pas braqué. J'ai sorti le flingue devant lui et fait un peu de cinéma. Comme ça.

Il enleva et replaça le chargeur, débloqua et remit les deux sécurités.

– Prends-le, Alice.

– Quoi ?!

– Si ça devenait dangereux… Pas pour t'en servir, bien sûr. Mais tu peux *dissuader*. Je me sentirai plus tranquille.

– Oublie.

– Le meurtrier est peut-être dans notre fichier. Et s'il décidait de s'en prendre à toi ?

– Pour quelle raison ?

– Si j'ai bien compris, ça peut être un dingue qui ne supporte pas que sa vie privée soit exposée.

– Écoute, j'ai gambergé. C'est quelqu'un à qui elle était liée.

– Comment ça ?

– Ce n'était pas une interview.

– Tu as des preuves ?

– Non, mais bon… arrête. Je suis venue ici pour me détendre, pas pour que tu en rajoutes une couche. (Elle étudia son air mécontent. Jusqu'à ce qu'elle soit sûre de l'avoir percé à jour.) Cette cliente n'existe pas, n'est-ce pas ?

– Si, elle existe. Mais je me suis contenté de jouer le mari.

– Pas le flic.

– Bravo, Alice. C'est ça. Je n'ai agité de flingue sous le nez de personne.

Il souriait mais n'était pas complètement à l'aise.

– En fait, ce que tu voulais, c'était me donner l'arme.

– J'admets.

Ils se regardèrent d'un air grave, puis éclatèrent de rire. Il leva un sourcil interrogateur.

– La réponse est toujours non, Lucien. Je me débrouillerai sans ton Centennial.

Il le fit disparaître dans son blouson. Alice lui annonça la date de l'enterrement.

– Je t'accompagnerai. C'est un peu juste pour rentrer en Bourgogne et revenir. Et je pense que Lisa appréciera de découvrir Paris. Elle me rejoint pour le week-end.

– Vous logerez où ?

– On trouvera. Ne t'inquiète pas.

Il allait lui demander l'hospitalité dans son quatre-étoiles. Jamais de la vie.

Immédiatement, elle s'en voulut de son mépris ; vivre avec cette fille était le choix de Lucien, sa liberté.

Elle écouta leurs pas crisser dans les feuilles mortes, se dit que l'occasion était peut-être venue d'annoncer qu'elle envisageait de vendre lovalibi.com.

Non. Elle lui laisserait le choix. Travailler pour le repreneur. Ou accepter qu'elle le finance pour la création de son entreprise de rénovation de maisons. Après tout, quand elle l'avait rencontré, il exerçait un métier noble. C'était elle qui l'avait détourné de son chemin. En lui proposant de devenir son adjoint. Ou plutôt son *complice*. Tout ce qu'elle avait fait naître en lui, c'était un talent pour le mensonge.

Elle l'observa du coin de l'œil.

Bon, lui aussi se délassait. Pour les révélations, on attendrait d'être de retour en Bourgogne.

36

Valentin

La petite voiture est cabossée, mais sa couleur est celle du ciel. Il y a des trous dans la portière avant. Des fleurs de rouille.

Valentin ouvre le porche électronique. Le jeune conducteur est sympathique. La barbichette qui termine son menton ressemble à une virgule. Son amie a de gros yeux ronds, et Valentin devine qu'elle doit être aussi forte qu'un garçon. Un beau chien jaune est assis sur ses genoux. Il sourit en voyant Valentin.

– Comment il s'appelle ?

– Willy.

– Il est gentil ?

– Très. Moi, je m'appelle Lucien, et voici Lisa.

– Moi, c'est Valentin.

– Joli prénom. Mme Le Goff est là ?

– Oui, elle travaille dans son atelier. C'est ma sœur. Tu la connais ?

– Oui, mais pas elle. On peut se garer dans la cour ?

Valentin se demande comment Lucien peut connaître Dorine sans que Dorine connaisse Lucien. Le jeune homme et son amie sortent de voiture. Willy fonce danser dans les jambes de Valentin, qui s'accroupit, enfonce sa tête dans la douceur de ses poils dorés et lui caresse les flancs. C'est vraiment un beau chien content. Valentin voudrait qu'il soit à lui.

Dorine est sortie sur le perron. Elle a sa blouse tachée, un pinceau à la main et elle sourit. Quand Lucien lui dit qu'il travaille pour Alice Kléber, la tante de Salomé, Dorine arrête de sourire.

– Je connais bien Alice, dit-elle. Mon mari et moi, on la voyait souvent quand elle habitait Paris. Elle doit être dévastée.

– C'est le mot, répond Lucien.

– Elle sait que vous êtes ici ? Elle ne voulait pas vous accompagner ?

– Je suis venu parce que j'ai eu une idée. Mais si elle ne vous plaît pas, n'hésitez pas à me le dire.

Lucien ouvre le coffre de la voiture, en sort un paquet plat, couvert d'une couverture grise, et dit que c'est un tableau. Dorine entraîne tout le monde dans son atelier. Elle fait du thé à la bergamote. En découvrant Willy, Watteau file se cacher. Willy aboie. Une seule fois. C'est sa façon de dire bonjour, mais Watteau ne veut rien savoir. Tout le monde rit de bon cœur. Valentin aussi. Comme Dorine, ça fait longtemps qu'il n'a pas ri. Ça fait du bien.

Lucien a déballé le tableau. On y voit la campagne, une maison avec une cheminée fumante, des moutons, des chiens et un homme avec un chapeau à trois pointes. Fusil en main, il se repose, debout contre un arbre, une jambe repliée. Deux femmes lui tiennent compagnie, assises sur un banc, mais elles n'ont plus de tête. L'une a une robe rouge, l'autre une robe bleue.

Lucien parle et parle et parle. Lisa l'écoute avec de grands yeux. Dorine, sourcils levés, se caresse le menton. Valentin comprend que le vieux tableau abîmé appartient à Alice et qu'elle l'a acheté dans une brocante sans trop savoir pourquoi. Il y a des trous à la place de la tête de certains personnages. Lucien veut que Dorine le restaure. En mémoire de Salomé.

– Comment ça ? demande Dorine.

– Ce sera l'anniversaire d'Alice. Le 26 novembre. Salomé avait eu une idée de cadeau. Elle voulait que vous ressuscitiez ce tableau pour l'offrir à sa tante. Elle voulait que vous donniez aux deux femmes du tableau son visage et celui d'Alice. Pour qu'elles soient réunies pour l'éternité.

Dorine se tait longtemps. Valentin caresse Willy qui se laisse faire, gros fainéant content sur le tapis. Lucien et Lisa regardent Dorine, d'un air inquiet.

– Le 26 novembre, c'est dans un peu plus d'un mois, c'est impossible pour restaurer un tableau, finit par dire Dorine d'une voix énervée.

Valentin est étonné. Dorine ne s'énerve presque jamais. La dernière fois, c'était avec Alexandre. Qui le méritait bien.

– Je m'en doute, répond Lucien. Mais Salomé n'a jamais réussi à prendre discrètement le tableau. Alice veille au grain. Sur tout et tout le temps.

– Vous ne pouvez pas me donner plus de temps ?

– Si, bien sûr. L'essentiel, c'est de respecter les dernières volontés de Salomé. Anniversaire ou pas.

– Une belle idée, j'avoue. Originale et délicate. « Ensemble, pour l'éternité. » Mais vous ne craignez pas que ça ravive la douleur du deuil ?

– Alice sera très touchée de savoir que sa nièce tenait à elle.

– Bien, je comprends.

– Vous êtes d'accord ?

– Oui. Confiez-moi le tableau et je ferai au mieux.

– J'ai aussi apporté des photos d'Alice et de Salomé, dit Lucien en les tendant à Dorine.

– Vous avez pensé à tout, c'est parfait.

Dehors, un corbeau fait du ramdam. Willy dresse l'oreille et bondit vers la porte. Valentin le libère dans la cour. Ils vont bien s'amuser tous les deux.

Le corbeau est perché en haut d'un arbre géant. Il n'a pas le vertige, on dirait qu'il rigole. Valentin s'arrête et écarquille les yeux.

Salomé est de retour. Assise sur la barrière de Panigure, elle fait rouler une mèche de cheveux sur un doigt. Willy fonce vers elle et se laisse caresser.

*

– Salomé t'aimait bien.

Valentin hoche la tête, mais ne répond pas à Lucien. Il ne sait pas si lui aime toujours bien Salomé. Peut-être qu'un jour il l'aimera de nouveau. Peut-être qu'avec le temps on s'habitue aux vilaines choses que font les gens. Il se dit aussi que c'est une bonne idée de la peindre sur un tableau. Il dira à Dorine de choisir la femme à la robe rouge. C'est une bonne couleur pour Salomé.

Lucien, adossé à la petite voiture bleue, fume une cigarette qu'il a roulée lui-même avec une machine qui ressemble à un canapé à mouches. Lisa, tête posée contre son épaule, regarde Willy dévorer le gâteau que Dorine lui a donné avant de repartir s'enfermer dans son atelier. Elle ne parle pas beaucoup, elle a un beau sourire. On voit qu'elle aime beaucoup Lucien.

– C'est beau, ici, dit-elle. Tu as de la chance de vivre dans cette maison.

– Nous aussi, on vit dans une belle maison ! dit Lucien.

– Ta maison est à la campagne ? demande Valentin.

– Oui, une campagne aussi belle que celle du tableau d'Alice. D'ailleurs, il montre une scène du XVIIIe siècle dans la campagne bourguignonne. C'est pour ça qu'Alice l'a acheté. Elle adore notre région.

– C'est la plus belle de France, ajoute Lisa. Et même du monde.

– Bien d'accord, dit Lucien. Viens nous voir, Valentin. En train, ça va vite.

Valentin aimerait ça. Il n'a pris le train qu'une fois, pour partir au bord de la mer avec Dorine et Alexandre. Ensuite, ça a été fini. Alexandre n'aime voyager que dans sa belle voiture.

Ses amis s'en vont, et la nuit arrive. Valentin attend qu'elle ait fini de changer les couleurs du monde.

Il se sent un peu seul.

37

Alice

TV24 bavassait en sourdine. La mort de Salomé occupait toujours la première place des news.

Calée dans un fauteuil recouvert d'une sorte de pelage de yak, Alice faisait face à Lucien. En blouson au cuir râpé et pantalon flasque à motif camouflage, il était assis en tailleur sur le lit à la rondeur de lune. La fidèle Lisa attendait dans sa guimbarde, garée devant l'hôtel de la Licorne ; elle gardait Willy. Il était vraiment regrettable que les chiens ne soient pas autorisés dans les chambres.

– Qu'est-ce qui te tracasse, Lucien ? Je connais ta tête des jours difficiles.

– J'ai un aveu à te faire.

– Je t'écoute.

– C'est moi, pour Salomé.

– Quoi !?

– Le couple de clients. Guy et sa maîtresse, Noémie. C'est moi qui ai donné leurs coordonnées à Salomé pour son enquête.

Elle ravala sa salive et le dévisagea. Il avait intérêt à avoir une raison en béton.

– J'avais bien réfléchi avant, c'était sans risque, Alice. Je connaissais Guy pour être intervenu à sa demande. J'avais joué le rôle du collègue de travail venant chercher Noémie à domicile, avec Guy, pour aller à un congrès. Le mari n'y a vu que du feu.

– Épargne-moi les détails et accouche, réussit-elle à articuler.

– Je te jure que je n'ai rien laissé au hasard, Alice. Guy aime se valoriser. Et Salomé était très pro. Jamais elle n'aurait laissé échapper leur identité sur TV24. Elle n'avait pas le choix.

– Qu'est-ce que tu racontes ?

– Son père avait refusé de l'aider pour son enquête. Et toi, tu n'aurais jamais accepté.

– Mais *toi*, tu as accepté. Pour de l'argent.

– Non. J'ai accepté par amitié.

– Merveilleux.

– Tu as ma parole. Salomé savait qu'avec l'adultère, sujet sexy de société, elle impressionnerait Le Goff.

– Et qu'il la ferait monter en grade. Elle croyait au Père Noël ?

– C'est comme ça qu'il fonctionne, non ? Au mérite. L'âge, les études, les connexions, il s'en fout.

– Elle te l'a dit ?

– Oui. Salomé en voulait. Et il n'y avait que moi pour l'aider.

– Ça faisait longtemps que vous mijotiez ça dans mon dos ?

– Quelques mois. Elle m'a eu à l'usure.

Alice cavalait sur le dos d'un dragon noir qui voulait la désarçonner.

– Ça va, Alice ? Tu es très pâle…

Il se précipitait vers le bar, revenait avec une eau minérale. Qu'Alice refusa. Elle devait le virer, ouste. Pas question de vendre lovalibi.com. Plus question de remettre Lucien le fourbe sur le droit chemin en lui finançant sa boîte.

Ce n'est pas moi qui ai fait de toi un menteur. C'est ta nature profonde.

Elle continuerait sans lui. Après tout, elle s'était débrouillée seule, près de dix ans. Oui, dehors le traître, il n'y avait que ça à faire.

– Écoute, ce n'est pas si terrible, Alice. Elle m'avait garanti qu'elle te préviendrait. Une fois son docu monté, elle devait te le faire visionner.

– Pour ?

– Approbation.

– N'empêche. Tu m'as caché la vérité. Longtemps.

– Pardonne-moi, Alice. Je veux continuer à travailler avec toi. Je ne t'ai pas trahie. Je te répète que Salomé aurait attendu ton verdict. Je l'y aurais obligée. (Larmes aux yeux, il bafouillait, était à deux doigts de s'agenouiller. Il voulut saisir sa main, elle se laissa faire.) Tu es la seule personne qui m'a donné ma chance. Ne brise pas ça.

– C'est dur à encaisser.

– On travaille vraiment bien ensemble. Je vais t'aider à te sortir de ce merdier. On va récupérer nos clients. On a besoin l'un de l'autre.

Il était sincère, c'était l'évidence. De plus, il avait raison, il fallait bien l'admettre. Les événements avaient exténué Alice. Sa santé risquait d'en pâtir. Elle ne voulait pas être dévorée par son anévrisme. Pas encore. Pas si vite.

Et puis, elle était l'arroseuse arrosée. Celle qui vendait du mensonge au mètre mais se faisait facilement balader. C'était presque drôle. À condition d'avoir un sens de l'humour d'une extrême solidité.

Lucien. Un gamin compliqué. Sensible. Et intéressant. Plus qu'elle ne l'aurait cru.

Elle avait besoin de ce grand ado attardé, qui n'avait que Lisa et le bon Willy comme famille.

Et moi, dans le fond.

Elle accepta la bouteille d'eau qu'il lui tendait. Lucien était aussi bête qu'elle, qui avait conservé une part de naïveté. Et il était trop généreux pour son bien. Salomé les avait manipulés. Elle était irrésistible, obtenait toujours ce qu'elle voulait.

– Il faut aussi que je te dise autre chose…

– Oh non, pitié.

– C'est au sujet de Mathieu Villebon.

Qu'avait manigancé ce coyote en pantalon trop court ? Elle se recroquevilla dans son fauteuil velu et attendit la suite. Lucien lui apprit que, contrairement à ses dires, Villebon avait accepté de se faire interviewer par Salomé. Il n'avait pas hésité une seconde, trop content de faire sa promo sur TV24.

Deux possibilités s'offraient à Alice.

Rester à se lamenter dans ce ridicule fauteuil ou aller incendier les locaux d'escapamour.com.

*

En sortant de l'ascenseur, elle pila net. Pierre, le beau-frère de l'enfer, était dans le hall. En pleine discussion avec le réceptionniste. Elle plaqua sa main sur la poitrine de Lucien pour suggérer un demi-tour. Trop tard, Pierre l'avait repérée. Il resta figé deux secondes, puis joua au missile balistique.

– Qu'est-ce que tu fabriques ici ? susurra-t-il entre ses dents serrées.

– Et toi ? Tu n'es pas censé veiller sur Catherine ?

– J'interroge mes confrères. Impossible que personne n'ait rien vu.

– Excuse-moi, mais j'ai rendez-vous.

– Une seconde. Tu sortais de l'ascenseur…

– J'adore les ascenseurs.

– Tu loges ici ? T'es vraiment une pauvre cinglée.

Inutile de nier, il aurait tôt fait de consulter le registre.

– Tu te prélasses dans l'hôtel où était descendue Salomé ? Mais tu joues à quoi ?

Il continuait de parler à voix basse, à l'évidence peu désireux que le personnel profitât de la conversation.

– C'est bien toi qui m'as flanquée dehors, non ? (Livide, il l'agrippa par la manche.) Lâche-moi ou je hurle, Pierre. Un scandale, dans ton job, ça ne pardonne pas. Je me trompe ?

Catherine lui avait confié que son crétin de mari jouait comme un gamin aux jeux vidéo « pour évacuer la vapeur ». Un passe-temps ridicule. Pour un pauvre frustré qui n'avait jamais accepté ce qu'il était. Un larbin bien dressé pour gens friqués.

Elle l'abandonna sur place et traversa le lobby, Lucien dans son sillage. Elle se retourna avant de franchir le porche. Pierre était un piquet de haine.

Elle prit une grande inspiration, déclara à Lucien qu'elle refusait de monter dans le tacot de Lisa, elle prendrait sa propre voiture. On se retrouverait chez Villebon.

Elle fit mousser sa chevelure, réajusta son foulard et monta à bord de sa Jaguar. Super-Concierge ne réussirait pas à la perturber avec son agressivité inutile.

*

– Tu mens comme tu respires, Mathieu. C'est pitoyable.

Villebon l'écoutait en silence depuis de longues minutes, alors qu'elle déversait son sac de reproches.

Elle aurait préféré une réaction, ça lui aurait permis de monter en puissance et de s'offrir une colère atomique.

– Tu as fini ? soupira Villebon. C'est bon ?

– Non, ce n'est pas *bon*. Tu es complètement dingue d'avoir accepté de parler de nous à Salomé.

– Il y a un *nous* maintenant ?

– Nous sommes partenaires de business. Pour moi, ça signifie quelque chose. Et ça implique un code moral. On se tient au courant. On évite de jouer cavalier seul.

– Quelle blague. Tu n'as jamais pensé qu'à toi, Alice. Le buzz sur TV24, ça ne se refuse pas. Point barre.

– Tu aurais pu avoir la décence de me prévenir.

– Pour que tu fasses tout capoter en empêchant ta nièce de travailler ? Tu plaisantes. Et je vais te dire, Alice. J'en ai assez de ton autoritarisme. Et de ta paranoïa. Tu as choisi ce business, personne ne t'a forcée. Eh bien assume-toi !

– Je m'assume très bien, crétin. Mais la discrétion est la base de tout.

– À l'heure des réseaux sociaux et de la communication tous azimuts ! Tu me fais rigoler. Les gens savent et les gens oublient. Parce qu'on zappe tous d'un sujet à un autre. Tu te prends pour le nombril de l'Univers. Tu crois que la population terrestre se passionne pour la vie d'Alice Kléber. Mais on s'en tape, ma vieille.

L'immonde cobra. Elle n'aurait jamais dû entrer en affaires avec un type aussi imbu de lui-même. Il donnait le change avec ses bureaux à la déco affectée et ses allures de dandy à la noix. Elle allait l'expulser de ses références.

Elle avait même une idée encore plus chaude. Qui venait de lui exploser entre les oreilles comme un somptueux feu d'artifice.

Elle utiliserait ses liens avec Alexandre Le Goff pour traîner le business de Villebon dans la boue. On trouverait un angle. Il voulait de la pub, il allait en avoir. Et ce serait une surprise totale.

Alice la guerrière était de retour.

Elle se leva, lissa sa jupe, tourna les talons et se propulsa vers la salle d'attente. Lucien lisait un magazine, qu'elle agrippa au passage et lança en l'air. Il haussa les épaules et se mit en marche.

– Ça s'est bien passé ?

– Comme si tu ne nous avais pas entendus à travers la porte.

– Ce type ne vaut pas la peine que tu t'énerves.

Dans l'ascenseur, elle lui raconta son projet. Assassiner Villebon sur TV24.

– Là, j'avoue que j'ai mal pour lui. Tu as un côté ninja, Alice.

– Oui, il vaut sans doute mieux m'avoir comme amie que comme ennemie.

– C'est clair.

38

MoiToi

Inutile, la caméra. Technologie archidépassée. Il avait cessé de l'utiliser ayant enfin compris qu'ils étaient liés l'un à l'autre par un fil invisible.

Ils communiquaient sans effort. Avec naturel et simplicité. Il suffisait de parler, il suffisait d'écouter.

La voix de MoiToi résonnait à des époques différentes. Pas de problème. Ligne directe. Super Wi-Fi quantique.

Ça glissait dans le rouleau des vagues.

« La première fois que j'ai joué au Jeu ?

J'étais ado, mais l'excitation est fraîche dans ma mémoire. Je n'ai pas compris tout de suite que je venais d'entamer une partie. Quelque chose en moi m'a dit de tuer. Et je suis passé à l'acte. Comme ça.

C'était qui ?

Une vieille. Qui voulait que ses économies aillent aux chats de la commune après sa mort. Elle aimait bien ma tête, elle me disait que je lui rappelais son mari. Je l'avais écoutée raconter ses stupides histoires en buvant de la limonade et en bouffant des gâteaux. Ensuite, je lui avais défoncé la tronche. Avec une pelle de jardin. Aussi, quelle idée de filer son fric à des chats !

Une abrutie ?

Oui, c'est ce qu'elle était, je suis d'accord avec toi. Après, ça a été une sensation intense. J'étais enfin moi. La bonne personne au bon moment pour la bonne mission.

Aucune culpabilité ?

Non, aucune, mais j'avais eu peur. De me faire prendre. Ensuite, je m'étais calmé et j'avais compris qu'en fait, ça avait été jouissif. Nécessaire. C'était le début.

Pourquoi à ce moment-là ?

Parce que je m'en étais tiré comme par magie. Ça avait glissé. J'avais été parfait dans mon rôle. Idéal. Il m'avait fallu encore quelques années de plus avant de comprendre que je n'étais pas un tueur, mais le Joueur.

Libéré ?

Vingt mille euros planqués dans une boîte en fer-blanc. Je n'avais jamais vu autant de fric de ma vie. Et toi, ta première fois, c'était quand et comment ? »

39

Barnier

Samedi 22 octobre

Maze ne s'était pas présenté au travail et ne répondait pas au téléphone. Surpris, puis de plus en plus inquiet, Barnier avait décidé de se rendre à son domicile.

Un quatrième sans ascenseur. Il reprit son souffle sur le palier en se demandant quoi dire lorsque son jeune lieutenant lui ouvrirait sa porte. Le mieux était peut-être de faire comme s'il ne s'était rien passé.

D'ailleurs, techniquement, rien ne s'était passé.

Il sonna et fut estomaqué. Une femme venait de lui ouvrir. Dans les vingt-cinq ans, plutôt jolie.

Et Maze qui prétendait vivre seul. Maze serial séducteur. À voile et à vapeur. Magicien de la tromperie. Il s'était bien payé sa tête.

Il ravala ce stupide accès de jalousie. Le téléphone sonnait quelque part dans l'appartement, ça n'intéressait personne.

– C'est vous ?

– Moi, quoi ?

– Celui dont mon frère est raide dingue.

Il ne parvint plus à articuler. La sœur de Maze lui sourit d'un air paisible avant de lui tapoter le bras.

– Il dit que ce n'est pas de chance. Tomber amoureux d'un homme qui a une famille, des responsabilités, le sens du devoir. Avant vous, il avait tous ceux qu'il voulait. C'est la première fois que je le vois comme ça.

Barnier se passa les mains sur le visage, doigts écartés, formant une cage. Vivait-il bien ce qu'il vivait ? Le monde n'était-il pas en train de l'embarquer de force dans sa centrifugeuse métaphysique ? Il avait le cœur dans les chaussures. De la joie, de la peur. Il avait envie de rester, de foutre le camp.

Je suis largué.

– Pas besoin d'appeler le médecin. Je suis médecin. Enfin, presque. Interne.

Elle émit un sifflement. Un husky arriva à fond de train. C'était le bel animal aux yeux bleus qui lui avait léché l'oreille lorsque Maze l'avait raccompagné rue Oberkampf.

Le téléphone avait arrêté de sonner. Bref sursis. Ça remettait ça.

– Il est malade ?

– Dans peu de temps, le virus aura capitulé. Et vous ?

– Pardon ?

– Grippe et chagrin. Sacré cocktail. Mais il ne veut pas tuer sa fièvre. Le frangin, ça lui plaît de suer, et d'avoir une bonne excuse pour se tenir éloigné de vous. Enfin, à mon avis. Bon, je vous laisse.

– Non, attendez.

– C'est vous qui l'avez mis dans cet état, alors débrouillez-vous.

Le même sourire, à la fois moqueur et doux, que son frangin.

Le téléphone s'entêtait.

– Vous ne répondez jamais ?

– Non, ce ne sont pas mes affaires. Mais peut-être bien les vôtres.

– De quoi vous parlez ?

– D'un mec énervé qui ne parvient pas à oublier mon frère. Quant à moi, je n'arrête pas de lui suggérer une vie plus stable. Plus rangée. Je n'ai pas trop de succès.

Barnier pensa à l'acteur à gueule de maniaque qui pleurnichait à la soirée à la Bastille. *Une vie plus stable ?* Elle avait déjà tourné les talons et parlait depuis l'entrée.

– Il y a de la tisane. Il faut qu'il en boive beaucoup.

– Quoi ?

– DE LA TISANE. BEAUCOUP DE TISANE.

Voilà, elle était partie. Il se retrouvait face à lui-même et à ce qu'il voulait vraiment. Il décrocha le foutu téléphone, rugit un « Allô ? » agacé, perçut une faible respiration. Et ça raccrocha.

De la tisane. L'odeur flottait dans l'air mêlée à celle de l'eau de toilette diabolique de son lieutenant. Il avait envie de quelque chose de plus costaud que d'une foutue tisane. Où était le bar ? Aucune idée. Une orchidée immaculée trônait sur la cheminée à côté d'une tête de Bouddha. Tout était beau ici. Zen et minimaliste.

Il trouva les bouteilles dans un meuble asiatique, but une rasade de scotch au goulot. La nuit passée, il avait encore rêvé. Un foutu rêve érotique. Le genre qui vous colle à la peau comme un sparadrap gorgé de morphine. Maze et lui, bouches dévorantes, un long baiser qui vous propulse sur la lune. Qui vous retourne comme un gant de soie.

De la tisane.

Oui, il y en avait. Dans une élégante théière en fonte. Il en versa dans un bol bleu au design japonais. Chercha la chambre.

Le soleil filtrait à travers les stores. Lames obliques sur corps allongé. Des draps blancs. Il lui tournait le dos. Ses cheveux sombres, la courbe de son corps. Beauté tranquille à savourer, un trop bref instant, avant que le réel ne reprenne ses droits et que trop de choses soient dites.

Le parquet gémit. Cœur battant, il envisagea de s'asseoir sur le bord du lit.

Maze se retourna et le considéra, yeux dans le vague, bouche entrouverte. Une barbe naissante obscurcissait ses joues. Il était à se damner.

Sans lui, Barnier n'y arrivait pas. N'y arrivait plus.

– Désolé, trop malade pour aller bosser.

– Pas grave. Tiens, bois.

– Ça avance l'enquête ?

Il était déjà au courant pour Le Goff et Salomé. Barnier le lui avait expliqué en laissant un message sur son répondeur.

– Non. Le Goff a des témoins à la pelle. Quant à sa femme, ses collègues confirment sa présence au Louvre. Mais là, tout de suite, franchement, j'ai d'autres problèmes.

Ça ne lui était jamais arrivé d'être obsédé par quelqu'un au point de ne pas réussir à se concentrer sur son travail. Sur cette enquête-là, en plus, importante, complexe. Il s'en voulait. Maze le scrutait d'un air anxieux à présent.

– Tu m'en veux ?

Barnier se frotta les joues, emprisonné dans ses hésitations. Son visage était une râpe.

– Non.

Il lui offrit un sourire lumineux, et Barnier craqua. Il s'avança au bord du lit, se pencha pour lui caresser les cheveux. Son jeune lieutenant renversa la tête en arrière et ferma les yeux. Sous le drap, son érection. Barnier avala sa salive et prit une grande inspiration.

C'était maintenant. Ensuite, ce serait la terre brûlée, on ne reviendrait pas en arrière.

Il se débarrassa de son holster, de sa chemise et souleva son T-shirt. Il frémit lorsque la main de Maze caressa son ventre. Sa peau était très chaude, humide. La fièvre. *Le frangin, ça lui plaît de suer... Une bonne excuse.*

Une sonnerie les fit tressaillir.

Barnier hésita, renfila son T-shirt. Quelqu'un maintenait le doigt sur la sonnette. Ça sentait l'urgence. La main de Maze glissa sur son avant-bras.

– Non, reste. On s'en fout.

– C'est peut-être ta sœur qui a oublié quelque chose. Elle est sympa.

– Vrai. Elle est adorable.

– J'en voudrais une comme ça…

– Pas de frères et sœurs ?

– Non.

Barnier alla ouvrir. L'autre le dévisagea comme s'il voyait le diable, baissa les yeux vers son T-shirt sorti de sa ceinture. Barnier pensa poser une question. L'acteur à la sale gueule émit un hurlement. Son poing fonça. Barnier eut le réflexe de détourner la tête.

Son nez était sauvé, sa joue gauche avait explosé. Il tomba à genoux, devina à travers un nuage d'étoiles que le cinglé portait un poing américain à la main droite.

Le commandant pensa à son arme restée dans la chambre. Une succession de coups de pied lui ravagea le ventre. Des papillons d'acier lui mangèrent les yeux. Sa tête valdingua sur le parquet.

Ses oreilles bourdonnaient, mais il entendit des pas derrière lui.

– Bouge plus ou je te descends !

La voix de Maze. Enrouée. Mais impérieuse.

Barnier se traîna hors de la zone dangereuse et réussit à se redresser sur un coude.

Maze était nu, jambes écartées, flingue à bout de bras, cheveux plaqués par la sueur. Il braquait son ex avec son arme de service.

D'évidence, ce gros malade n'avait pas envie d'obéir. Il voulait faire une connerie. Du genre qu'on regrette toute sa vie.

– Deux contre un, tu te calmes, dit Barnier.

L'acteur les regarda chacun tour à tour, se mit à chialer et tomba comme un sac. Du sang tachait le poing américain. *Le mien, forcément, merci ducon.* Il se rendit compte aussi que son méplat gauche avait doublé de volume. Le goût métallique caractéristique du sang colonisait sa bouche.

« Je n'arrête pas de lui suggérer une vie plus stable. » La sœur de Maze aurait fait une bonne philosophe. Dommage qu'elle ait disparu, on aurait eu besoin de ses connaissances médicales et de sa douce présence.

Et moi, qu'est-ce que je fous dans ce chaos ? se demanda Barnier en se relevant. Son corps avait pris trente ans d'un coup. Et l'ex couinait toujours sur le parquet.

– Ça va ? demanda le jeune lieutenant à son commandant, d'un air inquiet.

Je ne sais pas si je suis fait pour ça, pensa Barnier.

C'est peut-être bien le destin qui vient de me passer un coup de fil avant de me mettre une raclée.

40

Valentin

Lundi 24 octobre

Dans l'église, la musique est forte. Alexandre dit que c'est de l'orgue. Ça fait trembler les murs, Valentin n'aime pas ça.

Salomé est revenue. Elle nage au-dessus du curé. Avec ses cheveux dressés sur sa tête, on dirait une sirène qui aurait bu trop de café. Elle croit que l'intérieur de l'église est une mer et qu'elle peut faire des vagues. La voilà qui gigote en riant au-dessus de son cercueil.

Pourquoi met-on les morts dans des boîtes et ces boîtes dans la terre ? Valentin n'a pas idée. Les taupes ne comprendraient pas non plus.

Il ne sait pas prier, mais il pleure. Même si Salomé danse comme une folle, même si elle a menti à tout le monde, elle est son amie. Peut-être qu'Alexandre l'a forcée à dormir avec lui. Salomé n'aurait jamais voulu faire de mal à Dorine, ça, Valentin en est presque sûr. Pour l'instant, son beau-frère tient sa sœur serrée contre lui. Ses cheveux blancs tranchent avec ses lunettes noires et sa peau bronzée.

Tous les journalistes et techniciens de TV24 sont là. Et des inconnus. C'est trop. C'est comme si l'église était pleine de fourmis géantes.

Les policiers sont venus. Le jeune aux yeux bleus, le grognon aux yeux foncés. Le commandant Barnier a une joue plus grosse que l'autre. Et couleur d'aubergine.

Valentin ouvre la bouche comme un crapaud quand il découvre une femme, trois rangées plus loin. Elle a les cheveux roux-blond de Salomé, et presque le même visage.

Alors quoi, il y a des Salomé partout ? Ça n'arrête jamais ? En fait, cette dame est une Salomé plus vieille. Et plus triste. Et avec un regard plus clair, mais moins gentil. C'est sûrement sa grande sœur ou sa maman. Valentin est soulagé.

Une seule Salomé, c'est suffisant.

*

Presque tout le monde est parti. La messe est finie, on est au café-restaurant, Valentin boit un chocolat chaud. Maintenant que Salomé est enterrée, elle ne reviendra plus briller. Mais si elle décidait que la mort immobile n'est pas faite pour elle ?

Pas plus tard qu'hier soir, elle est venue s'asseoir sur le bord de son lit. *« Il faut que tu nous sauves, Valentin. »*

Valentin lui a demandé pardon pour ce qu'il lui a fait. Encore et encore.

Mais Salomé n'écoute pas. Ça ne l'intéresse pas de savoir que c'est Valentin qui l'a tuée. Ça ne l'intéresse pas de savoir qu'elle est morte, et que plein de gens sont venus lui dire au revoir.

Alexandre est obligé de rester un peu « parce que j'étais l'employeur ». Valentin aurait préféré partir juste après la mise en boîte. Ici, on respire plein d'odeurs sans en reconnaître une seule. Et les gens vous touchent. Il va prendre l'air.

Ah, Alexandre fume un cigare sur le parking. Où est Dorine ?

La dame qui ressemble à Salomé sort du café-restaurant. Elle a une belle robe noire et des chaussures qui brillent. Quelqu'un l'accompagne. Valentin le reconnaît, c'est l'ami Lucien. Où est Lisa ? Où est Willy ?

Alexandre et la dame se sourient. Il s'approche de la dame, pose une main sur son épaule, l'embrasse sur les joues.

– Alice, toutes mes condoléances, ma chérie. Ça fait plaisir de te revoir. Dommage que ce soit dans de si affreuses circonstances.

– Tu m'as bien manqué.

Alice, la tante de Salomé. Valentin aurait pu deviner que c'était elle, à cause de la ressemblance. C'est cette Alice que Lucien veut que Dorine peigne en compagnie de Salomé sur le vieux tableau pour son anniversaire. Robe bleue, robe rouge.

– Elle me parlait souvent de toi.

– Vraiment ?

– Bien sûr. Elle t'aimait beaucoup.

– Elle a interviewé deux de mes clients sans me prévenir, Alexandre. Je l'ai appris il y a peu. Ça m'a… blessée. Tu étais au courant ?

– Je te jure que non. Salomé ne me détaillait pas son travail.

Salomé a menti à sa tante ? Et Alexandre, il est ami avec Alice, mais peut-être qu'il lui ment.

Valentin réfléchit. Une seule personne peut entendre Salomé et la voir. C'est Valentin. Peut-être que Salomé veut qu'il devienne sa voix. Et qu'il raconte ce qui est arrivé à sa place.

C'est ça qu'elle veut depuis le début. C'est comme ça qu'il peut l'aider.

Il vérifie que Dorine est restée dans le café-restaurant et ne peut pas entendre.

– Alexandre a dormi avec Salomé, dit Valentin bien fort.

Tout le monde se tait, tout le monde le regarde.

– Quoi ? (Alice a pris un air sévère, ensuite elle parle à Alexandre.) C'est vrai ?

– Valentin, ne t'occupe pas de ça !

– Alexandre, c'est mon beau-frère. Il dormait avec Salomé. C'est vrai.

– Mais Alice, tu vois bien qu'il ne sait pas ce qu'il dit.

– Si, je sais, Alexandre. Je t'ai entendu parler au commandant.

Alice est petite, mais elle n'a pas peur. Elle agrippe Alexandre aux épaules et le secoue comme s'il était un mirabellier plein de mirabelles bonnes à manger.

– Tu n'as pas pu faire ça ! Je t'avais confié Salomé.

Alexandre essaie de se détacher. Mais Alice ne le lâche pas. Elle a beaucoup de force. Son visage est devenu rouge.

– C'est Salomé qui a initié la liaison. Je ne suis pas de bois, j'ai craqué. Mais je ne lui ai rien promis, elle savait que ça ne durerait pas.

– C'est toi qu'elle attendait à l'hôtel de la Licorne ?

– Oui, mais je n'y suis pas allé. J'avais décidé de rompre.

Un chien aboie. Ça vient d'une belle voiture garée tout près. Ah, Valentin reconnaît Willy.

La porte du café s'ouvre. Sur Dorine. Elle a l'air étonné, elle s'approche.

– Laissez mon beau-frère ! Taisez-vous. Je ne veux pas que ma sœur soit triste.

Alice et Alexandre continuent de crier. Ils n'écoutent pas Valentin, ils n'ont pas vu Dorine. Dorine qui s'approche.

Valentin a mal au ventre et chaud à la tête. Il regrette d'avoir bu du chocolat. Il fait un effort pour parler.

– Tais-toi, Alexandre.

Alexandre n'écoute pas. Il ne s'intéresse qu'à Alice.

Un volcan rugit dans la tête de Valentin. Ça fait mal. Et ça devient blanc.

Le volcan lui tombe dessus.

*

L'abeille ronronne, Valentin ne sait pas s'il va bien. Il sait seulement que Dorine est là, penchée sur lui, et lui caresse les cheveux. Comment va-t-il ? Valentin répond qu'il est fatigué et a mal à la tête. Les mots sortent de sa bouche comme des escargots.

Dorine explique qu'Alexandre les emmène chez le médecin en voiture. L'abeille, c'est donc le bruit du moteur. Valentin est soulagé de ne plus entendre Alice crier.

Dorine et Alexandre s'expliquent. Ça dure longtemps, et cette fois Valentin sait que son beau-frère ne ment pas. C'est une histoire tellement longue qu'elle continue jusqu'à ce qu'on arrive devant le cabinet du docteur.

– Je me suis toujours doutée que tu me trompais, Alexandre…

– Dorine, attends…

– Laisse-moi finir. Je savais, mais ne voulais pas savoir. Je me souviens de ce pot à la rédaction. Salomé te couvait des yeux. Il aurait fallu être aveugle pour ne pas voir qu'elle était amoureuse.

– Je ne l'ai jamais aimée. C'était juste une histoire de cul.

– Je sais.

– C'est toi qui comptes, Dorine. Ce sera toujours toi.

– Je me doutais que je ne te suffisais pas, mais je ne voulais pas que tu m'abandonnes. Je t'aime tellement.

Alexandre se gare. Dorine et lui se serrent l'un contre l'autre à s'étouffer. Valentin ne comprend pas. Ils aiment et ils n'aiment pas. Ils savent et ils ne savent pas. C'est trop fatigant de rester dans cette voiture avec eux.

Leur famille, c'est un drôle de cirque. Qui n'existe pas dans un autre endroit sur la Terre.

Il descend de voiture. Dorine et Alexandre l'appellent. Il ne les écoute pas. Il va s'asseoir dans la salle d'attente. Il baisse la tête, essaie de s'endormir dans ses mains. Il entend la porte s'ouvrir, c'est Alexandre et Dorine. Qui parlent encore d'eux, de leurs soucis. Ils n'arrêtent pas, ça donne le tournis.

Valentin n'arrive pas à s'endormir dans ses mains. Quand il relève la tête, il la voit. Salomé.

En colère. Qui ouvre la bouche pour crier. Mais c'est du sang qui jaillit.

Valentin se met à hurler.

*

Quand il revient à lui, il est encore allongé. Où ? Ça y est, il reconnaît la salle de consultation du docteur.

Il veut se lever, mais n'y arrive pas. Il neige dans ses yeux. Il les ferme. Il neige encore. Ses jambes et ses bras sont des bouts de laine. Il entend la voix du docteur. Comme s'il parlait dans un entonnoir plein de coton.

– Physiquement, votre fils va aussi bien que possible, madame Le Goff. Je lui ai donné un sédatif léger. Psychologiquement, c'est une autre affaire. Il est suivi par un psychiatre ?

– Non, pas depuis quelques années…

– Je vous conseille d'y retourner, ne serait-ce que pour un bilan.

– Docteur… Il faut être prudent… Valentin ne sait pas que je suis sa mère.

– Vous ne lui avez jamais dit ?

– Non.

– Je vois.

Valentin pense qu'il rêve. Il a rêvé que Salomé vomissait du sang. Il a rêvé qu'il l'avait tuée. Il a rêvé qu'Alice secouait Alexandre. Que Salomé et Alexandre se disputaient dans le parking. Il a rêvé que le monde entier mentait.

Il garde les yeux fermés parce que c'est ce qu'on fait quand on dort et qu'on rêve. Mais il entend des pas, et bientôt sa sœur lui parle.

Il ouvre les yeux, Dorine lui demande comment il se sent. Il reconnaît son odeur. La même belle odeur qu'elle a toujours dans la vie. Alors, il sait qu'il ne rêve pas. Parce que les rêves, ça ne sent rien.

– Tu n'es pas ma maman, Dorine. Tu es ma sœur. Hein, c'est vrai ?

Dorine fait sa tête des jours où rien ne va bien. Bouche et œil de poisson rouge dans bocal cassé. Plus d'eau.

Elle appelle le docteur.

Ensuite, c'est le docteur qui parle. Il explique à Valentin que Dorine « est sa sœur et sa maman ».

– Et mon papa, c'est mon papa ? demande Valentin.

– Oui, répond le docteur. Mais il faut que tu saches que ton papa n'était pas quelqu'un de gentil.

– Il est mort ?

– Oui, il y a longtemps. Il a fait quelque chose qui est interdit. Il a forcé ta sœur, et donc sa propre fille, à dormir avec lui. Et elle a eu un bébé. Toi. Quand elle avait quatorze ans. Mais elle t'aime, Valentin. Très fort. Il faut que tu le croies. C'est la vérité. Maintenant, tu es grand. Tu peux comprendre, n'est-ce pas ?

– Je voudrais un médicament pour oublier. Tout.

– Ça n'existe pas, Valentin.

41

Alice

Mardi 25 octobre

Installée au bar de l'hôtel de la Licorne, son bagage posé à ses pieds, pourvue d'un thé à la vanille et d'une tranche de cake au citron vert, Alice attendait Lucien. De la techno pleuvait de discrets haut-parleurs encastrés dans le plafond, une palanquée de têtes de licorne éclairait la salle.

Je fais une overdose de licornes.

Elle brassait des pensées multiples, se faisait l'effet du dindon de la farce. Salomé, Alexandre, Villebon, ils s'étaient bien moqués d'elle. Les dés des relations humaines étaient pipés. Vivre en ermite de luxe en Bourgogne pour ne compter que sur soi et sur ses séances téléphoniques hebdomadaires avec sa psy était le seul choix possible. Plus question de vendre lovalibi.com et de se dénicher une activité altruiste. *Chez les Romains, fais comme les Romains.* Dans ce monde d'hypocrites, le business du mensonge était une activité naturelle.

Salomé était enterrée. Son meurtrier courait toujours. Inertie de la police ou pas, elle jetait l'éponge. Elle n'avait qu'une envie, rentrer chez elle. Après avoir vu son notaire.

Restait le cas Alexandre. Il n'avait même pas eu la décence d'appeler ; elle avait pourtant droit à des explications. Il se drapait dans une cape de silence. Ou se sentait trop minable pour tenter une justification.

Leur amitié était incinérée. Elle ne lui demanderait jamais de crucifier Mathieu Villebon sur sa chaîne. Ils ne s'adresseraient plus la parole.

En attendant, c'était lui qui méritait une crucifixion.

Elle hésitait.

Et puis non, il n'y avait plus à tergiverser. Il fallait agir. Elle téléphona à la rédaction de RTL, demanda à parler à son ex-amant. Le journaliste politique, qui avait été un ami de Le Goff.

– Alice, ça fait une éternité… Qu'est-ce que tu deviens ?

Elle perçut la nostalgie dans sa voix. Mais elle ne l'appelait pas pour roucouler. Elle lui annonça qu'elle tenait une info sur Le Goff. Lequel avait caché à la police qu'il était l'amant de Salomé Jolain.

– Tu parles de la gamine qui a été retrouvée dans une poubelle ?

– Oui. Salomé était ma nièce.

– Ah, désolé… Toutes mes condoléances.

– Alors, ça t'intéresse, je suppose ?

– Excuse-moi de te parler avec franchise, mais…

– On a toujours fonctionné comme ça, toi et moi. C'est bon, dis-moi.

– Un big boss de l'info qui couche avec une jeune reporter, ce n'est pas franchement nouveau.

– Mais un big boss de l'info qui ment à la police au détriment de l'enquête alors que le tueur est toujours dans la nature et peut éventuellement récidiver, ça l'est.

– Ah, vu sous cet angle…

– Tu décides. Je t'envoie maintenant la vidéo qui a été faite avec un téléphone portable. Ou je l'envoie à Europe 1. Choisis.

– Tu es en train de me dire que tu as enregistré les déclarations d'Alexandre ?

– Un témoin l'a fait. Juste après l'enterrement de ma nièce. (Elle l'entendit soupirer, attendit.) Alors ? Tu fais quoi ?

– C'est bon, Alice, envoie.

– Merci.

– Attends… Plus tard, je… pourrai te rappeler à ce numéro ?

– C'est moi qui te rappellerai.

Elle n'avait nulle intention de voyager dans le passé, mais il fallait le garder de bonne humeur.

La vidéo qu'elle avait téléchargée sur son smartphone montrait Le Goff sur le parking du café-restaurant où avait eu lieu la réception juste après les funérailles. Coincé par un innocent, son beau-fils. Sommé d'admettre sa liaison avec Salomé. *Un salopard face à ses saloperies.*

Elle la transmit au journaliste par mail.

Quelques minutes plus tard, Lucien arriva seul, l'air reposé. Il annonça que, rien que ce matin, il avait pu satisfaire trois nouveaux clients ; du côté des anciens, l'hémorragie semblait interrompue.

Leur business survivrait à la tourmente. Ils allaient retrouver leur petite fabrique de mensonges. Certes, Lucien avait pactisé dans son dos avec Salomé. Mais elle avait pesé le pour et le contre. D'une part, il avait avoué à temps. D'autre part, elle avait besoin de lui. Assumer seule la gestion de lovalibi.com était exténuant ; elle devait se préserver. Son jeune coéquipier était l'homme de la situation. Et elle ne croulait pas sous les alliés.

– Alors ? Tu vas utiliser ma vidéo ?

– C'est déjà fait, Lucien. Je viens de la balancer à un journaliste de RTL.

– Génial. Tu as eu raison. Le Goff mérite cent fois ce qui lui arrive.

– Tu as eu un fameux réflexe en le filmant.

– Oui, je suis cool. Sauf quand il faut que je m'énerve.

Il proposa de rallier la Bourgogne en Jaguar avec Willy. Il conduirait, elle devait être épuisée après tous ces désagréments ; Lisa partirait seule avec sa propre voiture.

– C'est gentil, Lucien, mais sans façon.

– Tu sais que je conduis prudemment.

– Ce n'est pas une question de prudence. Personne ne pilote ma Jaguar, sauf moi. (Il haussa les épaules.) Et j'ai quelqu'un à voir.

– Encore une opération ninja ? Ton agitation commence à m'inquiéter. Gare à l'hyperventilation, Alice !

– Mais non, je profite juste de ma présence à Paris pour passer chez mon notaire. Salomé était mon héritière. Je dois changer mon testament.

Elle capta une lueur dans son regard. S'imaginait-il en bénéficiaire de remplacement ? Lucien et Lisa dans la belle maison des Kléber ? Avec leur manque flagrant de sens esthétique, ça n'avait aucun sens. Lucien n'aurait que le quart des parts de lovalibi.com ; il était bien trop jeune pour devenir rentier, ça lui couperait l'envie et l'énergie.

Finalement, elle avait décidé de léguer une part conséquente de ses biens à la recherche médicale. Le reste, notamment la propriété et les bijoux, reviendrait à Catherine.

Son assistant faisait toujours bonne figure, mais elle se demanda s'il avait deviné ses intentions. L'avait-elle meurtri ? Se voyait-il comme son héritier ? Il avait peut-être développé un sentiment filial à son encontre. Difficile à savoir.

Il fallait manager en finesse. Ce n'était pas le moment de lui annoncer qu'il reprendrait les rênes de lovalibi.com, et plus vite qu'il ne l'imaginait. Elle ne lui révélerait pas son anévrisme ; il la couverait de regards apitoyés, ce serait insupportable. Elle voulait son dynamisme et sa concentration, pas sa commisération.

Une fois Lucien parti, elle régla sa note, puis récupéra sa Jaguar au parking. Elle soupira de soulagement en mettant le contact. Elle allait enfin quitter cette ville puante, sale, grognonne et surévaluée pour ne plus y remettre les pieds. À Catherine de faire un effort et de venir la voir en Bourgogne.

42

Valentin

Mercredi 26 octobre

Valentin ouvre un œil. Il est soulagé de reconnaître le décor de sa chambre. La faim lui fait grogner le ventre, il descend prendre le petit déjeuner.

Il entend Dorine et Alexandre, reste immobile sans faire de bruit. Leurs voix sont pointues. Il se dit qu'il passe son temps à écouter, caché dans l'ombre. Mais ça lui plaît, cette vie de taupe. Les taupes ne font de mal à personne, elles sont là où elles doivent être. C'est peut-être pour ça qu'Alexandre veut les tuer. Il aime ses vilains secrets, mais pas ceux des autres.

Valentin a trop faim pour attendre. Il entre dans la cuisine.

Dorine a les yeux mouillés.

Est-ce qu'ils se sont disputés ? Dorine a changé d'avis, elle en veut à Alexandre d'avoir dormi avec Salomé ? C'est lui qui est riche dans la famille, Dorine ne sait que réparer les vieux tableaux. La famille va éclater ?

– Vous êtes malheureux ?

– Non, Valentin, dit Alexandre d'une voix sévère. On réfléchit, c'est tout.

– C'est parce que j'ai dit à tout le monde que toi et Salomé…

– Ce n'est pas ça.

– C'est quoi ?

– On vient d'écouter la radio. RTL a révélé ma liaison avec Salomé et le fait que je m'étais gardé de le dire à la police. Et j'ai reçu un coup de fil d'un actionnaire de TV24.

– Alexandre, ce n'est pas utile d'inquiéter Valentin, dit Dorine. C'est trop compliqué tout ça…

– C'est quoi, un actionnaire ? demande Valentin.

– Quelqu'un qui a mis de l'argent dans TV24. Et n'apprécie pas que la chaîne encaisse un scandale.

Dorine verse du lait chaud dans le bol. Les céréales, rondes et trouées, sont des mini-bouées multicolores dans une piscine. Il n'a plus faim. C'est à cause de lui si tout va mal, si l'actionnaire est mécontent. Est-ce qu'Alexandre va perdre son travail ? Ils n'auront plus d'argent et devront quitter leur belle maison.

– C'est de ma faute si Salomé est morte.

– Qu'est-ce que tu racontes ? grogne Alexandre.

– Je ne voulais pas la tuer. Mais j'étais en colère.

– Ce n'est pas possible, mon chéri, dit Dorine.

Alexandre a les poings serrés. Dorine, son visage plié des mauvais jours. Valentin doit être courageux, et tout raconter. Alors il se lance. Salomé et Alexandre qui se disputent dans le parking. Valentin qui se rend à l'hôtel de la Licorne parce que Salomé y sera. Et Alexandre aussi puisqu'elle lui a ordonné de venir. Valentin s'y rend en métro, ce n'est pas loin de TV24. Une fois devant l'hôtel, il attend, malgré le froid. Il pense que Salomé et Alexandre sont déjà là. Quand il les verra, il leur dira que ce qu'ils font n'est pas bien.

Mais Salomé sort seule, une bouteille à la main. Valentin la suit jusqu'au jardin. Elle s'assoit sur un banc, boit au goulot, découvre Valentin et lui demande ce qu'il fait là. Il répond qu'elle ne doit pas voler Alexandre à Dorine. Salomé fonce sur lui. Elle parle fort, lui répète qu'il ne comprend rien et doit se mêler de ses affaires. Elle crie qu'Alexandre est « un salaud » et Dorine, une personne « bien stupide ».

– Elle voulait se venger et t'appeler, Dorine. J'ai dit qu'elle devait te laisser tranquille. Alors, elle m'a poussé. Je l'ai poussée aussi. Fort. Elle est tombée. Elle est morte.

– Tu ne l'as pas frappée avec la bouteille ? questionne Dorine.

Les larmes coulent sur ses joues, mais on dirait qu'elle est contente.

– Non. Je l'ai poussée. Avec mes bras.

– Ça ne peut pas être toi, Valentin. Elle a eu le crâne fracassé. Oh mon chéri, Dieu merci !

– Si, c'est moi.

– Mais non, elle n'était sûrement qu'évanouie.

– Tu l'as bougée ? demande Alexandre.

– Non, je l'ai laissée par terre.

– Valentin, ajoute Dorine, Salomé a été retrouvée dans une poubelle. Rassure-toi. Rien n'est de ta faute.

Alexandre agrippe le visage de Valentin d'une main et le force à le regarder :

– Tu nous jures que tu n'as pas touché à cette bouteille ?

– Oui, c'est juré.

– Tu avais des gants ? veut savoir Dorine.

– Oui, et mon caban et mon bonnet. Pour ne pas avoir froid.

– Au moins un point positif, Valentin n'a pas laissé de trace dans ce square, dit Alexandre. Tu y as vu quelqu'un ?

– Non, il n'y avait personne, répond Valentin.
– Et ailleurs dans la rue ?
– Des passants. Qui allaient vite.
– Quelqu'un avec un comportement bizarre ?
– Non, répond Valentin même s'il ne sait pas ce qu'est un comportement bizarre.
– On t'a adressé la parole sur place ou en chemin ?
– Je n'ai parlé qu'à Salomé. Ce n'est pas moi qui l'ai tuée, alors ?
Dorine le prend dans ses bras et le cajole.
– Bien sûr que non, mon chéri.
Valentin se laisse faire. Il est content d'avoir dit la vérité.
Tête entre les mains, Alexandre se penche vers la toile cirée. Il reste comme ça longtemps. Quand il relève les yeux, c'est pour dire à Dorine qu'il ne faut pas révéler à la police que Valentin était sur la scène de crime.
– Ça ne servirait qu'à aggraver nos ennuis.
– Tu crois ?
– J'en suis certain. (Il s'adresse à Valentin :) Tu vas me promettre de ne jamais raconter ça à personne. Sinon, on te verra à la télé et à la radio. Ça fera un énorme scandale. Crois-moi, tu n'as pas envie de ça.
– Oui, vrai, je n'ai pas envie.
– Eh bien, pour une fois, nous sommes d'accord, lâche Alexandre avec un soupir d'ours.
– Et si quelqu'un a remarqué son absence à TV24 ? s'inquiète Dorine.
– Mes reporters croulent sous le boulot et se concentrent en faisant abstraction des allées et venues, du bruit, des discussions. Une question de survie. Valentin, en revanche, a toujours eu les horaires flexibles et variés qui lui conviennent. Tu le sais bien. Et puis, il fait tellement partie des meubles…

– … qu'on ne le voit plus.

– C'est ça. D'ailleurs, ce jour-là et dans ce créneau, même moi je n'ai pas fait attention à sa désertion.

Valentin regarde ses céréales nager. Elles ont gonflé. Il n'a toujours pas faim.

*

Plus tard, il fait beau, et Valentin essaie d'apprendre à Watteau à rapporter le vieux ballon crevé, mais le chat ne veut rien savoir. Alexandre part jouer au golf, Valentin regarde sa Mercedes s'éloigner.

Bientôt, c'est l'amusante voiture bleue qui arrive. Heureux de retrouver Lucien, Lisa et Willy, Valentin ouvre le porche. Il aimerait raconter à ses trois amis qu'il est rassuré de ne pas avoir tué Salomé. Mais il a promis à Alexandre de se taire.

Lucien veut des nouvelles du tableau. Valentin lui apprend que sa sœur travaille dur dans son atelier.

Ils entrent. Dorine salue tout le monde, caresse le bon Willy et propose du thé. Lucien répond qu'ils ont bu des litres de café, merci beaucoup. Il demande s'il peut faire un feu. Dorine accepte et Lucien en réussit un beau, qui sent bon et caresse la peau. L'un à côté de l'autre, Valentin et Willy regardent la cheminée comme si c'était la télé. Valentin chahute les flammes avec un tison, on dirait que ça les fait rire.

– J'ai tenu à vous saluer avant de repartir en Bourgogne. Désolé pour la dispute entre Alice et votre mari…

– Ne craignez rien. Ça ne me fera pas changer d'avis au sujet du tableau d'Alice. Je me suis engagée à le restaurer.

– C'est très cool de votre part.

– Lucien, j'étais en train de me dire… Métamorphose pour métamorphose, je peux peut-être modifier aussi les teintes du ciel.

– C'est une jolie idée, Dorine, mais moi je l'aime, ce ciel de tempête. On sent que ça va mal finir. Mais que les personnages ne s'en rendent pas compte.

– Je ne suis pas d'accord. L'homme ne montre rien car il se doit d'agir de manière virile. Mais les deux femmes, on ignore ce qu'elles ressentent puisqu'elles n'ont plus de visage.

– Vous avez toute liberté pour leurs expressions, si c'est ça qui vous intéresse.

– Oui, ça m'intéresse. Restaurer n'offre jamais la liberté dont jouit le peintre. Alors, pour une fois…

– Cette liberté, c'est cadeau.

– Merci, Lucien.

*

Lucien fume contre la carrosserie de sa voiture. Lisa joue avec Willy. Valentin est un peu triste, ses amis vont repartir bientôt.

– Tu dois vraiment rentrer, Lucien ?

– Eh oui, mon boulot m'attend. J'étais venu soutenir Alice pour l'enterrement. C'est fait.

– Tu crois que Salomé est heureuse au ciel ?

– Je ne sais pas si elle est capable d'être heureuse. Elle ne faisait que ce qu'elle avait décidé. Rien n'était jamais assez bien pour elle.

– Et elle racontait des mensonges.

– Vrai. Dis-moi, Valentin, ça te dirait de venir nous voir en Bourgogne ? On pourrait faire de belles balades dans la campagne avec Willy.

– Oui, ça me dirait. Quand est-ce que je pourrai venir ?

– Quand tu veux. Tu sais téléphoner ?

Valentin sort fièrement de sa poche le téléphone que Dorine lui a acheté. Elle veut qu'il l'ait sur lui tout le temps, pour sa sécurité. Il le tend à Lucien. Celui-ci cherche le numéro de Valentin et le donne à manger à son propre téléphone.

Après ça, ils s'en vont. Valentin pense qu'il aurait pu se glisser dans le coffre. Lucien, Lisa et Willy auraient eu la surprise en arrivant. Et Valentin aurait pu embarquer Watteau avec lui.

Mais voyager avec Watteau dans un coffre, ce n'est peut-être pas une bonne idée.

Valentin lance le vieux ballon aplati et dit à son chat de le rapporter. Watteau lui fait sa tête de prince et refuse de bouger.

43

Alice

Lundi 31 octobre

L'automne était de mauvaise humeur. Humidité froide, rafales de vent, frissons. Ce soir, comme chaque soir, un feu s'imposait. Emmitouflée dans sa robe de chambre en cachemire, Alice réfléchissait devant l'âtre. Comment apprécier de nouveau le silence de sa maison, ses balades avec Willy, les conversations que menaient les bêtes avec la forêt et le ciel ?

Maintenant qu'elle n'était plus occupée à courser la vérité, la douleur devenait plus vivace. Comment s'habituer ? Sa nièce ne viendrait plus jamais la voir. Sa fraîcheur et sa jeunesse n'égayeraient plus cette maison.

Le ressentiment possédait une puissance redoutable. Intacte, sa colère contre Alexandre l'épuisait. Elle suivait le 20 heures, à l'affût de nouveaux rebondissements. Sa liaison avec Salomé ne faisait plus le buzz ; il avait dû mobiliser ses relations dans les hautes sphères et conservait son job à la tête de TV24.

Assise dans le fauteuil le plus proche de la cheminée, Bella sirotait un whisky. Elle portait son pull irlandais et son vieux pantalon confortable.

– Elle me manque.

– Ta nièce était une pirate. Sans jambe de bois.

– Tu trouves ça drôle ?

– Elle était partie à l'abordage de ton fichier. Et de ton meilleur ami.

– Ce n'est plus à elle que j'en veux, mais à Alexandre.

– Il se prétendait loyal. Tu veux que je m'occupe de lui ?

– Qu'est-ce que tu entends par là ?

– Je peux lui faire prendre le train. Direction la station Néant. Ça pourrait lui plaire. Il y a des terrains de golf dans l'Outremonde et des salles de poker.

– Tu racontes n'importe quoi. Les archanges ne tuent pas les gens, ils les sauvent. Je me demande si nos discussions m'aident tant que ça…

Alice se laissa hypnotiser par les flammes. Enfin, elle prit une décision. *Je te pardonne, ma Salomé.* Sa nièce avait cru trouver la passion avec Alexandre, et l'idée du siècle avec son enquête sur les couples adultérins. Comme tout un chacun, elle avait fait son possible pour exister. Il était temps de passer l'éponge et de chérir les bons souvenirs. Les promenades dans la campagne, les moments de gaieté, les belles discussions.

Elle pensa aux lettres qu'elle lui envoyait lorsqu'elle était ado. Toutes deux habitaient à Paris, mais sa nièce s'était découvert une passion épistolaire.

Alice monta au grenier.

Les lettres l'attendaient, même pas jaunies, rangées dans la boîte en carton qui avait jadis contenu les bottes en caoutchouc offertes pour crapahuter par les sentiers boueux.

Elle en ouvrit une au hasard.

« Chère Alice, les parents et moi nous sommes allés à l'exposition Frans Hals au Grand Palais. Ça ne s'est pas bien passé. Ils ne savaient pas quoi répondre à mes questions. Papa n'était là que pour faire plaisir, et s'ennuyait. Maman ne s'intéressait qu'au talent du peintre pour reproduire les cols brodés ! J'ai beaucoup aimé ces beaux portraits. Tu m'avais dit que c'était l'art le plus difficile. Je suis d'accord avec toi ! Rendre les gens ressemblants, ça ne suffit pas. Encore faut-il leur faire raconter quelque chose… »

Mature, lucide, déjà dotée d'un sens esthétique. *Ma Salomé, tu ne ressemblais à personne.*

Un sentiment d'étrangeté la retenait au grenier. Un détail clochait.

Elle prit le temps d'inspecter les lieux et découvrit qu'un tableau manquait à l'appel. La scène champêtre, une toile amochée, loin d'être la plus belle de sa collection, mais elle avait eu le coup de foudre en le découvrant dans une brocante. Un joyau dans un fatras sans intérêt. Salomé l'accompagnait ; ce tableau, elles l'avaient choisi ensemble.

C'était une vue de la région, au XVIIIe siècle. Les teintes étaient fanées, deux personnages féminins n'avaient plus de tête, mais l'ensemble dégageait un charme inimitable. Celui d'un mode de vie raffiné, paisible, à jamais perdu.

Qui l'avait volée ? Elle redescendit au salon et, malgré l'heure tardive, téléphona à sa nouvelle femme de ménage, qui lui jura n'être au courant de rien d'une voix chevrotante. Alice s'excusa et interrompit la conversation.

Lisa.

Ses airs hypocrites, sa jalousie palpable, son QI d'huître. Et sa vie de caissière mal payée. Elle s'était servie. Le tableau était le plus petit de la collection stockée en réserve, facile de l'emporter en douce. Comment espérait-elle en tirer profit ? Mystère. Mais cette idiote ne réfléchissait pas plus loin que le bout de son nez.

Elle se rhabilla, enfila ses bottes, sortit. La bruine l'enveloppa dans son linge glacé. Peu importait, la colère lui tenait chaud.

La ruine bleue était garée dans la cour. Elle frappa à la bergerie. Lucien ouvrit, l'air enjoué. Elle lâcha tout de go qu'elle ne trouvait pas son tableau. Il resta stoïque et la fit entrer. Lisa s'était interrompue en pleine vaisselle.

– Une de mes toiles a disparu. (Lisa prit l'expression d'une condamnée à la peine capitale qui sait son sort mérité.) Vous pouvez m'expliquer ?

Dans le fond, elle n'était pas mécontente de son invasion improvisée ; c'était l'occasion d'évacuer cette fille insupportable.

– Ce n'est pas Lisa.

Alice se retourna sur un Lucien contrit. *Lisa et toi... Tu n'es tout de même pas un voleur, Lucien... Assez de mauvaises surprises.*

– C'était pour ton anniversaire. Une idée de Salomé. Que j'ai reprise à mon compte. Je suis désolé.

Il lui donna des détails, clairs et convaincants, et elle se sentit ridicule. Elle s'était emportée, avait lancé des accusations en l'air. Lisa était une gourde mal dégrossie ; pour autant, elle ne méritait pas pareil traitement.

Lucien lui gardait sa maison et ses biens, travaillait fidèlement à ses côtés et l'avait soutenue dans son deuil. Et voilà comment elle le remerciait.

Elle se lança dans de grandes excuses, argua que les événements lui avaient mis la tête à l'envers.

– Pas grave, madame Kléber, dit Lisa. On vous en veut pas.

Alice rentra chez elle mortifiée.

L'incertitude me fait perdre les pédales.

Il fallait qu'elle se ressaisisse. Passer des heures à ruminer trahisons et ratages était malsain. Cela faisait dix-sept jours que le drame avait eu lieu. Il était temps de reprendre pied dans la réalité.

Elle décida d'appeler le commandant Barnier.

44

Barnier

Malgré l'heure, il s'attardait. La réunion terminée, Maze lui avait proposé de le raccompagner. Le commandant avait prétexté un besoin urgent de classer de la paperasse. Sur le visage du lieutenant, la tristesse s'était bagarrée avec l'incompréhension.

Barnier tenait à sa santé mentale et à sa fierté. Pas question de partir en vrille. Il n'était pas taillé pour les coups de butoir de la passion et les incertitudes. Il avait une famille, des responsabilités. Et le devoir de réfléchir à son couple. Sauver les meubles était possible. Pourquoi ne pas consulter un conseiller conjugal ?

Son smartphone sonna dans sa poche.

– Je n'arrive pas à comprendre que personne n'ait rien vu. Bon sang, ça s'est déroulé à Paris, en plein jour !

– Mon groupe fait de son mieux, madame Kléber. Les parents de Salomé l'ont bien compris.

– Écoutez, je ne veux pas polémiquer… Mais j'ai bien réfléchi. Au-delà de son ambition professionnelle et de ses côtés dissimulateurs, Salomé était quelqu'un de sensible.

– Et ?

– On fait fausse route avec le crime crapuleux. Ou l'agression liée à son enquête…

Elle jouait au Cluedo, maintenant ? Cette bonne femme avait un aplomb inimaginable.

– Madame Kléber, nous avons passé en revue les possibilités…

– J'ai relu les lettres qu'elle m'écrivait étant ado. Elle faisait preuve de discernement, elle était brillante… Mais surtout, elle avait déjà ce tempérament entier.

– Et si vous me disiez où vous voulez en venir, soupira-t-il.

– Elle était folle d'Alexandre Le Goff. Voilà où je veux en venir. Elle qui avait toujours été posée et réfléchie, elle ne s'appartenait plus. Il suffit de voir comment elle s'est comportée. Cette façon de se soûler à l'hôtel, puis d'aller délirer toute seule dans ce square.

– Oui, une énorme crise de romantisme. Et ça nous mène où ?

– Vous ne m'aimez pas beaucoup, n'est-ce pas, commandant Barnier ?

– Je ne vois pas en quoi mes sentiments personnels ont un intérêt quelconque.

– Eh bien, je ne vous apprécie pas non plus. Voilà, c'est dit.

– Très bien. Et alors ?

– Et alors, reste Salomé. Vous, c'est votre boulot. Moi, j'ai le droit de me poser des questions.

– Ne vous inquiétez pas. Je m'en pose, le juge qui instruit l'affaire aussi. Venez-en au fait, d'accord ?

– Alexandre avait trop à perdre. Je les ai fréquentés, sa femme et lui. Il l'adore. Elle est tout pour lui.

– Si vous pensez qu'il a payé quelqu'un pour faire taire Salomé, vous ne m'apprenez rien. Le terrain a été exploré, madame Kléber. Et pour l'instant, Le Goff n'a rien à se reprocher.

– Vous le croyez innocent ?

– Je ne crois rien.

– Il vous a menti puisqu'il vous a caché leur liaison. Et leur rendez-vous à l'hôtel. Il est le dernier à l'avoir vu, non ? Malgré ça, vous l'épargnez. On a fait pression sur vous, c'est ça ? Répondez, Barnier !

Il écourta la conversation. Elle tenta de le rappeler. Deux fois. Il laissa sonner.

Le silence, enfin. Il enfila son imper et quitta son bureau.

45

Alice

Elle avait jeté son smartphone sur le plan de cuisine, il avait rebondi contre la cafetière et survécu.

Le téléviseur jacassait dans son dos. Elle agrippa la télécommande, éteignit d'un geste rageur, hurla un « Merde ! » retentissant et se laissa choir dans son canapé.

Impuissante. Une fois de plus.

Ce flic et elle n'étaient pas plus compatibles que l'eau et l'électricité. Main plaquée sur la poitrine, elle capta les battements affolés de son cœur, renversa la tête en arrière et se raisonna.

Risquer la crise cardiaque pour un type aussi obtus ? Très mauvaise idée.

Elle se força à réguler sa respiration et écouta le ramage des grands arbres sous le vent.

Barnier avait beau jouer au flic outragé, elle n'avait aucune confiance en lui. Il ne faisait pas son job correctement.

Elle l'avait senti, dès la première fois, lorsqu'il l'avait interrogée à la Crim'. Sa mauvaise humeur laissait deviner son manque de concentration. Elle ignorait pour quelle raison, mais Barnier avait clairement la tête ailleurs. Il aurait dû mettre Le Goff et sa femme en garde à vue.

46

Valentin

Derrière les vitres, pluie et vent font de la musique. Bien au chaud sur le canapé, Valentin regarde un DVD avec Dorine. Alexandre est absent. Dorine est inquiète, Valentin le sent bien, alors il serre sa main dans la sienne.

Ça ne parle pas trop dans ce film, mais il pleut beaucoup sur des Chinois qui se bagarrent en poussant des cris aigus. Le sang qui ruisselle sur leurs têtes est lavé par des trombes d'eau.

Un Chinois a taillé un morceau de bambou avec un couteau et s'en sert pour respirer sous l'eau. Pour que des méchants ne le trouvent pas, il se cache dans une rivière.

Dorine caresse les cheveux de Valentin. Plus personne ne bouge, sauf les Chinois. Ça dure longtemps. Ça pleut toujours, dehors et dedans. Valentin respire profondément, lentement, il entend les cris des combattants mouillés à la télé.

47

Alice

L'odeur du parc gonflé de pluie fusa la première, un courant d'air lécha ses chevilles. Lucien ? Non, ce n'était pas son style d'entrer sans prévenir.

Elle se retourna.

Sale surprise. Elle n'avait pas entendu sa voiture.

Sa sœur et son beau-frère avaient décidé de venir finalement. Une bonne nouvelle dans le fond, elle commençait à se lasser de sa grande maison vide, mais ils auraient pu prévenir.

– Que fait Catherine ? Elle va prendre froid par ce temps.

– Catherine n'est pas là.

Que diable Pierre venait-il faire seul ici ? Plus de deux heures de route pour une querelle ?

Debout devant la baie entrouverte, mains enfouies dans un imper boutonné jusqu'au cou, il l'observait.

– Pas contente de me voir, Alice ?

Une ironie bizarre. Inédite.

– Tu aurais pu téléphoner.

– J'aurais pu.

Il aurait également pu sonner. Il se laissa choir dans un canapé. Les flammes colorèrent ses cheveux.

– J'espérais que ça s'arrangerait en découvrant qui l'a tuée. Mais ça n'arrivera jamais, non ? Il s'est volatilisé. La police est larguée.

Dialoguer avec lui ne la tentait guère. Il avait bu ? Apparemment pas.

– Je viens de téléphoner à Barnier. Je lui ai vivement suggéré de fouiller la vie de Le Goff.

– C'est tout à fait toi, ça.

– Quoi, moi ?

– Rejeter tes responsabilités sur les autres.

Vite, elle lui servit une généreuse rasade de whisky japonais. Il le prit d'une main tremblante et le vida d'un trait sans la quitter des yeux. Pourquoi était-il là ?

Parce que je suis la seule avec qui il peut parler de Salomé.

– Elle venait si souvent ici, Alice. Elle t'admirait. Je n'ai jamais compris pourquoi.

Eh bien, parce que, malgré la Mort qui m'aime trop, je suis plus vivante que toi. Je l'ai toujours été.

Une menace dans ses yeux. Il n'était tout de même pas venu pour la frapper ?

– Elle se confiait à toi.

– Pas vraiment.

– Si.

– Écoute, Pierre, on ne va pas trier les souvenirs comme des lentilles.

– Tu parlais de Le Goff. Eh bien allons-y. Pourquoi couchait-elle avec ce vieux ?

– J'imagine qu'elle le trouvait séduisant. Il l'est.

– Tu savais qu'ils avaient une liaison ?

– Non. Je l'ai appris en même temps que toi, j'imagine.

– Je ne te crois pas.

– La nature de mon job joue contre moi, je sais. Mais c'est pourtant vrai.

– Tu as toujours eu une mauvaise influence sur elle. Salomé admirait ta soi-disant liberté. Elle était trop jeune pour comprendre.

– Comprendre quoi ?

– Ce n'est pas de la liberté, c'est de l'indifférence, Alice. Les autres, tu t'en sers et tu les jettes.

– Qu'est-ce que tu en sais ? C'est tellement facile de juger. Ma peau n'est pas un manteau à enfiler.

– Je le sais, c'est tout.

– Vraiment, Pierre, après ce qu'on a encaissé, tu crois que c'est utile ?

– C'est toi qui l'incitais à mener cette vie.

– Catherine sait que tu es là ?

– Non.

– Je vais l'appeler.

Pierre avait fouillé son imper et s'était levé en brandissant un pistolet. Elle leva les yeux au ciel. *Mon beauf avec un flingue. Ridicule.*

– Ça t'amuse, Alice ?

– Cette arme, ce n'est pas ton monde, Pierre. Tu es un homme normal. Avec une vie assortie. Pourquoi te fourrer dans les ennuis ? Et que tu m'aimes ou pas, je suis la sœur de Catherine. Je crois qu'elle a assez souffert comme ça.

– Laisse Catherine tranquille. Ne prononce plus son nom. Tu ne lui arrives pas à la cheville.

– Tu commences à me faire braire avec ton cinéma.

Il tendit son bras armé vers elle. D'instinct, elle leva les mains, recula d'un pas. *Je me suis trompée sur son compte ? Il veut me tuer…*

Il tira.

Elle se recroquevilla. La détonation vibrait entre ses tempes. C'était douloureux.

Le téléviseur était détruit.

Il pivota. Pour pointer l'arme vers le tableau accroché au-dessus de la cheminée. Mon préféré, pensa Alice en se retenant de crier.

– Bon, ça suffit. J'appelle les gendarmes. (Une menace en l'air. Elle s'en voulait d'avoir laissé son smartphone à la cuisine.)

Il oublia le tableau pour la braquer une nouvelle fois. Il voulait la terroriser ?

Oui, c'était ça. Un show. Mais il n'aurait pas le courage de tirer sur elle.

S'il avait voulu l'abattre, ce serait déjà fait. Le temps jouait contre lui. La bergerie était suffisamment proche pour que Lucien ait entendu le coup de feu. Il allait arriver, une question de secondes. En attendant, il fallait amadouer son beau-frère. Et éviter qu'il transforme le salon en stand de tir. Elle tenait au moindre des objets qui le meublaient.

– On va se calmer, Pierre. Et se parler.

– Je n'ai rien à te dire, idiote.

– Moi si. Je regrette nos années d'incompréhension mutuelle. Du gâchis. J'aurais dû vous inviter ici, Catherine et toi. On est une famille. On l'a oublié.

Elle discerna la silhouette de Lucien à travers la baie vitrée. Enfin.

Tournant le dos au parc, Pierre ne pouvait pas le voir. Ayant saisi la gravité de la situation, Lucien longeait la baie rapidement.

Soulagement. Et dire qu'elle avait envisagé de se séparer de lui. Son jeune assistant était providentiel ; il avait toujours été là pour elle. Elle s'était inventé une Bella, alors qu'elle avait Lucien. Alors qu'elle avait sa sœur. Elle s'était isolée des vivants, s'était barricadée. Dans l'ingratitude. L'indifférence.

Pierre n'avait toujours rien remarqué. Son regard devenait flou. Il inclina la tête. Ses épaules s'affaissèrent.

Il abaissa son arme.

On a eu chaud, mais la crise est passée.

– Sans Salomé, je n'y arrive pas. Et toi…

– Quoi, moi ?

– Toi qui n'as pas peur de la mort, tu as une solution ? Bien sûr que non. (Il releva la tête. Et colla le canon de son arme contre sa tempe.) Je veux juste des explications, une raison… bredouilla-t-il, les yeux emplis de larmes.

– Hé ! Qu'est-ce qui se passe ici ?

Lucien avait franchi la baie et fait irruption dans la pièce.

– Mon beau-frère ne se sent pas bien. Mais on va en discuter, hein, Pierre ? Calme-toi, on va t'aider. Il y a toujours une solution…

L'arme restait pressée contre sa tête. Sa main tremblait, ses paupières papillonnaient.

Lucien s'approchait de lui à pas lents. Il pouvait le désarmer et éviter la catastrophe. C'était jouable, à condition de s'y prendre avec une douceur infinie.

Alice tentait de réguler sa respiration. Il fallait qu'elle continue à lui parler. De la voix la plus posée. Garder le contact. Encore quelques secondes.

– Catherine a besoin de toi. Tu ne peux pas l'abandonner. D'accord ?

Lucien était juste derrière lui à présent. Il se plaqua contre son dos tout en saisissant sa main armée qu'il pointa vers le plafond. Pierre lâcha prise, le jeune homme récupéra le pistolet et le déposa sur la table basse.

Sans toi, c'était la catastrophe.

Elle l'avait sous-estimé. Il venait de faire preuve d'un sang-froid remarquable.

Pierre, tétanisé, livide, fixait le vide. Lucien l'attrapa doucement aux épaules, le fit rasseoir sur le canapé et s'installa à ses côtés.

– Vous êtes venu comment, monsieur Jolain ?

– Avec… ma voiture.

– Je ne l'ai pas vue dans la cour.

– Je l'ai laissée… dans l'allée.

– On va appeler un médecin, dit Alice. Il te donnera ce qu'il faut, tu dormiras là. J'appelle Catherine.

Elle se leva pour récupérer son portable à la cuisine, y entra et pensa soudain à Willy. Il aurait dû aboyer…

Un coup de feu retentit dans son dos.

Elle pila sur place. La scène lui explosa dans les yeux. Son beau-frère, qui abattait Lucien. Il était devenu dingue. Impossible de le raisonner. *Vite, foutre le camp d'ici.*

Elle fonça vers la porte sans se retourner et vit le tableau électrique.

Je fais une cible idéale. Pierre va m'abattre comme un lapin.

Elle abaissa le fusible central. La maison plongea dans le noir.

Elle se précipita dans la cour. Obscurité. Sur la gauche, la bergerie dans l'obscurité. Lisa, absente.

Vite, au bourg. La gendarmerie. Les secours.

Sa Jaguar, dans la grange. Le double de la clé. Sur l'étagère. Entre deux vieux pots de peinture.

La voiture de Lisa bloquait la sortie.

Bras tranchant le vide, jambes en folie, elle se propulsa vers la Peugeot de Pierre. Quand Catherine et lui venaient ici, il laissait sa clé dans le contact.

Une seule chance.

Elle franchit la grille, courut vers la voiture, agrippa la poignée.

La portière était ouverte.

Elle se jeta derrière le volant. À travers le pare-brise, une ombre, à quelques mètres.

La clé n'était pas sur le contact.

Elle se précipita hors de l'habitacle et fonça sur le sentier.

48

Valentin

Le film avec les Chinois est fini. Dommage, c'était bien.

La pluie danse pour d'autres gens, Alexandre n'est pas rentré et Dorine est partie se coucher. Valentin aussi.

Le seul qui a une histoire à raconter, c'est le hibou. Son chant amuse la nuit. Magnifique, perché sur le grand chêne, il fait tourner sa tête comme un gyrophare de policier.

Mais il chante fort et Valentin n'arrive pas à dormir. Une armée de fourmis joue dans ses jambes et ses bras. Il lui faut bouger. Il a envie de respirer l'air du jardin. Malgré le froid, malgré la nuit.

Il descend sans faire de bruit, enfile son caban, son bonnet, sort dans la cour. La lune jaune ressemble à une part de pizza aux trois fromages.

Il veut savoir si le tableau d'Alice est terminé. Dorine y travaille tous les soirs. Comme ça, elle oublie les absences d'Alexandre et ses histoires avec l'actionnaire. Elle dit qu'elle ne veut pas regarder les infos à la télévision. Pas question d'écouter les journalistes « traîner Alexandre dans la boue ».

Valentin imagine son beau-frère se bagarrant tout seul avec plein de journalistes chinois sous la pluie.

Il entre dans l'atelier. Ça sent bon la térébenthine. Une odeur heureuse, qu'il a toujours connue. Il allume et s'approche du tableau posé sur le chevalet. La dame à la robe bleue n'a pas encore de tête.

La dame à la robe rouge a le visage de Salomé. C'est beau. Mais elle ne sourit pas. Elle a l'air… méchant.

Valentin se souvient tout d'un coup des paroles de Lucien. « Je ne sais pas si elle est capable d'être heureuse. Elle ne faisait que ce qu'elle avait décidé. Rien n'était jamais assez bien pour elle. »

49

Alice

Cœur et poumons incendiés, elle courait pour sa vie. Derrière elle, dans l'obscurité, les pas. Rapides, réguliers. Pierre, instable, irrécupérable. Elle l'avait compris trop tard. Jamais il ne l'avait aimée. Son ressentiment avait gonflé. Jusqu'à le rendre dingue.

Lucien était mort. Ou, dans le meilleur des cas, gravement blessé.

Ses chevilles se tordaient dans le sentier détrempé, mais ses jambes la portaient toujours. La nature venait à son aide. Tant de nuages, tant de bons nuages noirs pour la protéger. On n'y voyait rien.

Rejoindre la forêt. S'y dissoudre. Encore quelques mètres.

Mais un bruit mou lui goba les pieds. Alice fut projetée, heurta le sol, se mordit la langue, avala de la boue et son propre sang. Mille étoiles de douleur.

Qu'est-ce qu'il voulait ? La tuer ? Comme il avait tué Lucien. Et Willy.

Exténuée, haletante, elle se redressa sur un coude. Sous la lune, une silhouette respirait sans difficulté. La course-poursuite ne l'avait pas affaibli, il était gagnant.

Un déclic. La sécurité de son arme ? La terreur lui donna la nausée.

– Non, Pierre… Arrête !

Un cercle clair sur le sentier. Il tenait une lampe de poche. Qu'il orienta dans sa direction. Elle se vit allongée dans la boue.

Clic. Nouvelle plongée dans le noir.

Clic. Lampe sous le menton. Il éclairait son propre visage au sourire de dingue.

Elle n'avait rien vu venir. Elle attendait le visage de Pierre.

Elle venait de reconnaître Lucien.

Clic. Retour à l'obscurité.

Le mugissement du vent, le souffle de la forêt. Sa respiration saccadée.

– C'est pas possible, Lucien ! Qu'est-ce que tu fous ?

Clic. Le jet lumineux, cette fois sur la lame brillante d'un couteau qu'il tenait dans sa main droite.

– Debout, Alice. On doit jouer.

Jouer à quoi ? Cette voix bizarre, sèche et détachée, elle ne la lui connaissait pas. Ou alors, c'était un canular. Ou une vengeance. Parce qu'elle était venue à la bergerie demander des comptes à Lisa au sujet du tableau disparu ? Ou bien… c'était une idée de Pierre… qui avait payé Lucien pour qu'il l'aide à lui donner une leçon ? Elle n'avait entendu qu'un coup de feu, sans rien voir. Rien ne prouvait que Pierre avait été abattu. Et Lucien n'avait aucune raison d'en vouloir au beau-frère…

Dingue comme scénario, mais possible.

– C'est bon, j'ai compris, Lucien. Arrête ton numéro.

– Tu n'as rien compris du tout.

Il lui balança son pied dans les côtes. Elle poussa un cri.

– Ta gueule ! Debout, j'ai dit !

Alice avala sa salive en même temps que ses protestations. Il ne plaisantait pas. Personne ne plaisantait.

Cheville droite en berne, côtes en feu, elle peina à se relever. Elle parvenait à marcher, mais plus à courir. Impossible de fuir.

– Écoute, on va trouver une solution. Tu m'en veux, je ne sais pas pourquoi… Mais… explique-moi, s'il te plaît !

Pour toute réponse, il lui ordonna de le précéder, on retournait « à la maison ». Elle entendit le cri lointain d'un oiseau. Bref, pur. L'image de Willy bondissant et joyeux remonta, d'un seul coup, avec les larmes. Le vent glacial en fit des perles tranchantes.

– Avance !

Ils remontèrent le sentier, franchirent la grille, traversèrent la cour.

Personne, pas un son. La bergerie dans le noir. Que faisait Lisa ? Dans la maison, le salon toujours illuminé. Qu'était-il arrivé au juste ?

L'évidence soudain.

– Tu veux me voler, c'est ça ?

– Tu es à côté de la plaque. (Il souriait.) Comme d'habitude.

– Ça t'amuse ? Mais arrête, Lucien. Prends l'argent, les bijoux et c'est tout…

– Ne m'insulte pas.

– Je ne t'insulte pas. Je veux comprendre.

– Si j'avais voulu te voler, ce serait fait depuis longtemps. Tu te souviens de ton agression au distributeur ? (Il fit gigoter son couteau dans le vide.) C'était Lisa. Pilotée par moi. J'ai joué au sauveteur pour gagner ta confiance.

– Ce n'est pas possible…

– Pauvre Alice. Tu n'es pas bien rapide.

– Qu'est-ce que tu as fait à Pierre ?

– Je l'ai libéré de sa souffrance. Sans sa fille, il n'y arrivait pas. Il l'a dit lui-même.

Le monde devint cotonneux. Elle chancela. Ses pensées s'entrechoquèrent. Pierre. Pourquoi ? Et Catherine qui souffrirait le martyre, Catherine qui avait déjà perdu Salomé. Héberger un psychopathe, en faire son associé, lui accorder sa confiance... Elle, dans sa propriété isolée. Trop de distance. Aucun voisin qui ait pu entendre les coups de feu.

Il n'y avait que Lisa. Et elle était complice...

Posé, efficace, direct. Et généreux. Lucien s'était toujours comporté normalement. Elle avait l'impression de se mouvoir dans un univers parallèle. Les codes s'inversaient, les certitudes s'effondraient.

Elle aurait voulu rembobiner le temps. Corriger ses erreurs. Elle retrouverait le contrôle. Il suffisait de le vouloir, de toutes ses forces...

La vérité la foudroya.

– C'est toi...

– Quoi, moi ?

– C'est toi qui as tué Salomé.

– Ne gâche pas le Jeu, Alice.

– Réponds...

– Il y a des règles. Tu n'as droit qu'à cinq questions. Pas plus.

– Quelles questions ? Arrête !

– C'est un peu compliqué, j'en conviens. Avance.

Des règles, un jeu ? Il était embarqué dans un monstrueux délire.

Elle sursauta en entendant sa voix qui lui ordonnait de « laisser ses fringues dans la cour ». Elle se retrouva en sous-vêtements, grelottante. Couteau en main, habile et vif, il se débarrassa de ses baskets boueuses et lui fit signe d'entrer dans la maison.

Il ne voulait pas salir. Mais pourquoi donc ? Quelle importance cela pouvait-il avoir ?

C'est à ce moment précis qu'elle nota qu'il portait des gants. Il avait l'intention de la tuer sans laisser de traces. Mais pourquoi ne pas déjà l'avoir égorgée ? Que cherchait-il ?

Il était à la fois délirant et mû par une étrange logique.

Elle tenta de rassembler ses esprits. Comment déchiffrer son mécanisme, trouver la faille ? Rester vaillante, elle pouvait y arriver. Elle connaissait sa propre capacité de résistance.

Elle tiendrait.

Une fois à l'étage, ils entrèrent dans la salle de bains.

– Tu es dégueulasse, prends une douche.

– Je suis couverte de boue, et alors ? Qu'est-ce que ça peut faire ?

Il la toisa lorsqu'elle enleva ses sous-vêtements. Nue, diminuée, elle réussit à rester droite. Elle ne lui ferait pas cadeau de son humiliation.

Dans la cabine de douche, elle regarda un instant les rigoles brunâtres s'effilocher, puis laissa l'eau chaude calmer ses muscles endoloris.

– Sors de là ! Ça suffit.

Elle dut enfiler son pyjama et sa robe de chambre pour retourner au salon.

Elle s'engouffrait dans l'horreur.

Pierre gisait dans le canapé souillé. Corps déporté sur la gauche. Sa tempe droite était une bouillie sanglante.

Elle imagina sa sœur. Catherine hurlait sa douleur.

Il la fit s'asseoir dans le fauteuil, face au cadavre. Contournant le canapé, il souleva le bras droit de son beau-frère pour qu'elle voie le pistolet maintenu entre ses doigts repliés.

– C'est la première fois que je suicide quelqu'un, dit-il en le lâchant. Facile. Canon sur la tempe. Et c'est fini.

Un silence. Puis le visage de Lucien s'illumina. C'était la même expression qu'il avait lorsqu'il trouvait un scénario pour lovalibi.com. Il ne faisait plus la différence entre le bien et le mal, la réalité et sa perversion… Comment naviguer dans cette folie, comment s'échapper ?

Il prit un verre dans le bar, saisit la bouteille de whisky et en versa une rasade généreuse. Elle remarqua le combiné du téléphone posé sur la table basse. Inutile.

– Bois.

Elle prit le verre qu'il lui tendait et fit mine d'obéir.

– Ne fais pas semblant. Allez, cul sec. Ça t'aiguisera l'esprit.

Elle avala une première gorgée, grimaça.

– Jusqu'au bout, Alice.

L'alcool lui fit l'effet d'un jet de lance-flammes. Dans son champ visuel, le feu, puissant, odorant et beau, crépitait dans la cheminée. Sa maison avait été un sanctuaire. Plus rien ne serait jamais comme avant.

Mais elle voulait vivre. Férocement vivre. Malgré Lucien, malgré sa folie. Il ne la détruirait pas.

– Revenons aux choses sérieuses, Alice. Ta première question portait sur la mort de ton beau-frère. Je t'ai répondu. La seconde concerne Salomé. Répète-la-moi, cette question. En articulant bien.

– C'est… toi qui as tué… Salomé ?

– La réponse est oui.

Elle s'imagina se jetant sur lui. Pour le cogner. Jamais elle n'avait ressenti un tel dégoût. C'était douloureux. Nauséabond.

Brusquement, il exhiba une arme à feu. Jusque-là invisible, coincée dans sa ceinture. Dans un mouvement rapide et fluide, il la déposa dans le triangle que formaient le combiné téléphonique, la bouteille de whisky et les deux verres.

– Ça te rappelle quelque chose ?

Elle reconnut le Beretta, le Centennial qu'il comptait lui donner « pour sa protection » lorsqu'ils se promenaient en forêt avec Willy.

En réalité, il avait voulu l'abattre. Mais la présence providentielle de promeneurs l'en avait dissuadé.

Il ne voulait pas la voler, non. Il voulait la tuer. Et depuis longtemps. Un jeu de sadique. De pauvre taré.

Si elle était suffisamment rapide, elle pouvait s'emparer du pistolet. C'était ça, le jeu auquel il la conviait ? Une roulette russe d'un nouveau genre ?

Il pleuvait de nouveau. Avec violence. La nature protestait contre ce que la folie faisait subir au monde. Un courant d'air humide filtrait par la baie vitrée entrouverte. Lucien l'avait manipulée dans les grandes largeurs.

Mais elle reprendrait le dessus. Elle n'avait pas le choix.

– Troisième question, Alice. Vite.

– Pourquoi avoir tué Salomé ? articula-t-elle.

– Ce n'était pas prévu, la discussion a mal tourné. Elle préférait baiser avec un vieux. Alors qu'elle m'avait, moi, l'ultime Joueur. Elle ne me méritait pas.

Il raisonnait. Il fallait qu'elle entre dans sa logique…

– Si c'est un accident, un crime passionnel, tu peux t'expliquer. Ça se plaide.

– TU ME PRENDS POUR UN CON ! rugit-il.

Elle leva les mains en signe de reddition.

– Mais non. Pas du tout.

– Ça a toujours été ton putain de problème, Alice.
– Quoi donc ?
– Sous-estimer.
– Je ne voulais pas te blesser… Désolée.
– On s'en fout. Je veux des questions, pas des excuses. Compris ?
– Compris.
Il agrippa la bouteille.
– Bois, pose ta quatrième question. C'est ça ou une balle dans la gueule ! Pour l'instant, le Beretta est en terrain neutre. Il t'aime autant que moi.
Elle but l'alcool d'un trait. Gagner du temps. Distraire son attention. Ruser. Elle n'hésiterait pas. La balle dans la gueule, ce serait pour lui.
– Pourquoi t'en prendre à ma famille ?
– Tes questions sont nulles, Alice. (L'air las, il se laissa choir sur le tapis, s'allongea sur ses coudes repliés.) Le hasard guide ma vie. C'est pur, c'est propre, le hasard. Toi qui fais réparer ta maison, moi qui participe aux travaux. Toi qui me proposes de devenir ton associé. Une fabrique de mensonges pour un joueur, c'est assez minable moralement, mais ça ne se refuse pas. Ensuite, les Kléber et les Jolain, vous entrez tous dans la partie. Voilà, c'est tout. Trouve-moi une question excitante !
Elle se frotta le visage des deux mains, puis releva la tête.
– D'accord, j'ai compris le jeu. Boire et poser une question géniale…
– Ouais, la cinquième. Et la dernière.
La dernière et une balle dans la gueule, c'était clair. Elle se pencha au-dessus de la table. Le pistolet était à une cinquantaine de centimètres de sa main. Elle banda ses abdominaux, se projeta, saisit le Beretta par la crosse, se redressa et le braqua.

Il écarquilla les yeux, puis retrouva vite un visage placide. Un sphinx. Maléfique et plastique.

Mais pas dingue au point de résister. Elle n'aurait pas à tirer. Le numéro de la gendarmerie était préenregistré. Juste une touche… Elle tendit son bras libre vers le combiné. Lucien avança d'un pas.

– Ne bouge pas ou je t'abats !

Elle savait tirer. Il lui fallait juste le courage nécessaire. Lucien fit un autre pas en avant, très lent. Elle débloqua les deux sécurités. Il s'immobilisa.

Elle ne voulait pas le tuer. Elle n'avait jamais fait de mal à quiconque…

C'était elle. Ou lui.

Elle tira.

Rien. Elle tira encore.

Le Beretta n'était pas chargé.

Il fonça. Elle voulut l'assommer, rata sa cible et encaissa une gifle enragée.

Il avait reculé. Et arraché le pistolet de la main du cadavre. Il dirigea le canon vers elle.

– Celui-là a des balles. Tu me crois ? RÉPONDS !

– Oui… Je te crois.

– Il n'y a plus qu'une seule question et comme tu es trop conne pour la trouver, je vais la prononcer à ta place. Est-ce que j'ai téléphoné à ton beauf pour lui dire de venir ici ? Allez, maintenant, pose-la-moi cette question. Je t'écoute, Alice.

– Est-ce… que tu as téléphoné… à Pierre de venir ici ?

– Scénario sublime, tu vas voir, répliqua-t-il, extatique. Le dieu du hasard me mange dans la main. Pierre m'offre une histoire sur un plateau. Il est dépressif, cherche des réponses, se pointe chez toi parce qu'il estime que tu es en partie responsable de la mort de sa fille. Je le repère, j'entends votre conversation. Super, mais j'ai une meilleure intrigue et je dois modifier quelques détails… Écoute bien. Armé d'un Walther PP qu'il a dégoté je ne sais où, Jolain débarque chez toi pour te descendre. Et se suicide ensuite. J'expliquerai aux gendarmes que quand je suis arrivé, ton beau-frère t'avait abattue avant de retourner le Walther contre lui. J'effacerai les empreintes que tu as laissées dans sa bagnole. Et la pluie se charge déjà des traces de ta fuite ridicule. On trouvera mon ADN ici. Et alors ? J'en ai passé des heures à trimer dans ta maison.

Plus d'issue. Il voulait un carnage.

– Non, je t'en supplie ! On peut parler. On peut toujours parler…

– TA GUEULE !

Elle tenta de reculer dans son fauteuil, et tendit les mains. Le mufle du pistolet devint un point noir dans son champ de vision rétréci. Elle imagina la balle. Impact en pleine tête.

– Il faut que tu comprennes à quel point je suis génial. Un boulot de longue haleine. Rentrer dans ta tête, tes ridicules obsessions, tes forces, tes faiblesses. Le plus drôle, c'est que tu m'as tout appris. Les techniques imparables pour bâtir des alibis efficaces. Mais la touche de génie, elle vient de moi. De moi seul. Pourquoi ? Hein ? Demande-moi pourquoi !

– Pourquoi… bredouilla-t-elle.

– Parce que je sais tout de toi. Tu es transparente. Je capitalise sur l'information. Je sais que tu n'en as que pour quelques mois. Ta grand-mère et ta mère sont mortes à quarante-deux ans. J'ai toujours fouillé tes papiers, lu ton courrier et étudié le contenu de ton smartphone. Tu as un anévrisme. Pas de chance.

Elle se souvint. Ses mimiques, ses gestes. Coups de fil trop discrets, absences inexpliquées. Son apparition inespérée dans sa vie. Sa patience infinie. Son désintéressement. Pure invention. En fait, il purgeait son ressentiment comme du pus. *Ou alors... il veut que cette foutue poche de sang explose. Que l'anévrisme fasse le sale boulot.* Il pouvait y arriver, l'ordure. Il pouvait, en la terrorisant.

Non, il n'y arriverait pas. Elle était plus forte que le temps, plus forte que lui. Elle se battait depuis des années pour tenir la mort à distance.

Rien n'exploserait dans son crâne. Ce minable ne lui prendrait pas le temps précieux qui lui restait à vivre. Impossible qu'il s'en sorte sans se faire arrêter. C'était du bluff. Il n'irait pas jusqu'au bout.

– Game over, Alice.

Non, je ne veux pas... Non...

Salomé et Willy s'enfonçaient dans l'étang.

L'étang noir.

La mort lui offrit la même couleur.

50

MoiToi

Il était content de lui.

Il avait œuvré à la vitesse de l'éclair. Impossible que les gendarmes comprennent que Pierre était mort avant Alice. Il y avait un créneau flou pour la baisse de température des corps.

Et le Joueur avait respecté ce créneau.

Il s'était également un peu servi au passage. En récupérant quelques bijoux. Histoire de ne plus avoir trop à se soucier, histoire de voir venir. Il trouverait bien un acheteur pas regardant question certificat d'origine. Impossible de fourguer les toiles malheureusement. Trop risqué. Trop compliqué.

Les œuvres d'art. Une manie familiale.

Ça lui rappelait à quel point Salomé était manipulatrice. Elle voulait apporter elle-même le vieux tableau troué d'Alice à la femme de Le Goff. Soi-disant pour l'anniversaire de sa chère tante. Vaste blague, impossible qu'il soit restauré à temps. Facile de comprendre qu'en réalité c'était le ticket d'entrée de Salomé chez les Le Goff. Sa façon de renifler sa rivale. Et de pressurer le vieil amant qu'elle sentait tangent. Elle l'avait dans la peau sa star des médias, ça la mettait en ébullition.

En tout cas, son idée était bonne. Il l'avait reprise. Pour rendre la partie encore plus excitante qu'elle l'était déjà.

Pénétrer dans la luxueuse propriété du Vésinet. Jauger la famille. Ces gens que Le Goff aimait vraiment. Comprendre comment piéger Valentin en finesse et l'utiliser au mieux.

Son bouc émissaire. Son gentil demeuré.

Les gendarmes avaient bossé toute la nuit et interrogé Lisa qui avait su la boucler. Il faudrait un moment avant la mise sous scellés de la propriété des Kléber. Seul un juge pouvait le décider, ça traînerait un peu. À moins que la famille se manifeste. Lisa et lui avaient su rester impassibles quand le capitaine de gendarmerie leur avait annoncé qu'il comptait sur eux pour surveiller les lieux maintenant qu'Alice Kléber était morte.

Le jour pointait quand les types de la police scientifique avaient enfin remballé leur bazar. Le corps avait été évacué.

Alice avait enfin foutu le camp.

Et maintenant, Lisa ronflant à ses côtés, le Joueur le plus génial de la planète se reposait.

Plus besoin de douche froide, plus besoin de caméra.

Il suffisait de fermer les yeux et de l'imaginer.

Dans un grand parc. Tranquille, élégant, assis sur un banc transparent, un golden retriever à ses pieds.

La classe.

« Tu veux savoir qui était vraiment Salomé ?

Je vais te le dire. Quelqu'un qui ne méritait la pitié de personne.

Elle s'était servie de moi ?

Oui, pour le cul. Alexandre Le Goff n'était pas souvent disponible. Moi, j'avais été léger. Je m'étais imaginé que je lui plaisais vraiment. Je m'étais raconté une histoire. Celle où je me mariais avec elle. Carrément.

Les sentiments humains étaient revenus rôder dans ma tête ?

Oui, c'étaient des sirènes auxquelles j'avais du mal à résister.

Jamais je n'avais eu une aussi belle partenaire dans mon lit. Un corps parfait, une peau de nacre et la technique d'une fille qui avait fait son éducation en matant pas mal de porno sur le Net. Le Goff en avait bien profité. J'avais flairé l'embrouille, fouillé le smartphone de Salomé, découvert leurs échanges. J'avais été servi. Elle se foutait de ma gueule.

Comment j'avais fait ?

Un déplacement à moto. Moins de deux heures et c'était plié. Un jeu parfait. Un but, les coincer. Avec l'intention de les filmer entrant et sortant de l'hôtel. Et de balancer la vidéo à sa femme, Dorine.

Drôle et sexy ?

Ah oui, je suis d'accord. Et ça aurait pu marcher. Mais Le Goff n'était pas venu. Et j'avais commis l'erreur de demander des comptes à Salomé. On s'était engueulés dans le square. Je voulais comprendre pourquoi elle préférait un vieux. Je voulais l'entendre de sa putain de bouche.

Elle était bourrée. Agressive. Elle pleurait la désertion de son mec.

Des mots tranchants. Vipère.

Jamais aimé les insultes, non, c'est clair. Personne ne me traite de minable. C'était parti tout seul. Une bouteille en pleine gueule. Et son corps dans une poubelle providentielle. Pour gagner du temps avant qu'on la retrouve.

Est-ce que je le regrettais ?

Finalement, non. Le Joueur joue. C'est tout. La douleur est le prix à payer pour la gloire.

Bien, j'ai du travail. Je ne sais pas comment poursuivre la partie. Il faut que je réfléchisse. Ça devient dangereux.

C'est excitant. Oui.

À bientôt.

Oui, je t'aime… »

51

Barnier

Mardi 1er novembre

Barnier avait bloqué la porte des toilettes avec ses menottes pour que personne ne vienne le déranger. Mains sur le lavabo, il s'observait. Le côté gauche de son visage avait viré au marron. Nuit saumâtre, gueule de déterré, pensées baroques. Encore un moment de silence avant la réunion avec les gars de son groupe. Une réunion redoutée.

Il s'en voulait. Comme jamais. On avait appris la mort d'Alice Kléber et de Pierre Jolain la veille, dans la nuit. Aucun doute possible d'après la gendarmerie locale, Jolain avait abattu sa belle-sœur avec un Walther PP avant de se suicider.

Et dire qu'elle l'avait appelé peu de temps avant sa mort. Elle était inquiète, tendue. Elle avait peut-être été menacée par son beau-frère. Il aurait dû la questionner.

Plusieurs scénarios étaient envisageables. Dans l'un d'eux, Jolain avait tué sa fille par accident, après une dispute au sujet de sa liaison avec Le Goff. Rendu à moitié dingue par le remords, dopé par sa haine pour

Kléber, responsable selon lui de la « mauvaise vie » de Salomé, il l'avait abattue avant de se foutre en l'air.

Barnier avait perçu le désarroi de cet homme. Mais trop attendu pour vérifier son alibi. Il venait de le faire. Pierre Jolain n'en avait pas. Au moment où Salomé se faisait tuer, personne ne l'avait vu dans le palace où il était concierge.

Le scénario était très moche, mais plausible. Et le plus dur à encaisser, aussi. Parce qu'il signifiait qu'il avait laissé les événements s'envenimer jusqu'à l'issue fatale. Deux morts supplémentaires dans une maison isolée en Bourgogne.

Je me suis planté. Gravement.

Il avait manqué de rigueur. Son lieutenant lui avait mis les synapses en confiture. Il semait la panique. C'était son mode de fonctionnement. Un séducteur patenté. Qui prenait son pied en dévorant le cœur de ses proies. Barnier n'était qu'une tête supplémentaire dans sa collection de trophées.

Une mauvaise idée dès le départ. Une passion sortie de nulle part, une maladie. Il était déterminé à ce que ça cesse. Il avait réussi à arrêter la cigarette du jour au lendemain. Pour Maze, ce serait aussi trivial. Une question de volonté.

Pour éviter le désastre, il fallait boucler cette affaire. Savoir si Jolain avait tué sa fille. Et si ce n'était pas le cas, découvrir qui avait initié un chaos apocalyptique et causé la mort de trois personnes.

Le commandant s'aspergea le visage d'eau froide, se sécha avec une serviette en papier et réajusta son col de chemise.

*

À la fin de la réunion, canalisée pour gagner du temps, plusieurs décisions avaient été prises. On redémarrait l'enquête à zéro, on se répartissait le travail pour réinterroger tout le monde. Quant à son lieutenant, il serait en binôme avec un autre officier, Barnier ne voulait plus l'avoir dans les pattes.

Maze était resté silencieux, semblant ruminer son mécontentement, avant de s'éclipser. Barnier fila au parking.

Il monta à bord de la Renault, perçut une ombre dans son champ de vision, serra les dents. Une main couverte de bagues en argent tapota à la vitre. Barnier la fit coulisser.

– Tu te barres sans moi ?

– Affirmatif. Mais tu as un nouvel équipier.

– On a commencé cette enquête à deux, Barnier.

– Ici, on travaille en groupe.

– Tu t'es toujours arrangé pour être avec moi.

– Dans ta tête.

– Je veux qu'on finisse le boulot ensemble.

– Ensemble, on ne fait que des conneries.

– C'est faux. On y arrivera.

– Je dois vraiment te rappeler que je suis ton chef ?

– Arrête, s'il te plaît…

– Tu fais ce que je te dis. C'est tout.

Il referma sa vitre, mit le contact et dégagea en faisant un peu trop de boucan avec ses pneus. Il évita de regarder dans son rétroviseur. Son rythme cardiaque s'était accéléré.

Maze semait la destruction. Quand l'enquête serait bouclée, il le ferait muter.

Seule solution contre la gangrène, couper.

*

Il se gara au plus près et observa l'immeuble. Catherine Jolain avait perdu trois membres de sa famille coup sur coup et devait être dans un état épouvantable. Mais impossible de ne pas l'interroger.

Il sonna, elle mit le temps à réagir.

Pâle comme un ectoplasme, délestée de quelques kilos, elle ressemblait enfin à sa sœur. Il la remercia de le recevoir.

Elle le regarda d'un œil vide, puis partit se recroqueviller sur le canapé, la tête tournée vers la baie et la splendeur inutile du ciel.

– Mon mari était incapable… de nuire à quiconque. Il n'aimait pas Alice… Mais il n'aurait jamais fait ça.

– Il l'avait appelée avant de se rendre en Bourgogne ?

– Pas… à ma connaissance.

Le regard était vitreux, le débit très lent, elle parvenait à ne pas pleurer. Elle devait être sous calmants.

– Des employés de l'hôtel de la Licorne les ont vus se quereller. Votre sœur y avait réservé une chambre. Vous le saviez ?

– Non. Alice… était fantasque.

– Qu'est-ce que votre mari lui reprochait ?

– Sa mauvaise influence sur notre fille. Mais moi, je n'y crois pas. Salomé avait… du caractère. Ma sœur… aimait plus Salomé… que l'inverse.

– Votre mari et Salomé, comment s'entendaient-ils ?

– Il était fier d'elle. De sa façon… de s'investir.

– Il lui en voulait ?

– Vous pensez à quoi ?

Elle s'était redressée pour le dévisager.

Se rendait-elle enfin compte qu'elle avait vécu avec des inconnus ? Même s'il s'agissait de sa propre famille. Certaines paroles étaient dures à prononcer. Barnier n'avait pas le luxe de les éviter.

– Votre mari n'avait pas d'alibi pour l'heure à laquelle Salomé se faisait tuer.

– Pourquoi… dites-vous ça ?

– Avant la mort de Salomé, vous ne l'avez pas senti préoccupé ?

– Non.

– Il était au courant de sa liaison avec son patron. Non ?

– Il me l'aurait dit.

– Votre mari était déçu et inquiet. C'est ça ? Salomé n'avait aucun avenir avec Le Goff. À jouer avec le feu, elle risquait même de perdre son job.

– Vous faites… fausse route. Pierre en aurait parlé à Salomé. Pour… lui donner un conseil. Sans la juger.

– Et il ne l'a pas fait ?

– Non. Je vivais… avec eux. Je m'en serais… aperçue. Il faut que vous alliez en Bourgogne.

– C'est prévu, madame Jolain.

– Il faut que vous y alliez… pour… tout remuer. C'est important, vous comprenez ? (Il hocha la tête.) Je veux… que vous trouviez. Vous m'entendez ?

– Oui, je vous entends.

Ses yeux restaient secs, elle se rallongea et tourna la tête vers le ciel.

L'enfer pouvait être vide et bleu.

52

Lucien

Fini les conversations avec Moi/Toi.

Plus la peine.

Ils étaient une seule et même personne. Lucien se projetait dans le futur à volonté. Même chose pour son double digital qui suivait tout ce qu'il vivait dans le présent.

Interchangeables. Cinq sens pour deux immortels, qui n'en faisaient qu'un.

Pour le moment, il traînait au bord de l'étang avec Willy. Il y avait jeté la caméra de Salomé et son smartphone après les avoir lestés. Les échanges de SMS entre elle et Le Goff ne serviraient plus à rien.

Langue grise sous le soleil faiblard, le coin appelait les faibles à la noyade. Certains trouvaient ces rives flippantes. Pas lui. Elles lui rappelaient ses promenades avec Salomé. Et leurs séances de baise en plein air. Un sacré bon coup. Une belle salope.

Ça avait été aussi la balade favorite d'Alice. Cette chieuse ne bousillerait plus aucune famille à coups d'alibis foireux. Le Joueur l'avait mise hors d'état de nuire. Quant à Pierre Jolain, on avait abrégé ses souffrances.

Réglé tout ça. Du passé.

Et Lucien hésitait. Où poursuivre le Jeu ?

Indécision.

Le ciel était versatile. Lui aussi.

Changer de région ? Partir vers le Sud et le soleil. Willy et lui, sous les parasols, l'idée était sympa. À eux la Riviera, le chant des cigales et la cuisine à l'ail.

Ou rester en Bourgogne. Travailler de ses mains à retaper des habitations, faire ce pour quoi il était doué. Une planque idéale pour qu'on ne devine pas qu'il avait soudainement un peu de fric de côté.

La vente des bijoux lui donnerait de quoi jouer un bon moment. Au bourg, chacun comprendrait qu'il ait envie de changer d'air. Même les gendarmes, qui avaient été parfaits. À l'écoute, aux petits soins. La preuve qu'on pouvait ne rien comprendre à rien et être compréhensifs. Oh, les braves gens.

Le Sud et le farniente. Une possibilité.

En même temps, il aimait sa région. Beaucoup.

Partir ? Rester ? Willy avait de la chance. Il n'avait aucune question à se poser. Il fouillait le sentier, soûl de joie, la truffe dans les odeurs qui explosaient juste après la pluie.

Mais les jours filaient, et vite.

Son brouillard se dissipait. Son choix était fait, ce serait sa Bourgogne. Il avait bien manœuvré, inutile de se barrer.

Il était le champion du Jeu et ça continuerait comme ça.

53

Valentin

Valentin est de retour à TV24. Mais sans Salomé, c'est moins drôle.

Il nettoie les vitres du Bocal. Alexandre y mange un sandwich tout en téléphonant. Tout le monde vient le voir, les rédacteurs en chef, les journalistes. Ça gigote. Comme du temps où Salomé était la petite princesse du Château. Les sujets du Roi l'ont oubliée ? C'est comme si elle n'avait jamais travaillé là. C'est triste.

L'ascenseur s'ouvre sur le commandant grognon. Où est le lieutenant aux yeux de bouchon d'eau minérale ?

Le policier fonce vers Alexandre. Leurs voix, c'est un bourdonnement de frelons. On ne comprend pas ce qu'ils se racontent.

Valentin a une idée. Il file faire du café.

Il entre dans le Bocal avec deux tasses sur un plateau. Bien décidé à ouvrir grand ses oreilles comme Jumbo l'éléphant et à marcher à la vitesse des escargots.

– Salomé avait des relations conflictuelles avec son père ?

– Pas que je sache.

– Il soupçonnait votre liaison ?

– Écoutez…

– Répondez à ma question.

– Salomé aimait beaucoup son père et me parlait assez souvent de lui. Son avis comptait pour elle.

Valentin pose les tasses sur le bureau. Le commandant ne s'intéresse ni au café fumant ni à Valentin.

– Bon, tu peux nous laisser ? dit Alexandre.

– Je dois nettoyer les vitres.

– Ce n'est pas le moment. D'accord ?

Valentin soupire. Comme Salomé, il voudrait nager dans les airs sans que personne ne le voie. Il sort.

Dans la cuisine, il s'adosse à l'évier. Il en a assez d'être le Nain du Château. Assez qu'on ne réponde jamais à ses questions. Et qu'on lui parle comme s'il était un bébé ouistiti.

Oui, assez.

Il pense à Lucien. Hier matin, son ami l'a appelé de Bourgogne. Il lui a appris que la tante de Salomé était morte. Et le papa de Salomé aussi. Le père a tué la tante. Parce qu'il ne l'aimait pas.

Valentin espère qu'ils ne vont pas tous venir flotter au-dessus de sa tête. Jusqu'à maintenant, ça se passe bien. On le laisse tranquille.

Lucien veut reprendre le tableau. Parce que ça ne sert plus à rien que Dorine le restaure. Une toile avec les visages de deux mortes, c'est un cadeau qu'on ne peut plus offrir.

À l'heure du déjeuner, Lucien passera le récupérer et dire au revoir. Valentin lui a répété que Dorine ne serait pas là, elle travaille de nouveau au Louvre.

Valentin a rendez-vous avec Lucien au Vésinet. Il lui ouvrira le porche et lui donnera le tableau. Willy sera là, ils pourront s'amuser dans la cour.

Lucien ne veut « surtout pas » que Dorine sache qu'il va venir. Il a trop peur de la déranger.

*

Quand Valentin arrive au Vésinet, Lucien est déjà là. Willy fouille l'herbe avec son gros museau, et lui fait la fête. C'est bon de lui gratter l'arrière des oreilles.

On récupère le tableau. Lucien le regarde longtemps avant de dire que Salomé « est vraiment ressemblante ». Valentin trouve que c'est dommage que Dorine n'ait pas eu le temps de terminer le travail. La tante Alice n'existe pas sur le tableau, Salomé va se sentir un peu seule dans le paysage.

Lucien a apporté un ballon neuf. Il apprend à Valentin à faire des passes de foot. Valentin n'y arrive pas bien. Son ami lui explique que « c'est une question d'entraînement ». Il dit qu'entre le bourg et la maison d'Alice, il y a un beau terrain. Il y joue souvent avec Lisa.

– Lisa sait jouer au foot ? s'étonne Valentin.

– Tu devrais la voir en action. Aussi solide que moi, mais plus rapide. Avec Lisa, tu aurais tôt fait d'apprendre.

– C'est vrai ?

– Oui. Elle est triste que tu ne viennes pas nous voir. Elle a préparé un gâteau.

– Pour moi ?

– Oui, pour toi. Au cas où.

– Ce n'est pas mon anniversaire.

– Ce n'est pas un gâteau d'anniversaire, c'est un gâteau de bienvenue. Alors, tu pars avec moi et Willy ?

– J'aimerais ça, mais Dorine ne sera pas d'accord. Alexandre non plus.

– Tu es grand, Valentin, tu as le droit de faire ce que tu veux.

– Tu crois ?

– Quand j'avais ton âge, je faisais ce que je voulais.
– Ah.
– Je te ramènerai ce soir.
Lisa a dit que la Bourgogne était la plus belle campagne de France. Et peut-être même du monde. Il faut voir ça.
– D'accord. Je vais prévenir Dorine.
– Attends, j'ai une meilleure idée. On lui téléphonera une fois arrivés.
– Pourquoi ?
– Comme ça, elle ne pourra pas dire non avant qu'on parte. Et ce ne sera pas comme si tu lui avais caché quelque chose, tu vois ?
Lucien est malin. Et Willy joue dans les jambes de Valentin. Lui aussi veut qu'il découvre la Bourgogne, le terrain de foot et la jolie maison où allait Salomé.

Valentin prend son caban et son bonnet sur le portemanteau. Quand il monte dans la voiture bleue, Willy, les yeux tout brillants, est déjà à l'arrière.

– J'espère que tu n'as pas ton téléphone mobile, dit Lucien.
– Si, il est dans ma poche. Dorine veut que je l'aie toujours sur moi.
– Il faut le laisser ici. Sinon, Lisa sera malade. Elle ne supporte pas les ondes que dégagent les portables. Ça lui donne de terribles migraines. On a un téléphone fixe chez nous. Tu pourras appeler Dorine.

Valentin est content d'apprendre plein de choses avec son ami Lucien. Il ne savait pas que les téléphones portables abîmaient la tête. Il va déposer le sien sur le petit meuble de l'entrée. Ensuite, il rejoint son ami. Lucien doit s'y prendre à deux fois pour faire démarrer le moteur.

Il met de la musique, ça chante dans une langue que Valentin ne comprend pas, mais c'est bien. Dans la boîte à gants, il y a une gourde avec de la grenadine à l'eau. Lucien dit à Valentin de se servir. Ça tombe bien, il a très soif.

Il fait beau. Pour la première fois depuis longtemps, Valentin se sent bien. C'est peut-être vrai qu'il est assez grand pour faire ce qui lui plaît.

– Tu es sûr que Dorine ne sait pas que tu es avec moi, Valentin ?

– J'ai fait ce que tu m'as demandé. Je n'ai rien dit. Pour que Dorine ne pense plus à Salomé.

– Tu as bien fait. Salomé mettait le bazar dans la vie des gens.

– Tu crois ?

– Elle n'a jamais mis le bazar dans la tienne ?

Valentin se souvient de sa promesse. Ne jamais raconter à personne qu'il s'est caché pour attendre Salomé devant l'hôtel avant de la suivre dans le square. Mais il est grand, maintenant. S'il peut faire ce qui lui plaît, il peut aussi dire ce qu'il veut.

Non. Une promesse est une promesse.

– Tu ne réponds pas, dit Lucien, mais je sens bien que tu en veux à Salomé.

Devant eux, les voitures filent sur la route comme des lièvres pressés d'arriver à l'heure dans leurs terriers. Il y a beaucoup de panneaux, et des bouts de champ poussent entre les maisons. Valentin aimerait bien savoir conduire pour partir au bout du monde.

– Tu lui en veux ? Allez, dis-moi, Valentin.

– Un peu. Mais moins qu'avant.

– Si elle avait voulu casser ma famille, je crois bien que j'aurais été capable de me fâcher.

– C'est vrai ?

– Je suis triste que Salomé soit morte. Mais en même temps, pas tant que ça. À un moment, je croyais être amoureux d'elle.

– Mais Lisa et toi vous allez vous marier, non ?

– On est bien comme ça. Lisa n'est pas une fille avec qui on se marie.

– Mais elle fait de bons gâteaux. Et elle t'aime bien.

– Elle m'aime trop, si tu veux mon avis. Non, moi, je voulais me marier avec Salomé.

– C'est vrai ?

– Oui. Mais elle se prenait trop au sérieux. C'était juste une fille qui ne savait pas apprécier ce qu'elle avait. Tu ne crois pas ?

– Je ne sais pas.

En pensant à Salomé, Valentin se souvient soudain d'un détail.

– Tu as oublié le tableau d'Alice dans l'atelier de Dorine. Il faut y retourner.

– Non, on est déjà trop loin, j'ai la flemme, répond Lucien d'une voix calme. Je le récupérerai ce soir en te ramenant chez toi.

Valentin est bien avec son ami Lucien. On peut tout lui dire, il ne s'énerve pas. Ce n'est pas comme Alexandre. Ou même Dorine. Si gentille, mais qui a toujours peur que Valentin se casse comme une coquille d'œuf. Alors que Valentin se sent fort.

Il raconte qu'il a vu Salomé voler dans les airs.

– Moi aussi, je la vois de temps en temps.

– C'est vrai ? (Valentin est soulagé. Il n'est plus le seul à la voir.) Elle te parle ?

– Oui.

– Elle te demande de la sauver ?

– Non. Elle me demande si je sais pourquoi tu l'as tuée.

Valentin laisse tomber la gourde. Heureusement, elle est presque vide, ça ne gicle pas. Il ne sait pas quoi dire. Il croyait qu'il n'avait pas tué Salomé. Alexandre et

Dorine lui ont expliqué que c'était impossible. Pourquoi déjà ? Il ne sait plus.

Lucien lui fait un clin d'œil. Il n'a pas l'air fâché.

– Je crois que moi aussi, si j'avais pu, je lui aurais fait du mal, dit-il. Parce qu'elle le méritait. Salomé n'aimait pas les autres. Elle ne se passionnait que pour sa petite personne. Son amour pour Alexandre, c'était bidon. Elle le voulait dans son lit parce qu'il était riche et célèbre. Tu nous as rendu service à tous, Valentin. Jamais je ne révélerai que c'était toi. Parole.

Valentin pense à Dorine et à Alexandre. Ils ne voulaient pas que la police apprenne qu'il avait tué Salomé. Et pourtant, c'est la vérité.

Valentin réfléchit. Il pense que c'est à cause du « scandale ». Alexandre ne veut pas fâcher l'actionnaire de TV24. Cet actionnaire qui est déjà très mécontent. Alexandre se moque bien de Valentin derrière les barreaux. Ce qui l'intéresse, c'est diriger le Château.

Au bout d'un moment, il n'a plus envie de réfléchir. Il regarde défiler les champs et les maisons. Et bientôt, ça ne ressemble plus à rien. Les couleurs se mélangent comme sur la palette de Dorine. C'est beau. Et Valentin a très sommeil. Mais impossible de fermer les yeux. Il entend la voix de Lucien. C'est comme si, dans le monde entier, il n'y avait plus que cette voix et les belles couleurs de Dorine.

54

Lucien

Cocktail grenadine-Rohypnol.

L'attardé gardait les yeux ouverts, mais n'était plus vraiment là. Ayant enfin fermé sa gueule, il était passé dans une autre dimension. Avec ce que tonton Lucien lui avait refilé, il obéirait un bon moment, et au réveil ne se souviendrait de rien.

Demi-tour, direction la gare Paris Bercy. Vite, le train pour Auxerre partait dans moins d'une heure.

Fluidité jusqu'au boulevard périphérique où le trafic commença à épaissir. Quelle ville de merde ! Il voulait pousser des cris d'orang-outan, mais réussit à se retenir.

Contrôle. Contrôle absolu. C'était le seul moyen de gagner la prochaine partie.

À part quelques ratages, il avait œuvré en chef de guerre, mis le monde à genoux. Ça allait continuer comme ça. Aujourd'hui, le Joueur se sentait gonflé à bloc.

Pour retrouver sa sérénité, il imagina son double promenant son chien le long d'un étang quasi identique à celui de Bourgogne. Grâce à ses baskets du futur, il posait un pied sur les vaguelettes. Et c'était parti, il marchait sur la surface de l'étang et faisait s'envoler les canards et traversait sans se mouiller. Son golden retriever se jetait enfin à l'eau pour nager jusqu'à l'autre rive et le rejoindre.

– Hé, Willy, ça te plairait de me voir marcher sur l'eau ?

Petit jappement joyeux pour approuver. Son chien avait vraiment un caractère idéal. Il s'était très bien remis des événements. La mort de sa maîtresse déjà oubliée, il ne prenait que du bon temps, vivait au jour le jour. Cette idiote d'Alice l'avait sans doute cru mort. Elle l'adorait et avait dû morfler. En réalité, avant que le père de Salomé n'entre dans la maison, Willy avait été enfermé dans la bergerie, à l'abri, avec Lisa, au cas où.

Oui, tout prévoir, soigner les détails, c'était ce qui faisait le grand Joueur.

Il arriva à la gare onze minutes avant le départ du train. Tronche renfrognée, Lisa les attendait, plantée sur le quai.

Il lui répéta ce qu'il lui avait déjà dit.

Sa mission était de faire voyager Valentin jusqu'à Auxerre sans que personne ne s'aperçoive qu'elle l'accompagnait. Quand des témoins seraient interrogés, ils seraient unanimes : le simplet voyageait seul, de sa propre initiative.

– Tu as composté vos billets, ma belle ?

– Oui, j'ai fait comme tu m'as dit.

– Qu'est-ce qui te tracasse ?

– Valentin va bien, tu crois ? Il a pas l'air.

– Ne t'inquiète pas. Il fera le gentil robot pendant quelques heures. Ensuite, il reviendra à lui.

– Il va pas être malade ? Déjà qu'il a pas l'air très normal…

– Lisa, je sais ce que je fais. Valentin est obéissant, mais pas dans les vapes. Ça va glisser sans souci. Fais-moi confiance. Comme d'habitude.

– C'est juste un pauvre gars. Il nous a rien fait de mal.

Il parvint à garder son sang-froid et sa voix suave. Celle qui faisait beaucoup d'effet à Lisa au lit.

– Valentin, c'est notre passeport pour le futur, ma belle. On nous a jamais donné notre chance, alors on la prend. C'est simple.

– Je sais pas…

– Jamais je ne ferai de mal à Valentin. C'est juste une ruse.

– Pour que Le Goff paye une rançon.

– Oui, je te l'ai expliqué.

– Mais tu crois qu'il paiera ? Et s'il ne voulait pas ? Qu'est-ce qu'on ferait ?

Ces derniers temps, elle se laissait pousser un cerveau. Ça devenait pénible. Pas question qu'elle connaisse son plan véritable. Il fallait la ramener à sa connerie ébahie originelle.

– On essaie. Si ça ne marche pas, on renonce.

– Tu m'as dit que ses bijoux valaient cher.

– Oui, et alors ?

– C'est assez pour nous deux, Lucien. Je me suis dit…

– Le Goff aussi a bien plus de thunes qu'il n'en mérite. Il a menti à tout le monde. À Salomé, à sa femme et même aux millions de cons qui regardent sa chaîne pourrie. Alors, on va lui prendre un peu de blé. Un impôt contre le mensonge, tu vois ?

– Et la police ?

– Tu crois vraiment que Valentin va réussir à leur expliquer ce qui s'est passé ?

– Non.

– Eh bien voilà. Tu as tout compris. En plus, on n'a pas de casier judiciaire. On s'est toujours bien tenus.

Enfin, surtout elle. En ce qui le concernait, c'était plus sophistiqué que ce que cette idiote était capable d'imaginer. Il attendait avec impatience le moment où leurs routes se sépareraient. Le simple fait de l'entendre respirer à ses côtés était une torture.

– Tu crois, Lucien ? J'ai peur de la police. Ils sont très forts.

– Pour eux, on n'est pas intéressants. Toi, tu as un boulot normal et tu partages la bergerie avec moi. C'est tout. Et qu'est-ce que j'ai fait de mal officiellement ? Travailler au noir pour Alice, la belle affaire. Mais ça m'arrange.

– Pourquoi ?

– Parce que ça justifie que je n'aie pas trop envie de leur parler. Je ne voudrais pas te presser, mais le train va partir, ma Lisa. On se retrouve chez nous. D'accord ?

– T'es sûr que ça va bien se passer ?

– Sûr. Je t'aime, ma belle.

– Moi aussi.

– Je sais. Et c'est ça qui compte.

Ils montèrent enfin dans le train. Le crétin était docile et Lisa avait fini de se triturer les neurones. À travers la vitre, il la vit déplier la tablette du siège de Valentin pour y déposer son billet. Le contrôleur n'entrerait pas dans une interaction compliquée avec lui.

Le train commença à s'éloigner.

Lucien se tourna vers Willy et lui sourit. Assis sur le quai, sage comme une image, il attendait que son maître décide de lever le camp.

– On va avoir la grande vie, mon bon chien. Je te le garantis.

Prochaine étape, récupérer la voiture de Lisa. Ensuite, cap sur la Bourgogne.

Il en avait sa claque de cette ville de snobs et d'excités.

55

Barnier

Barnier sortit de chez escapamour.com et entra au café du coin. Il avait besoin d'un double expresso et d'un moment de réflexion. Il s'installa au fond de la salle, face à la rue comme à son habitude, et consulta ses messages. Maze lui en avait envoyé trois. Dans le premier, il lui disait qu'il ne comprenait pas pourquoi il lui infligeait « cette dureté ».

Il effaça ce texto et les autres sans les lire, but son café en essayant de gommer le visage qui dansait devant ses yeux. La nuit, il ne rêvait plus de lui. Ou du moins, ne se souvenait de rien au réveil. Un progrès. Il parviendrait à l'évacuer de ses pensées.

Il se concentra sur l'entretien qu'il venait d'avoir avec Mathieu Villebon. Le partenaire d'Alice Kléber ne la portait pas dans son cœur. D'après lui, elle se considérait comme « la reine incontestée du business de l'adultère ». Peu équilibrée, elle menait une vie de recluse « qui lui avait embrouillé l'esprit ». Ses rapports avec son beau-frère n'étaient « pas plus sains que ceux qu'elle entretenait en général avec le genre humain ». Salomé jugeait sa tante « envahissante avec ses conseils ». Villebon avait reçu un Pierre Jolain profondément déprimé, en quête de réponses, et qui n'avait pas caché à quel point il méprisait la façon qu'avait Kléber de gagner sa vie.

Peu de temps avant sa mort, Kléber était venue insulter Villebon, parce qu'il avait accordé une interview à Salomé. Elle était accompagnée d'un « jeune type mal fagoté, aux cheveux bruns et drus comme de la laine ». Amant, parent ou client de lovalibi.com, ce type silencieux ne s'était pas mêlé de leur querelle. Elle lui avait « arraché son magazine des mains avant de le lancer en l'air ». Il l'avait suivie « comme un brave clébard ».

D'après Villebon, Kléber avait ses moments de folie. Le dernier en date était son installation dans l'hôtel près duquel était morte sa nièce. Elle avait exigé d'y être logée sous peine de suicider Villebon médiatiquement.

Barnier entendit la petite sonnerie annonçant la réception d'un message. Il leva le nez de ses notes et consulta son smartphone. Maze lui avait envoyé une photo. Barnier céda à la curiosité.

Un selfie.

En arrière-fond, la grande roue scintillante du manège de la Concorde. Maze s'était donc photographié sur le pont Alexandre-III, le plus beau de Paris. Mélancolique, regard brillant, il regardait l'objectif. Fier, pas suppliant. Un défi silencieux.

Barnier ravala sa salive. Cette photo, il fallait la supprimer. Immédiatement. Son pouce sur le torse de Maze. Juste un glissement et son visage serait anéanti.

Il n'y arrivait pas. On verrait ça plus tard. Le téléphone fut rempoché.

Vite, agir, se propulser quelque part. Il décida de retourner à l'hôtel de la Licorne. Pourquoi Kléber avait-elle tenu à s'y installer ?

*

Le réceptionniste le reconnut mais dissimula son mécontentement. Il avait sa livrée crème, son ventre ensanglanté, son sourire professionnel. Il confirma le séjour de Kléber pour trois nuits. La note avait été réglée par le gérant d'escapamour.com. Il évoqua une rapide altercation entre Kléber et le père de Salomé. La photo de ce concierge de palace au physique très particulier était passée récemment sur TV24. Après sa mort.

– C'est une hécatombe, osa l'employé.

– Vous avez entendu ce qu'ils se disaient ?

– Non. Ils étaient furieux mais tentaient de se maîtriser. Le jeune homme avait l'air embêté.

– Quel jeune homme ?

– Il est passé deux fois. La seconde pour prendre le thé avec Mme Kléber. Entre vingt et vingt-cinq ans, courts cheveux sombres, peau pâle, habillé sport.

– Ils partageaient la même chambre ?

– Non.

La description collait à celle de l'inconnu qui accompagnait Kléber chez Villebon. Une relation de business ? Il appela Catherine Jolain. Elle déclara ne connaître personne dans l'entourage de sa sœur. « Alice gérait seule son affaire. »

Barnier mit fin à la communication, réfléchit un instant et demanda à revoir la chambre. Le réceptionniste lui tendit la carte magnétique sans faire de commentaires.

Il entra, apprécia le parfum floral qu'il n'avait pas oublié. Et se revit avec son lieutenant dans ce lieu hors du temps. Entendit sa voix souriante. « Si je pouvais, je prendrais bien une douche. »

Il fit apparaître son visage sur son smartphone, l'observa pendant une longue minute, hésita à balancer le selfie. Renonça une nouvelle fois.

Pas encore.

Il s'allongea en veillant à ne pas souiller le dessus-de-lit duveteux et immaculé.

Salomé, Kléber, Villebon et un jeune inconnu. Quel lien ?

Il appela Le Goff et lui demanda de lui détailler les liens d'Alice et de sa nièce. Il apprit ainsi que la tante avait un anévrisme.

– Elle savait qu'elle allait mourir. Dans un mois, dans un an. Alors elle se projetait dans Salomé. Elle avait fait d'elle son héritière.

– Et comment Salomé vivait-elle ça ?

– Elle n'avait pas envie de la contredire. J'imagine qu'hériter ne lui déplaisait pas. Mais elle ne se voyait pas vivre à la campagne. Dans la vieille maison des Kléber.

– Elle se voyait où ?

– À Paris. Devenue une journaliste de premier plan.

Concernant le jeune homme aux cheveux bruns, Le Goff l'avait vu qui accompagnait Alice à l'enterrement. Il misait sur un amant de passage.

– Pourquoi de passage ?

– Alice, maladie oblige, ne voulait pas ou ne pouvait pas s'attacher. Elle collectionnait les aventures sans lendemain.

– Vous la connaissiez bien.

– Elle avait été une amie proche. Jusqu'à ce que les circonstances de la vie nous éloignent. C'est affreux ce qui lui est arrivé.

Barnier quitta l'hôtel et rejoignit le square où la jeune fille avait trouvé la mort. Autour du bac à sable, quelques mères surveillaient leurs enfants.

Il se souvint du temps où sa femme et lui emmenaient leur fils jouer dans les espaces verts de leur quartier. C'était des siècles auparavant. Il remonta en voiture. Avant de mettre le contact, il pensa que le lendemain Maze boxerait à l'aube.

56

Lucien

Mercredi 2 novembre

Ils s'étaient accordé une longue balade. Willy était plus crotté qu'un sanglier, il lui fallait un bain.

Quand il sortit le baquet dans la cour, Valentin arriva à fond de train pour aider. Lucien lui confia la brosse et le savon. Willy se laissa faire.

Ça commençait bien. Le débile avait repris ses esprits. Il ne se souvenait pas d'être monté dans la voiture et n'avait pas conscience d'avoir été drogué. Il avait suffi de lui dire que son long sommeil était à mettre sur le coup de la fatigue. Ça l'avait un peu perturbé, mais Lisa avait su le calmer. Finalement, l'étrange affection qu'elle éprouvait pour lui était très utile.

– Pourquoi je dors dans la grande maison d'Alice et pas avec vous dans la bergerie ? Je me sens seul, Lucien.

Toujours ces questions horripilantes.

– C'est trop petit dans la bergerie, Valentin. Et puis, je t'ai donné la belle chambre de Salomé. Je l'ai vue, ce matin. Elle m'est apparue dans la grange.

– C'est vrai ?

– Oui. Elle est contente de te prêter sa chambre.

L'attardé était aussi passionnant qu'un rouleau de papier cul. Mais il avait son utilité. Ce serait un bon bouclier.

– Je viens de téléphoner à Dorine. Elle est d'accord pour que tu restes quelques jours en vacances avec nous.

– Elle n'est pas fâchée ?

– Au contraire. Elle est très contente pour toi.

– C'est vrai ?

– Puisque je te le dis. Tu prends le bon air, tu manges bien, tu t'amuses avec Willy. Lisa t'apprend la cuisine…

– On est bien ici, mais Dorine me manque.

– Je peux lui proposer de venir nous voir.

– Tu ferais ça ?

– Il y a de la place pour tout le monde, ici. Enfin, pour les gens sympas. On ne va pas inviter la planète entière, non plus.

Le moment bien mérité de l'apéritif arriva vite. Fini le temps où il fallait prendre le thé comme une gonzesse avec Alice.

Détour par la cave du grand-père Kléber pour y pêcher une bonne bouteille, et Lucien put enfin apprécier le feu de cheminée dans la bergerie. Lisa avait utilisé Valentin pour transbahuter les bûches. Ce débile lui obéissait.

Lui aussi ferait de cet abruti de la pâte à modeler.

Le dernier plan était improvisé, mais sacrément bon. Offrir Valentin, si facile à manipuler, sur un plateau d'argent à la police.

Une idée baroque, mais géniale. Envoyer la vidéo aux flics dans le bon timing. Elle montrait Valentin en action. Il entrait dans le square et surprenait Salomé avant d'encaisser sa colère avinée et de réagir. On le voyait de dos et on pouvait croire qu'au lieu de la pousser il l'avait frappée avec la bouteille. Impossible de savoir qu'elle était seulement dans les vapes.

Le débile s'était pointé au bon moment au bon endroit.

Lucien l'avait repéré qui attendait comme lui devant l'hôtel. Un cadeau du hasard, qu'il avait immortalisé avec sa caméra. Sans trop savoir ce qu'il en tirerait.

Il était là pour piéger Le Goff. Au lieu de ça, il avait eu Valentin cognant Salomé. Un agneau, superbement con.

Toujours être prêt à s'adapter, à bâtir un scénario meilleur que le précédent. C'était ce qu'Alice lui avait appris. Elle en connaissait un rayon. Elle aurait pu être une assez bonne Joueuse.

57

Barnier

Samedi 3 novembre

Le couple l'attendait dans son bureau, Barnier pressa le pas. Mauvaise surprise, Maze était dans la place. Décontracté, bras croisés, une fesse sur le rebord de la fenêtre, les cheveux ensoleillés par la rue. Barnier était coincé, impossible de le virer devant les Le Goff.

Menue, jolie, recroquevillée sur la chaise, Dorine Le Goff était écrasée par l'inquiétude. Lui était impérial. Mâle alpha, homme important, le grand jeu. Barnier se sentait aux antipodes de ce type ; si son fils avait disparu, il n'en mènerait pas large. Mais, en même temps, Valentin n'était pas le fils du patron de TV24.

Le Goff répéta ce qu'il avait dit au téléphone. Plus de nouvelles depuis jeudi, et Valentin avait laissé son téléphone portable au Vésinet. Il était parti sans argent et sans papiers. Seuls son bonnet, son caban et ses gants manquaient. Aucun signe inquiétant dans la maison.

– Il a déjà fugué ?

– Non, répondit Le Goff.

– Si, intervint sa femme. Après notre agression rue de Rivoli. Valentin et moi avions été hospitalisés. Il s'est sauvé de l'hôpital. Nous l'avons retrouvé au Vésinet.

Barnier se souvenait de l'air absent du jeune gars lorsqu'il avait tenté de le faire parler.

– Depuis, il était perturbé, poursuivit Dorine. Et la mort de Salomé l'a touché bien plus que ce que l'on croyait…

– Ça n'a peut-être rien à voir, la coupa son mari. Valentin est fragile.

– Vous avez appelé votre famille, vos amis ?

– Oui, il n'est nulle part, répliqua Le Goff.

– Il aurait dû me rejoindre au Louvre, ajouta Dorine. Il est allé de TV24 au Vésinet. Ensuite, plus de nouvelles.

Barnier leur demanda des précisions mais n'obtint aucune information utile. Il récupéra une photo, annonça qu'on lançait un avis de recherche.

Après le départ du couple, Maze s'attarda.

– J'ai du nouveau. J'ai revu la vidéo de Salomé. Il y a un son.

– De quoi tu parles ?

– Un bruit ténu. Une quatrième personne se trouvait dans la chambre d'hôtel. Quelqu'un de silencieux. Mais qui a bougé, à un moment donné.

Ça ne pouvait pas être un technicien de TV24. Le Goff et son rédacteur en chef avaient précisé que les reporters travaillaient en solo.

– J'en suis certain, continua le lieutenant. J'ai réécouté dix fois le passage. Alors, j'ai essayé de contacter Guy Sabatier. Il est en réunion. On m'a dit qu'il aurait fini dans une heure. On y va ?

– J'y vais. Toi, tu fais ce qu'il faut pour l'avis de recherche.

– N'importe qui peut faire ça.

– Et tu n'es pas n'importe qui, c'est ça ?

Barnier sentit qu'il l'avait blessé. Il se sentit sale. Une émotion d'une seconde qu'il broya en pensant à Catherine Jolain, en boule sur son canapé. « Il faut que vous y alliez pour tout remuer. Je veux que vous trouviez. Vous m'entendez ? »

– C'est probablement une fugue, reprit-il d'un ton neutre. Mais si la disparition du gamin a un quelconque rapport avec la mort de Salomé, il faut le savoir. OK ?

– Entendu.

Barnier se disait qu'il s'était peut-être planté là aussi. Valentin lui avait semblé inoffensif, trop diminué pour être sur la liste des suspects. Du coup, on n'avait pas vérifié son emploi du temps.

– Attends, reprit Maze.

– Quoi encore ?

– Tu es d'accord avec moi, ce gamin n'a ni la carrure ni le QI pour avoir tué Salomé ? Et il est gaucher, en plus. Le légiste a bien précisé que Salomé avait été frappée par un droitier.

– Comment sais-tu qu'il est gaucher ?

– Je m'en suis aperçu à l'hôpital. Quand il a bu de l'eau à la bouteille.

Perturbé ou pas par la glaciation de leur relation, il carburait toujours aussi vite.

– Pour la carrure, on est d'accord. Pour le mental, il faudrait interroger un psy.

Maze préparait déjà une réplique. Barnier prit la fuite.

*

Guy Sabatier sirotait une bière dans son café favori. Il avait desserré sa cravate et regardait le match de hand-ball féminin sur la télé fixée au-dessus du comptoir.

– Des tueuses, lâcha-t-il. Quelle santé !

Barnier n'en avait rien à secouer de ses commentaires sportifs. Il attaqua direct sur la vidéo. Sabatier lui confirma que Salomé était accompagnée.

– Par un type que je connais. Lucien.

– Un nom de famille ?

– Non. Je ne lui ai jamais demandé.

– Vous l'avez connu comment ?

– C'était lui qui nous avait branchés avec Salomé Jolain.

– Comment ça ?

– Il travaille pour lovalibi.com. Il était intervenu pour jouer le rôle d'un collègue de travail auprès du mari de Noémie. Très doué pour la comédie.

– Vous auriez dû nous parler de lui. Dès le début.

– Qu'est-ce qu'il aurait à voir dans la mort de la journaliste ? C'est un gars sympa. Un bon pro.

– Il était en quels termes avec elle ?

– Amicaux. Relax. Rien de spécial.

– Et qu'est-ce qu'il faisait là ?

– Je ne lui ai pas demandé. Il voulait peut-être vérifier que Salomé serait correcte avec ses clients. Non ?

Il racontait ça comme une bonne blague. C'était navrant. Barnier garda son calme et pressura l'abruti. Il obtint une description : moins de vingt-cinq ans, taille moyenne, chevelure courte mais épaisse, presque noire. Il apprit que le *bon pro* vivait à la campagne.

– Où ça ?

– Alors, ça… Je ne sais même pas où est implantée la boîte. Aucun intérêt en ce qui me concerne. Ça fonctionne sur toute la France, c'est ce qui compte. Ils sont où ça leur chante.

Une fois dans la Renault, Barnier fixa la rue sans la voir. Le siège de lovalibi.com se trouvait en Bourgogne, les Jolain le lui avaient dit. Il appela la gendarmerie locale et obtint l'adresse.

Le jeune homme aux cheveux foncés apparaissait régulièrement dans les témoignages. Aux côtés d'Alice. Et de Salomé. Il n'était pas dépeint comme un type agressif, il évoluait à visage découvert. Mais Barnier sentait les dents d'une fourchette lui titiller le plexus solaire. Et cela faisait des siècles qu'il n'avait pas éprouvé cette sensation.

58
Valentin

Il pleut. Ça chante contre les vitres. Valentin et Willy se tiennent compagnie et gardent la propriété. Une « grande responsabilité », car ils doivent faire « attention aux voleurs ». Lucien est parti déposer Lisa à l'épicerie avec la voiture bleue.

Valentin a encore un peu mal à la tête. Lucien lui a expliqué qu'il avait pris le train seul pour venir les voir. Valentin ne s'en souvient pas. Mais seulement de s'être réveillé à la campagne. Dans la chambre de Salomé.

Aujourd'hui, il se promène dans la grande maison. C'est bien d'avoir le droit de regarder et toucher. Les meubles sont beaux comme au Vésinet. Et il y a beaucoup de tableaux.

La pluie s'est arrêtée et le soleil revient. Il a la couleur du beurre et doit être bien chaud. Valentin piétine les flaques et regarde les traces que ses semelles laissent sur les pavés de la cour. Elles sont grandes. Bien plus que celles que Watteau oublie parfois dans la neige.

Il pense soudain à ce qu'a dit Alexandre. « Au moins un point positif, Valentin n'a pas laissé de trace dans ce square. »

Valentin n'oublie jamais ce que disent les gens. Il se souvient aussi des paroles de Dorine. « Ça ne peut pas être toi… Oh, mon chéri, Dieu merci ! »

Mais Lucien répète que c'est bien Valentin qui a tué Salomé.

Qui a raison ?

C'est sûrement Lucien. Parce qu'il est le seul à savoir qu'elle parle et danse dans les airs. Même si elle ne lui apparaît plus depuis l'enterrement, Valentin ne peut pas l'oublier. *« Il faut que tu nous aides. »*

Il y a beaucoup de livres ici, mais Valentin n'aime pas lire. Dans la salle de bains d'Alice, une baignoire prend beaucoup de place. Un hippopotame pourrait y prendre un bain. Ça sent bon. Il ouvre des pots et flaire les odeurs. Elles ont des couleurs douces.

Arrivé devant la cheminée vide, il se dit qu'il aimerait bien y faire un feu. Lucien ne lui a pas donné l'autorisation. Dommage. Dorine lui a appris à en faire de beaux, qui ne font pas de fumée. Créer le feu, c'est quelque chose qui lui plaît vraiment. Comme de regarder les animaux vivre ou la pluie tomber.

Une canne-épée longue comme une couleuvre est posée sur la cheminée. Dorine en a une dans son atelier. Elle lui a expliqué que, dans le temps, les gens devaient se défendre des voleurs. « Les rues, très mal éclairées, n'étaient pas sûres. » La canne-épée, c'est un cadeau d'Alexandre, elle date du XVIIIe siècle. « Tu vois son pommeau d'argent, Valentin, quand on tire dessus, ça devient une arme. »

Comment s'appelaient les rues mal éclairées du siècle des Lumières, déjà ? Ah, oui. « Des coupe-gorge. »

Il prend la canne-épée d'Alice. Elle est aussi belle et grande que celle de Dorine. Il tire sur le pommeau. Ça glisse bien.

Ça y est, il a une lame en main. C'est ce qu'il faut à un gardien pour chasser les voleurs.

Il attend. Le tic-tac de la pendule résonne. Les oiseaux chantent dans le jardin. Et l'eau dans les radiateurs. Par la fenêtre, le vent force les arbres à agiter leurs branches.

Ah, il sait ce qu'il va faire, il va s'entraîner dehors. Sur les branches, les feuilles. Il a vu les aventures du chevalier de Pardaillan avec Dorine, qui n'aime que les vieux films. Il apprendra à se servir de son épée aussi bien que le chevalier.

*

Il a aiguisé l'épée avec la pierre qu'Alice utilise pour ses couteaux de cuisine. Willy aboie quand il le voit trancher des branches et tuer le vieux pneu du garage.

Mais Valentin commence à en avoir assez. Il est fatigué. Lisa n'est pas rentrée, Lucien non plus. Il aimerait avoir son portable pour appeler Dorine. Impossible d'utiliser le téléphone de la maison, Valentin ne connaît pas le numéro de Dorine par cœur.

Il part s'allonger dans la grange, et laisse la porte ouverte pour entendre le moteur de la voiture bleue. Une des couvertures de Lucien lui fait un bon lit. Willy s'installe à ses côtés, tête sur les pattes. Valentin sent que ses yeux veulent se fermer. Comme les stores de sa chambre au Vésinet.

*

Il se réveille. Des voix.

Son rêve danse encore dans sa mémoire. Il faisait du cheval sur Panigure. En costume du siècle des Lumières, sa canne-épée accrochée à sa ceinture. Watteau faisait le chapeau, enroulé sur sa tête. Le cheval caramel galopait dans le ciel bleu, il y avait beaucoup d'étoiles. C'était le jour. Ou c'était la nuit ?

Des gens se disputent. C'est qui ? Ça vient d'où ? Valentin s'inquiète et regarde Willy. Willy n'a pas peur, il est content, il s'étire et secoue son costume de poils. Alors Valentin se dit que tout va bien.

La voiture de Lisa est dans la cour.

C'est eux qui se disputent.

Valentin reste debout, droit comme un I dans la grange. Droit comme deux I plutôt puisqu'il a sa canne-épée à la main, plaquée contre sa jambe. Il ferme les yeux et écoute. Comme une taupe cachée dans sa galerie, qui ne voit rien, mais entend très bien.

Lisa n'est pas contente.

– Tu profites de lui. Mais c'est un pauvre gars, tu vois bien. Il a rien fait de mal. C'est pas comme cette chieuse d'Alice.

– Moins fort, tu veux bien !

Willy court faire la fête à ses maîtres.

La main sur le pommeau d'argent de la canne-épée, Valentin ne bouge pas. De qui parle Lisa ?

59

Barnier

Samedi 5 novembre

Quitte à ne pas dormir, autant se lever et partir à l'aube. Barnier avait pris l'autoroute. Il la quitta à Auxerre, admira la ville en vitesse, s'arrêta dans le premier café-restaurant venu pour une eau minérale et un sandwich. Il étudia le trajet sur son smartphone. La gendarmerie se trouvait à Saint-Arnold-en-Puisaye, à une quarantaine de minutes par la départementale.

Il repartit et s'enfonça dans une campagne superbe. Des amas de brume flottaient au-dessus des étangs. De belles bâtisses émergeaient de terres grasses et odorantes. La route, sinueuse, était une langue couleur de plomb qui se faufilait dans la riche masse des champs et des bosquets.

Contraste total en touchant au but. Un immeuble banal où les lettres *Gendarmerie nationale* étaient collées de travers et dégoulinaient sur le béton.

Une moto noire et rouge arriva à vive allure, ralentit, accéléra et se fondit dans la verdure. C'était le seul bruit dans l'épaisseur d'un silence qui faisait presque peur.

Le capitaine qui avait enquêté sur la mort de Kléber et de Jolain l'accueillit avec une certaine froideur. En se faisant prier, il répéta les infos déjà communiquées par téléphone. La gendarmerie avait été alertée par le locataire d'Alice Kléber, Lucien Martel, qui logeait dans la bergerie attenante à la propriété. Sa compagne et lui avaient été réveillés en pleine nuit par une détonation et les aboiements du chien. Un deuxième coup de feu avait retenti, suivi, quelques minutes plus tard, par un troisième. La baie donnant sur le parc était ouverte, un feu de cheminée éclairait le salon. Deux corps baignaient dans leur sang. Martel avait identifié sa propriétaire. L'autre individu lui était inconnu. L'enquête avait confirmé les dires des locataires de Kléber.

Barnier voulut des détails. Le capitaine à la triste figure déclara que l'équipe scientifique n'avait pas fini son rapport. « Désolé, mais ici on ne sait pas faire des miracles. » Barnier insista. Le gendarme obtempéra. De mauvaise grâce.

L'arme employée était la même pour les deux victimes. Un Walther PP, datant des années trente. On ignorait sa provenance, et comment Pierre Jolain se l'était procuré. A priori, on tablait sur un meurtre suivi d'un suicide. Jolain avait pu tirer sur le téléviseur, abattre Kléber puis retourner l'arme contre lui.

Barnier n'avait pas envie de se coltiner un type en pleine crise d'antiparisianisme primaire.

Il écourta l'échange et partit à la recherche d'un hôtel. Un gîte rural à quelques kilomètres fit l'affaire. Une aimable quadra blonde en gros pull de laine et bottes de cheval l'accueillit dans une vaste propriété nichée au milieu d'un parc odorant. La chambre était confortable et spacieuse, il s'accorda une douche express et reprit la route.

La propriété d'Alice Kléber, isolée en pleine nature, se trouvait à une dizaine de kilomètres. On y accédait par un long sentier. Pas étonnant que les voisins n'aient pas entendu les coups de feu.

La grille était ouverte sur une vaste cour pavée. Barnier s'y parqua et sonna à la porte de la bâtisse principale, une somptueuse maison de pierres et de briques. Pas de réponse. Et personne n'était venu y mettre des scellés.

En provenance de l'annexe, la bergerie dont avait parlé le capitaine de gendarmerie, il entendit le son lointain d'une chaîne de radio ou de télé.

Une jeune fille au regard bovin et aux joues rondes vint lui ouvrir.

– Brigade criminelle, commandant Barnier. J'aimerais parler à Lucien Martel.

– Il est pas là.

À bien la regarder, on se disait qu'elle aurait fait une bonne catcheuse. Il insista. Elle lui répondit que son compagnon était parti au travail.

– Quand sera-t-il de retour ?

– Je sais pas.

– Vous vivez avec lui et vous ne savez pas.

– Il reviendra ce soir. Pour manger.

– Vous dînez à quelle heure ?

– Vers 8 heures. Ça dépend du travail de Lucien.

– Il fait quoi comme métier ?

Barnier crut entendre les rouages qui tournaient dans sa tête.

– Il retape des maisons.

– Vous pouvez me raconter ce qui s'est passé, la nuit où Mme Kléber a été tuée ?

– J'ai eu trop peur. Je suis restée au lit.

Cette fois, elle n'avait pas hésité une seconde. Trop rapide. À sa demande, elle recula pour le laisser passer. C'était un bel espace, meublé convenablement, bien rangé et doté d'une cheminée. Une odeur de ragoût flottait dans l'air. Il fit le tour du deux-pièces. Personne et rien à signaler.

– La maison d'Alice Kléber est ouverte ?

– Non.

– Montrez-la-moi.

– C'est pas chez moi…

– Je m'en doute. Montrez-la-moi quand même.

– J'ai pas beaucoup de temps. Faut que je retourne à l'épicerie.

– Je ferai vite.

L'air contrarié, elle fixa le contenu de son assiette qui refroidissait, et prit un trousseau de clés sur le buffet.

Barnier fit le tour du propriétaire. Constat, Alice Kléber avait vécu très confortablement dans un environnement superbe.

– Donnez-moi le téléphone de votre ami.

Elle le regarda d'un air ahuri et lui récita un numéro qu'il enregistra dans son smartphone. Il appela, tomba sur le répondeur de Martel, laissa un message lui demandant de le joindre au plus vite.

– Je repasserai ce soir. Dites-lui de se tenir à ma disposition.

– D'accord.

Quand Barnier rentra au gîte, le soleil glissait sur les arbres géants et une moto noire à réservoir rouge était garée dans la cour. Il tiqua. C'était peut-être celle qu'il avait vue à deux reprises. À Auxerre, puis devant la gendarmerie.

Non loin, un bruit de galop. Il s'avança et aperçut la gérante montant un cheval roux et blanc. Dépendant des moments, la vie devait être à la fois chiante et passionnante ici.

Pas d'appel de Lucien Martel.

Il était fourbu. Une courte sieste s'imposait avant de repartir l'interroger.

La porte de sa chambre n'était pas fermée. Il dégagea son arme de son holster et entra prudemment. Un casque de motard et un blouson de cuir étaient abandonnés sur le fauteuil. La douche crépitait.

De la vapeur s'échappait de la cabine, des vêtements étaient posés sur la baignoire. Il discerna le scintillement des bagues d'argent à travers le panneau de verre embué.

Marche arrière. Il attendit, assis sur le rebord du lit.

Maze arriva, emballé dans un peignoir et se frottant les cheveux avec une serviette. Il s'immobilisa, se mordit les lèvres, lâcha un sourire. Ce culot insensé.

– Qu'est-ce que tu fous là ?

– Ce que tu voudras.

– Je ne veux rien.

– Faux.

– Comment t'es entré ?

– Avec une carte de flic, on entre partout. Et j'ai dit la vérité. Que tu étais mon partenaire.

Il le rendait dingue. Il avança en dénouant la ceinture du peignoir. Et abandonna ce foutu peignoir sur le parquet en le regardant droit dans les yeux. Son corps musclé, frémissant. Son visage inouï. S'il n'avait pas eu la force de l'effacer de son téléphone, cela signifiait qu'il n'aurait la force de rien.

Maze se plaqua contre son torse. Leurs bouches entrouvertes, là, à quelques centimètres l'une de l'autre.

Maze était une planète, lui un trou noir, ils allaient entrer en collision.

La langue dans sa bouche. Tendre, rapide. Un lézard de douceur.

Sa moelle épinière prit feu.

60

Lucien

Un flic. Arrivé plus tôt que prévu dans la partie. La gendarmerie avait pourtant fait son boulot. Qu'est-ce qu'il leur voulait au juste ?

Lisa lui avait raconté leur vie. D'habitude quasi muette, la voilà qui s'était mise à bavasser. Elle lui avait montré la maison d'Alice.

Coup de chance, Valentin avait passé la journée avec Lucien. Si le commandant Barnier l'avait découvert, ça aurait été la panique.

Trouver une solution. Vite. C'était faisable. Il fallait juste se concentrer.

Son crâne était en surchauffe. Quand Alice lui massacrait les nerfs, il allait hurler à pleins poumons au bord de l'étang désert. Depuis un moment, avec Lisa, les cris ne suffisaient plus. Lui coller une bonne baffe non plus, apparemment.

Un boulet. Elle chialait, affalée sur la chaise de la cuisine. Il lui en avait balancé une. C'était venu comme ça. Une envie trop longtemps réprimée. C'était la première fois qu'il levait la main sur elle. Erreur stratégique.

Et la voilà qui se mouchait. Il détestait voir les gens se moucher. Ou se laver les dents. Ou pisser porte ouverte. Lisa faisait ça. Il avait beau lui répéter que c'était dégueulasse, elle s'en foutait.

– Tu m'as frappée ! Pourquoi ?

Il se bricola une gueule dévastée par la honte.

– Pardon, ma belle, ça n'arrivera plus. Je suis à cran ces derniers temps.

– T'avais dit que t'allais te marier avec moi. Mais tu voulais Salomé, hein, c'est ça ?

– Je t'ai expliqué le plan. J'épousais Salomé pour hériter. Ensuite, toi et moi, on se partageait le fric.

– Elle te l'aurait pas donné !

Jusqu'à présent, elle lui obéissait. Ces derniers temps, elle n'arrêtait pas de le contredire.

– Si. Je l'aurais forcée. Je fais peur quand je veux.

– C'est elle que t'aimais. Sinon, tu m'aurais pas battue.

Elle lui balança son verre à la figure. Raté. Il se fracassa sur les tomettes. Panique. Il avait suffi que ce flic débarque à l'improviste pour qu'elle explose en plein vol.

Elle allait le dénoncer. Après tout, elle n'avait tué personne. À part le canasson. Parce qu'il le lui avait demandé en prétendant que ça mettrait Le Goff en condition. Lisa n'avait pas saisi qu'il en voulait à mort à ce type de lui avoir pris Salomé. Elle ne savait pas qu'il avait cogné sa femme et son beau-frère à la sortie du Louvre. Pour terroriser la famille, pour mettre Le Goff à genoux.

Deux allers-retours à fond la caisse, le même jour. Un pour Salomé. L'autre pour casser la gueule aux Le Goff. Et entre les deux, un apéro avec Alice, pour qu'elle témoigne de sa présence en cas de besoin.

Entre-temps, il avait mis sa moto à la casse. Personne pour imaginer qu'il s'était tapé des trajets express entre la Bourgogne et Paris.

Un système huilé. Mais il y avait un grain dans la mécanique.

Lisa. Qui flairait qu'il n'en avait jamais rien eu à foutre d'elle.

Il lui fallait une solution. Avant le retour de Barnier.

Pas facile.

Excitant.

La difficulté lui donnait de la force. Plus c'était compliqué, plus son cerveau carburait. Son imagination était une arme de destruction, elle le rendait invincible. C'était clair depuis son adolescence.

Très clair.

Son prénom, c'était un signe. Lucien, ça voulait dire *lumière* en latin. Celle qui finit toujours par montrer le chemin.

Comme d'habitude, Valentin se gavait de télé, dans la maison des Kléber, avec Willy.

Il fallait qu'on croie qu'il avait tué Lisa.

Parce qu'elle avait découvert qu'il était le meurtrier de Salomé.

Oui, une histoire qui tenait la route.

Une idée brillante de l'embarquer en Bourgogne pour l'avoir sous la main et le travailler au corps jusqu'à le persuader qu'il était un meurtrier. Lisa avait cru que le but était l'argent de Le Goff. Une histoire de rançon.

En réalité, il fallait que les gendarmes trouvent Valentin errant dans la maison d'Alice. Cette maison où allait si souvent Salomé. Salomé à laquelle Valentin était très attaché.

Bien sûr, il risquait de leur parler de lui. De l'invitation à la campagne. Mais ce serait sa parole contre la sienne. Celle d'un dingue qui avait des hallucinations. Un pauvre type qui avait agressé la victime et *oublié* de le dire à la police. Un idiot qui avait acheté un aller pour la Bourgogne et s'y était rendu en train.

Comme s'il voyageait seul, de son propre chef. Valentin en route vers le souvenir de Salomé. Sa meilleure amie.

Lisa avait ses bons côtés. Il suffisait de lui dire quoi faire. Une exécutante efficace. Dommage qu'elle veuille changer de style.

– Tu fais n'importe quoi, Lucien. J'ai peur.

– Tu as raison. J'ai eu les yeux plus gros que le ventre, et ça me rend dingue. Mais je t'adore, Lisa. Et je ne veux pas qu'on finisse en tôle.

– C'est toi qui as tué Salomé. Hein ? Dis-le !

– Mais, non, c'est Valentin. Tu le sais bien.

– Valentin est pas assez costaud.

– Tu as bien vu ma vidéo.

– On le voit pas la frapper à la tête.

– Mais si.

– Il est gentil, Valentin. Je le connais bien maintenant.

– C'est lui, je te dis.

– Non, c'est toi. Tu en voulais à Salomé. Elle t'avait jeté !

Mais qu'est-ce qui lui arrivait ? À croire que la claque lui avait remis la cervelle en fonctionnement. Bon, inutile de s'enferrer. Il fallait ajuster le plan.

– C'était un accident. Je n'ai jamais voulu la tuer.

– Ah, je le savais, Lucien.

– J'avais honte de te le dire… J'avais peur que tu ne m'aimes plus…

– Mais pourquoi t'as dit que c'était Valentin ?

– Tout ce que j'ai fait, c'était pour toi. Pour nous.

– Je te crois plus.

– Tu ne peux pas flancher, ma Lisa. Sinon, on perd tout. Tu comprends ?

– Tu mens à tout le monde.

Vite, s'agenouiller, l'œil suppliant. Vite, lui raconter des salades. Leur vie ne pouvait pas être foutue à cause d'un moment de colère. Un coup de folie. Elle pouvait le gifler à son tour, il ne la méritait pas. Il ne lui arrivait pas à la cheville, mais si elle voulait bien l'aider, il serait capable de changer.

Allez, une main sur sa cuisse, un glissement sous sa jupe, une remontée vers sa chatte. Il avait ses chances. Si ses jambes s'écartaient, il gagnait la partie.

L'idiote s'ouvrit comme un pont-levis, et il la besogna tout en lui roulant une pelle. Il la sentit se ramollir, mer d'huile et soupirs.

Il lui fit son affaire sur la table de la cuisine.

*

– Viens, on va retrouver Valentin, proposa-t-il en se rhabillant.

Le temps pressait. Le flic avait dit qu'il repasserait dans la soirée.

– Tu vas le laisser tranquille, hein ? On va le ramener chez lui.

– Oui, tu as raison.

– Bien sûr, Lucien. C'était trop une histoire de fous, ton truc. Valentin et moi, dans le train. J'ai eu tellement peur que le contrôleur voie que j'étais avec lui. Et en plus, je comprenais pas ce que tu voulais vraiment.

– Avoir Valentin sous la main, je te l'ai dit. Pour que Le Goff paye une rançon. C'était une idée trop risquée, je le vois bien maintenant. Mais je n'ai jamais eu l'intention de lui faire du mal. Je l'aime bien, ce gamin.

– J'ai peur, Lucien.

– On est soudés, toi et moi, les flics n'ont rien à se mettre sous la dent. Pas besoin de sacrifier Valentin. Et ça va bien se passer pour nous. On dira qu'il a voulu nous suivre à la campagne. Après tout, c'est la vérité, non ?

– Il aime bien notre coin. Ça, c'est vrai.

– Je vais arrêter les conneries, Lisa. Je vais devenir un mec sérieux. Pour toi. Promis.

Qu'est-ce qu'elle s'imaginait ? Qu'elle avait voix au chapitre ? Mais c'était lui qui écrivait les scénarios. Et il irait jusqu'au bout de celui-là, parce qu'il puait le danger, le défi à relever, une odeur aussi forte que celle de la chatte de Lisa sur ses doigts.

Il était le metteur en scène. Le datamonde était son décor. Et il avait tous les acteurs qu'il voulait sous sa direction. Ce serait la plus excitante partie de tous les temps. Parce qu'elle mutait sans arrêt. Souplesse nécessaire. Ambition.

En parlant d'acteur, il était temps que Valentin joue sa grande scène. Il fallait balancer la vidéo le montrant en action.

*

Direction, la cuisine d'Alice. On allait se taper le champagne du grand-père Kléber. Pour un événement spécial. Le débile ne pouvait pas les entendre depuis le salon. Il avalait du dessin animé.

– On n'invite pas Valentin ?

– Il n'a pas l'âge de boire de l'alcool.

– Tu crois ?

– J'en suis sûr. Et puis, j'ai une surprise. Ça ne concerne que nous. Attends, je reviens.

– On n'allume pas la lumière ?

– Non, je veux des bougies. Cherches-en.

Il alla récupérer la bague d'Alice avec le saphir bleu. De retour dans la cuisine, il s'agenouilla une fois de plus face à Lisa (ça avait l'air de lui plaire) et lui tendit la boîte recouverte de velours noir. Elle l'ouvrit, découvrit la bague, bredouilla des niaiseries et tenta de la passer à son doigt. Évidemment, elle était trop petite.

– Oh, elle me va pas.

– On la fera élargir. Ne t'inquiète pas. Maintenant, assez parlé. Je veux faire la fête. Sers-nous ce foutu champagne.

Il enfila ses gants sous la table.

Elle ouvrit le réfrigérateur et se pencha dans la tranche de lumière. Parfait. Elle cherchait la bouteille. Qui n'existait pas. Il savait où trouver la lourde marmite en fonte qu'elle avait utilisée, le jour où elle avait voulu apprendre à Valentin à faire du ragoût. Le débile n'avait rien compris, mais avait foutu ses doigts partout.

Il se redressa, couvercle en main.

– Je trouve pas la bouteille, dit-elle.

Il lui fracassa le crâne. Jusqu'à ce que l'arrière de sa tête soit en charpie.

Elle n'avait pas eu le temps d'émettre un son. Super-timing.

Il s'accorda le temps de reprendre son souffle.

Sa rage s'était échappée. L'adrénaline avait la pureté de la foudre. Tout ce temps avec cette connasse. Il avait morflé. C'était fini.

Lisa, bienvenue au club.

Il abandonna le couvercle sur la table, rempocha la bague et remarqua le sang sur son pull.

Il ressortit sans bruit de la maison.

Vite, chercher une fringue de rechange, remonter à bord de la guimbarde de Lisa, dégager en douceur et en vitesse. Projet, boire un coup au bourg, se glisser parmi les compères habituels, déjà bourrés à cette heure-là. Habitués, serveur, patron. Merci, la confrérie des alcoolos. Personne ne saurait le contredire quand il communiquerait son heure d'arrivée dans son bistrot favori à la police.

Il se changea, fourra le pull souillé dans un sac en plastique, sortit de la bergerie et se dirigea vers la voiture. Il ouvrit la portière.

Willy jaillit dans ses jambes.

Des pas sur les pavés.

Valentin le regardait. Raide comme un piquet, bouche tordue. C'était un bâton, qu'il avait dans la main gauche ?

– POURQUOI T'AS FAIT DU MAL À LISA ? POURQUOI ?

Lucien ne l'aurait jamais cru capable de beugler comme ça.

Il pensa à son Beretta. Scotché sous le siège de la bagnole.

61

Barnier

Le temps s'était compressé, mais Barnier avait le cerveau en expansion. Souvenirs gravés et mouvants à la fois, corps ravagé de caresses, sexe brûlant. Désir assouvi, mais il en voulait encore. Oui, il était intoxiqué, son sang avait changé de couleur, ses émotions étaient de la chair à vif, il ne touchait plus terre, mais c'était magnifique. Ils avaient passé un temps infini à faire l'amour.

Maze conduisait, la main de Barnier abandonnée sur sa cuisse. On arrivait dans le fief des Kléber plus tard que prévu.

Ils enfilèrent l'allée, remontèrent à petite vitesse vers la propriété. La grille ouverte. Une lumière au rez-de-chaussée de la grande maison.

Maze freina.

– Un endroit sublime.

Son visage était caressé par les rayons lunaires. Barnier toucha sa joue. Ils s'enlacèrent pour un long baiser. L'explosion se propagea de la bouche de Barnier jusqu'à son ventre.

– Il faut qu'on sorte. Sinon, je ne réponds plus de ce qui va se passer dans cette bagnole.

Maze lui décocha un sourire vainqueur. Il appuya sur l'accélérateur et franchit la grille.

La bergerie était plongée dans le noir, la porte de la vaste maison entrouverte. On entendait des voix.

Barnier sonna sans succès. Il entra, suivi par son lieutenant. Il appela, aucune réaction.

Le salon était éclairé, mais vide. Un feu brûlait dans la cheminée. La télévision était allumée, les bruits de voix provenaient de là. Au-delà des larges baies vitrées, les ombres des grands arbres. Maze, main en visière, plaqué contre la vitre, ausculta le parc. Aucune activité à signaler.

Barnier entra le premier dans la cuisine et alluma. L'odeur d'excréments lui sauta aux narines.

Elle était allongée sur le dos, les jambes dans un drôle d'angle, comme désarticulées. Yeux ouverts, auréole de sang, jupe et sous-vêtement souillés. La compagne de Lucien Martel.

Arme au poing, ils sécurisèrent les lieux. Barnier enfila une paire de gants fins et s'avança prudemment pour ne pas polluer la scène de crime. Il posa sa main à plat sur l'avant-bras de la victime. Sa peau était encore chaude.

Elle se faisait tuer quand j'étais à l'hôtel. Avec Maze. Ça s'est joué à peu.

Ils échangèrent un regard grave. Maze pensait comme lui.

Je n'ai pas eu le choix, se dit Barnier. On n'a pas eu le choix. *C'est toi et moi, maintenant. Quoi qu'il arrive.*

Sur la table, un couvercle de marmite en fonte. Au bord couvert de sang.

Le téléphone de Barnier vibra dans sa poche. Il reconnut la voix de Le Goff et mit le haut-parleur.

– À TV24, on vient de recevoir une vidéo…

– Quel genre ?

– Elle montre Valentin en train d'agresser Salomé. Dans le square… Mais ce n'est pas lui qui l'a tuée. Il s'était confié à ma femme et moi…

– Et c'est maintenant que vous me le dites !

– Ils se sont disputés, il l'a poussée. Elle était juste sonnée. C'est ensuite qu'elle a eu le crâne fracassé, par quelqu'un d'autre…

– Il n'y a pas trente-six solutions, Le Goff. Soit c'est Valentin. Soit il est un témoin essentiel. Dans les deux cas, vous avez fait obstruction à notre enquête. Balancez-moi cette vidéo.

– Je vous l'envoie à l'instant sur votre smartphone. Écoutez, ma famille et moi, on était dans la tempête médiatique. Je ne voulais pas en rajouter. Valentin n'a rien fait. Et n'a rien vu. Mais sa disparition est forcément liée à cette vidéo.

– C'est à moi d'en juger. Il y a encore quelque chose que vous me cachez ?

– Non, je vous ai dit tout ce que je savais. On vient de faire appel à des experts, ils cherchent la provenance de la vidéo. Je vous promets de vous tenir au courant.

– Je pensais plutôt à l'endroit où Valentin pourrait se trouver.

– Je n'en ai aucune idée, hélas.

– Lucien Martel, ça vous dit quelque chose ? Le locataire d'Alice Kléber en Bourgogne. Je vous avais déjà questionné à son sujet.

– Oui, et je vous avais répondu que je pensais à un amant de passage…

– Oui, eh bien ?

– Entre-temps, j'ai appris qu'il était venu voir ma femme au Vésinet.

Le Goff se lança dans une histoire de tableau ancien. Un cadeau pour l'anniversaire d'Alice. Le jeune homme l'avait apporté à Dorine Le Goff pour qu'elle le restaure.

– Il a été en contact avec Valentin ?

– Oui. Valentin était au Vésinet à ce moment-là. Vous pensez qu'il a quelque chose à voir… ?

– Je vous attends demain. À 8 heures précises dans mon bureau.

Barnier interrompit la conversation et attendit que la vidéo se télécharge.

Il la fit démarrer, ils se penchèrent sur l'écran. Salomé sortant de l'hôtel. Valentin la suivant dans le square. Plan rapproché sur leur altercation. Valentin de dos. Bagarre. Chute de Salomé.

– Difficile de savoir si c'est lui qui l'a frappée à mort, dit Maze.

– Mais il était bel et bien sur la scène de crime.

– Définitivement.

Barnier appela un officier de leur groupe, lui détailla les derniers développements et lui ordonna de mettre les bouchées doubles pour retrouver le jeune Valentin.

Ils inspectèrent la bergerie. Pas âme qui vive. Barnier téléphona au capitaine de gendarmerie. Celui-ci annonça qu'il arrivait avec une équipe.

– Vous savez où travaille Lucien Martel ?

– Il m'a dit être au chômage. On a vérifié. C'est vrai. Pas de casier. Jamais d'histoire. Il bricolait aussi pour Alice. Au noir, je crois. Son amie assurait pour deux, je crois. Elle était la caissière de l'épicerie du bourg.

– Mettez-moi un avis de recherche sur ce type.

– Mais, commandant…

– Maintenant. C'est urgent.

Ils revinrent dans la cour éclairée par les lumières de la maison. Maze désigna la grange. Barnier perçut à son tour une faible plainte. Celle d'un animal ? Maze courut récupérer la lampe torche dans la voiture et revint éclairer un golden retriever étendu sur le flanc, à côté d'une Jaguar.

Le chien gémit en leur faisant des yeux suppliants. Il respirait avec difficulté. Maze alla chercher de l'eau, lui rafraîchit le museau, le caressa en lui parlant avec douceur. L'animal avait une médaille gravée. *Willy Kléber*.

Au bout de quelques minutes, il se redressa, s'échappa de l'étreinte de Maze et fila dans la cour. Ils suivirent. Truffe au sol, frénétique, Willy tourna en tous sens avant de détaler sur l'allée.

Ils échangèrent un regard éclair et se précipitèrent. Maze mit le contact et s'engagea sur la piste du chien. Sa robe fauve ondulant dans les phares, il fila sur une centaine de mètres. Et bifurqua sur la droite pour s'engouffrer dans la verdure.

Maze roula jusqu'à l'endroit où il avait disparu. Un maigre sentier se fondait dans l'obscurité. Trop étroit pour y engager leur voiture. Ils abandonnèrent la Renault et partirent en courant.

62

Valentin

Valentin a peur. La nuit a une odeur de bête morte. Des crapauds crient des avertissements. Les buissons agitent leurs griffes.

Sa poitrine est gonflée, prête à éclater.

Il court quand même. Parce que les pas claquent derrière lui. Lucien crie entre ses dents. « Valentin ! Reviens ! Je vais t'expliquer. »

Non, pas envie de lui parler, Valentin veut juste aller où Lucien ne sera pas. Le seul endroit qu'il connaît, c'est l'étang au bord duquel il s'est promené avec Lisa et Willy. Il y a un gros arbre au large tronc, vide comme une cabane. On peut s'y cacher, et attendre le matin pour y voir clair et savoir quoi faire.

Sans son caban, son bonnet et ses gants, Valentin avait froid, mais maintenant il a trop chaud. Il n'a jamais couru si vite et si longtemps. Sa canne-épée le gêne, mais il a besoin de la sentir dans sa main.

Il court, il court et la nuit court avec lui. Les arbres se penchent bas et veulent le toucher. Il voit aussi les images du passé. Comme si c'était maintenant.

Valentin, dans la maison d'Alice, seul devant la télé, le film n'est pas intéressant. Il a soif et va à la cuisine.

Pas de bruit, mauvaise odeur. Il allume, Lisa est couchée devant le frigo. Yeux grands ouverts. Du sang autour de sa tête. Valentin comprend qu'elle est morte.

Il court, il court et les nuages courent avec lui. Les crapauds l'encouragent. « Sauve-toi, sauve-toi… » Valentin imagine leurs peaux vertes, leurs langues à rallonge. Du haut d'un arbre maigre, un hibou surveille. Valentin voudrait avoir ses ailes. Pour se sauver loin, retrouver Dorine.

Elle lui manque tellement, il n'aurait jamais dû quitter Le Vésinet.

Il court et court, et le passé court avec lui.

Lucien, près de la voiture bleue de Lisa, qui regarde Willy lui faire la fête. Lucien qui fixe Valentin avec ses yeux méchants dans son long visage blanc. Et cogne Willy. Qui crie.

Willy est blessé ou mort ? Valentin n'arrive pas à pleurer, il est trop occupé à courir, mais il espère de tout son cœur que son ami est vivant. Salomé n'a pas besoin de Willy. Panigure non plus. Le ciel n'est pas une bonne niche pour le gentil chien jaune.

Valentin court et court, et ses yeux s'habituent à l'éclairage de la lune. Et bientôt le chemin s'élargit, les buissons cessent de griffer, les arbres ne se penchent plus.

L'étang est là.

Valentin a les yeux pleins de sueur, ça pique. Ses joues sont chaudes comme des bûches. Il a tellement soif. Peut-être qu'il pourrait se jeter dans l'étang. Pour boire et se cacher sous l'eau. Il respirerait avec un morceau de bambou comme le Chinois malin dans le film pluvieux.

Mais il ne sait pas nager. Alexandre a voulu lui apprendre, ses jambes et ses bras n'ont pas été d'accord.

Il court et court le long de l'étang.

L'arbre au tronc creux, il est là. Vite, se glisser dedans. Ça râpe la peau. Valentin se roule en boule autour de sa canne-épée. Fermer les yeux. Attendre. Se taire. Ses poumons font un bruit de moteur. Il leur dit d'arrêter. Ses poumons ne veulent rien savoir.

Il écoute. Les crapauds qui donnent des conseils, les ailes des oiseaux qui froissent le vent. Et la respiration de Valentin, toujours et toujours, mais un peu moins moteur, un peu moins peureuse.

– Valentin ! Ce n'est pas ce que tu crois.

Valentin sursaute. La voix de Lucien fait tellement peur qu'il va se faire pipi dessus. Mais non, il ne veut pas. Valentin est grand, les grands savent se retenir.

– Sors de là ! On va parler.

Il serre fort sa canne-épée et demande en silence à l'arbre creux de le protéger. L'arbre peut le faire. Si on arrive à le convaincre.

– Lisa n'était pas la fille gentille que tu imaginais. Tu veux savoir pourquoi ? Eh bien, c'est elle qui a tué Panigure.

Non, pense Valentin. Non, non, non. Lisa n'aurait jamais fait de mal à Panigure. Elle voulait apprendre à Valentin à faire du ragoût et des tartes. Elle aimait se promener avec lui et Willy. Elle aimait aussi Watteau et tous les animaux.

– Les filles de la campagne savent faire crever un cheval. Elle l'a gavé de pain. Lisa était méchante comme une sorcière. Elle était jalouse de votre argent, elle voulait du mal à ta famille. Mais je l'ai empêchée de s'en prendre à toi.

Non, non, non, pas Lisa. Valentin l'aimait bien, il a envie de pleurer.

Les gens sont très compliqués. Ils vous attaquent et vous sourient. Ils vous mentent et ils rient. Lisa a tué Panigure. Mais pourquoi ?

– Allez, Valentin. Je ne te veux aucun mal. J'ai frappé Willy parce qu'il prenait sa défense. Un chien ne peut pas lire l'âme noire des gens, tu comprends ? Sors de ta cachette. Il faut qu'on aille chez les gendarmes dire ce qui s'est passé. Ils comprendront. Lisa a déjà fait du mal à d'autres innocents. Il fallait que ça s'arrête.

Comme Willy, Valentin s'est trompé au sujet de Lisa. Lucien n'est peut-être pas si méchant après tout.

– Bon, assez, je suis fatigué. Si tu veux passer la nuit dehors à te geler, libre à toi. Je croyais que tu étais adulte. Erreur de ma part. Je retourne à la voiture. Je l'ai garée en retrait de la route. Je vais à la gendarmerie.

Valentin aura froid et faim dans son arbre creux. Lucien a raison, il faut tout dire aux gendarmes. Et puis il n'est pas content de lui depuis qu'il a quitté Dorine et Alexandre sans autorisation, il a un peu honte. Il réfléchit encore. Ça ne donne rien.

Ah, une danse de pattes. Et des couinements. C'est son ami Willy.

Valentin sent les larmes monter, ce sont de bonnes larmes. Willy aboie. Il dispute Lucien, lui en veut de l'avoir frappé. Et le voilà qui flaire la cachette de Valentin et se frotte contre lui. Il veut s'amuser.

Valentin sort de son tronc. Il s'agenouille et plonge sa tête dans la bonne fourrure de Willy. C'est doux, ça réchauffe.

Ils vont partir tous les trois à la gendarmerie dans la voiture de Lisa.

Valentin sent qu'on le soulève. Willy aboie.

Des mains sous ses bras, ça fait mal. Il lâche sa canne-épée. Il se débat. Et voit Lucien. Sa tête, serrée comme un tube de dentifrice vide. Ses yeux, que personne n'a envie de regarder. C'est lui qui a attrapé Valentin. Willy grogne. Lucien lui donne des coups de pied. Le bon chien ne se laisse pas faire, il lui mord le pantalon.

Et Valentin sent fort l'odeur de l'étang. Et entend fort le bruit de l'eau. Ça y est, Lucien l'a tiré jusque dans l'eau glacée.

Resté sur le bord, Willy aboie et fait des bonds.

Valentin s'enfonce dans l'eau. Jusqu'aux épaules. Il se débat. Lucien est trop fort.

Alors, Willy se met à parler. Il a une voix d'homme.

– POLICE !

Ah, Willy, c'est un chien policier.

– Arrêtez. Sortez de là !

Valentin reconnaît la voix. C'est celle du policier aux yeux de bouchon d'eau minérale. Lucien obéit. Il lâche Valentin, qui chute sur les fesses. Oh, ce n'est pas profond, il s'accroche aux herbes et réussit à sortir de l'eau, Willy vient vite lui lécher l'oreille et le nez. Valentin écarte le bon chien du bras, son cœur bat trop fort, il a besoin d'air et veut savoir ce qui se passe. Mais sous les maigres rayons de la lune, on ne voit pas bien. Une seule chose est sûre, Lucien est sorti de l'étang lui aussi et a fait quelques pas vers le policier. Maintenant, il se tient droit et tranquille.

– Avance ! lui crie le policier. Montre-moi tes mains.

Les nuages glissent et libèrent la lune. Les yeux de Valentin s'habituent. Il distingue assez bien le policier à présent. Pistolet pointé vers Lucien, l'air sérieux.

– Tes mains, je te dis !

Lucien lève les bras.

Valentin serre les siens autour de lui pour se réchauffer, mais ça ne marche pas bien. Ses dents claquent.

– Valentin, c'est bien toi ? lui demande le policier.

– Oui, c'est bien moi.
– Tu n'es pas blessé ?
– Non. Ça va.
– Tout va bien maintenant. C'est fini.
Valentin repère sa canne-épée, dans les feuilles, tout près de Lucien. Elle n'a servi à rien, il n'est pas un chevalier. Salomé voulait qu'il l'aide, mais il n'a aidé personne, c'est bête. Cette épée, il faut la récupérer, la rendre, parce qu'elle ne lui appartient pas. Vite, Valentin s'avance vers Lucien, se penche, la ramasse.
– Non Valentin ! crie le policier. Reste où tu es !
Valentin se sent agrippé. Il a mal et serre les paupières.
– Lâche-le ! crie le policier.
Valentin rouvre les yeux. Il est de nouveau prisonnier. Lucien, rapide comme un renard, l'a attrapé. Et plaqué contre lui.
Et il a un pistolet dans la main.
Et il tire. Ça fait un bruit horrible. Valentin a si mal aux oreilles qu'il se dit que sa tête a explosé.
Mais non.
Le policier est tombé.
Lucien a lâché Valentin. Il fait quelques pas vers le policier, son arme toujours pointée devant lui.
Il ne faut pas que Lucien tire encore.
Valentin dégaine son épée, vise le dos de son ennemi et fonce.
Il tranche sa chemise, sa peau, pousse la lame de toutes ses forces. C'est dur, il crie pour s'aider. L'étang devient rouge, les arbres hurlent, le loup cousu dans le ventre de Valentin aussi.
– A…a…arrête… grogne Lucien.
Il tombe.
Le loup cesse de hurler.

Lucien est allongé sur le côté. Mains autour de la canne-épée. Pour arrêter le sang. Son pull en est plein. Ça a giclé.

Valentin en a sur le visage, sur les mains. Il veut pleurer, vomir, mais ne fait rien de tout ça. Même si Lucien est un méchant, il a très mal. On peut imaginer cette douleur. Les paysans tuent les animaux malades ou blessés quand ils souffrent trop.

Il faut le libérer de sa peine…

63

Lui

Il marche dans un long, long, long tunnel. Étroit, vide, éclairé par de maigres barres de néons. Si nombreuses, mais qui éclairent si mal. Il y en a une infinité. Mais peuvent-elles vraiment quelque chose pour lui ?

Au bout du long tunnel dépeuplé et silencieux, un cercle de lumière. Vibrante. Et mystérieuse. Blanche comme du lait. C'est attirant.

Veut-il vraiment s'avancer jusqu'à cette lumière ?

Il se retourne. De l'autre côté, aucune ouverture. Mais l'obscurité. La solitude.

Alors il décide de marcher vers la lumière. C'est difficile. Elle est lointaine. Et ses pas sont lents, si lents. Le froid s'occupe trop de lui. Et il a de plus en plus de mal à respirer. Et aussi beaucoup de difficulté à garder les yeux ouverts. La sueur dégouline de son crâne et l'enrobe, mais c'est une sueur froide. Elle le fait frissonner. Elle boit le peu d'énergie qui lui reste.

Il continue d'avancer. Malgré tout, malgré la froideur de l'air et le sentiment d'une solitude… immense.

Le plafond du tunnel est courbe. Des néons blancs y sont accrochés, barres maigres et régulières.

Il marche. Il a mal. Mais il ne sait pas où. Partout ? Au cœur, au crâne ou au ventre ? Il pense, il devine qu'il nage dans son propre sang. Mais il n'en est pas certain. Il n'est plus sûr de rien.

Au bout de quelques mètres, dans le silence et la lenteur, dans l'humidité de plus en plus glacée, il aperçoit une lueur. Sur le sol. Il s'approche. Ça lui est douloureux, mais il réussit à se pencher. La lueur est un néon. Oui, l'un de ceux fixés tout le long du tunnel. Ce petit néon est tombé du plafond. Mais il ne s'est pas brisé.

Il se baisse pour l'attraper, le serre dans sa main, il est chaud. C'est bon, cette petite chaleur.

Il repart. Et bientôt, il discerne une silhouette, qui se dessine dans le rond de lait lumineux. Il n'est plus seul. Enfin, il s'approche de celui qu'il cherche depuis toujours.

Le néon chauffe de plus en plus dans sa paume. Mais ce n'est pas une brûlure. C'est un signe.

Le néon communique au moyen de cette chaleur. Il lui dit qu'il est un relais. Et qu'il doit être transmis.

Encore quelques mètres, et ils se rejoindront. Et l'existence prendra sens…

Ils n'auront pas besoin de se parler. Ils se reconnaîtront. Ils ont le même visage. La même identité.

Ils devraient être proches, mais non, le vent s'est levé. Il tire, il attire vers l'arrière. Vers la bouche d'ombre. Vers la solitude. Dans ce grand tunnel vide, il souffle trop et trop fort…

Il veut passer le relais. Il veut le passer comme une absolue nécessité.

Il tend la main, il tend la main, il tend la main, elle s'ouvre…

Elle s'ouvre…

64

Valentin

Valentin prend une grande inspiration, serre les dents, agrippe le pommeau et arrache la canne-épée du corps du mourant. Il le pousse du pied pour qu'il se retrouve sur le dos. Il vise en tirant la langue et en fermant un œil.

Non, il ne peut pas. Non. Tuer, non.

Mais il y a du danger. C'est une odeur qui s'échappe du corps de Lucien en même temps qu'un brouillard violet.

Alors il pense au mal que Lucien peut encore faire s'il se relève. À Salomé qui, même morte, est capable de voler dans le ciel. Aux paroles de Dorine : « Dans le temps, quand les rues s'appelaient des coupe-gorge, les gentilshommes ne sortaient jamais sans arme. »

Des coupe-gorge ? Oui, c'est ça.

Encore une goulée d'air, et Valentin lui plonge sa lame dans le cou. De la bouche de Lucien s'échappent un sale bruit et encore du sang, ses mains abandonnent son ventre.

Valentin attend qu'il cesse de bouger.

Il arrache la canne-épée du cou du mort et la dépose sur les feuilles mortes. Ses mains tremblent, mais ça ira, ça ira. Il jette un coup d'œil au-dessus de son épaule en espérant voir Salomé, heureuse d'avoir réussi à se faire comprendre. Mais elle n'est pas là.

Le policier reste couché dans les hautes herbes. Willy couine en lui respirant dans la figure.

Valentin appelle. Il faudrait que les arbres viennent à son secours, que les crapauds lui disent quoi faire. Pourvu que Lucien ne se mette pas à voler dans les airs.

Mais Lucien ne bouge pas plus que le policier. Il n'y a plus que Willy qui gigote. Valentin se met à pleurer.

À travers le bruit de ses sanglots, il entend une voix.

Quelqu'un qui hurle. Ce n'est pas de la colère, cette personne est triste. Valentin reconnaît le commandant grognon. Il vient de tomber à genoux à côté de l'autre policier. Qui ne bouge toujours pas. Le commandant pleure. Et le hibou pleure, et Willy aussi, et les crapauds disent qu'ils savaient ce qui allait arriver. Et Valentin se retourne parce que l'étang l'appelle.

C'est alors qu'il les voit.

Salomé, Alice, Lisa.

Toutes brillantes dans leurs belles robes, elles se tiennent par la main et flottent au-dessus de l'eau. Et font des signes à Valentin pour expliquer qu'elles sont contentes.

Elles lui sourient.

65

Barnier

Dimanche 6 novembre

Lucien Martel était mort dans la nuit. C'était ce que venait de lui apprendre l'officier de gendarmerie. Le militaire était planté là, dans le couloir verdâtre de l'hôpital, aussi raide et inutile qu'un pantin.

– Le labo a appelé. C'était un Beretta. Créé à l'occasion de la sortie de leur premier semi-automatique. Il appartenait à un collectionneur de la région, qui s'était fait cambrioler il y a quelques années. Il faut aussi que vous sachiez que le père de Martel était policier. Il est mort quand le gamin avait quatorze ans. Crime passionnel. Brutal, buveur et cocu, il a tué sa femme avant de retourner l'arme contre lui. Lucien Martel n'en était sûrement pas à son premier coup, mais il n'avait pas de casier judiciaire. On n'avait rien sur lui. Pareil pour sa petite amie, Lisa. Une fille qui n'avait jamais fait des siennes. On ne pouvait pas savoir. Pas prévoir. Je suis vraiment désolé pour votre collègue. Si vous avez besoin de quoi que ce soit…

Qu'est-ce qu'il avait à jacasser comme ça ? Avant, il fallait lui tirer les vers du nez. Maintenant, c'était une fontaine. Une fontaine de compassion. À quoi ça servait ? Qu'il se la garde son eau bienfaisante.

Je suis mort à l'intérieur. La résurrection ne viendra pas de toi, mon capitaine.

Barnier remarqua une tache sur la manche droite de l'uniforme du militaire. Et s'en voulut de noter ce détail sans importance.

Qu'est-ce qui en aurait encore ? Si Maze n'y arrivait pas. Si Maze décidait de s'en aller.

Il était au bloc opératoire. Avec une balle dans la peau.

Et Barnier était assis sur ce foutu banc en plastique avec une attelle au pied et une benne de remords, de questions inutiles. Il se revoyait chuter dans ce sentier. Un pied dans une ornière et le futur basculait. Vol plané au-dessus d'une falaise sans fin.

Je me suis bousillé la cheville. Et toi, tu as continué. À courir. Vers cet enfoiré.

Ça faisait des heures que le corps de Maze appartenait à une armada de gens en vert. Ça faisait des heures qu'ils le charcutaient. Barnier aurait voulu leur donner sa propre chair et son propre sang, sa mémoire, son passé et les années à venir, à la seconde près. Tout ce qu'il y avait à prendre. Mais il n'y avait rien d'utile. Rien que de la terre brûlée. De l'aridité. Alors il faisait ce dont il ne se serait jamais cru capable. Il priait. Il priait le dieu de ses parents, le dieu de son enfance.

Il le priait tantôt avec humilité, il le priait tantôt avec rage.

Gabriel, mon amour.

*

Le chirurgien avait enlevé son masque, il aurait mieux valu qu'il le garde, il avait une gueule de zombie. Et il avançait vers lui. Et ça n'en finissait pas.

Il était à deux pas. Barnier sentit son cœur se comprimer. Puis se désagréger. Il allait crever sur place. Ils partiraient ensemble.

– Commandant Gabriel Barnier ?

– Oui…

– Il s'en est sorti. Il a une très bonne constitution. Je viens de prévenir sa sœur, elle est en route.

– Je peux le voir ? réussit à articuler Barnier.

– Il est en réanimation.

– S'il vous plaît.

Le chirurgien le regarda comme s'il venait de le déchiffrer et lui fit signe de le suivre.

Gabriel était allongé, isolé derrière une vitre. Inatteignable. Des tuyaux partout. Ses mains posées sur le drap. Plus de bagues en argent.

Barnier posa son front sur la vitre. Il se projeta dans l'espace. Vers le corps sur le lit blanc.

Il s'allongea à ses côtés.

DU MÊME AUTEUR

Baka !

Viviane Hamy, 1995 et 2007
et « Points Policier », n° P2158

Sœurs de sang

Viviane Hamy, 1997 et 2012
et « Points Policier », n° P2408

Travestis

Viviane Hamy, 1998

Techno Bobo

Viviane Hamy, 1999
et « Points Policier », n° P3315

Vox

prix Sang d'encre 2000
Viviane Hamy, 2000
et « Points Thriller », n° P2943

Strad

prix Michel-Lebrun 2001
Viviane Hamy, 2001
et « Points Policier », n° P4006

Cobra

Viviane Hamy, 2002
et « Points Thriller », n° P2944

Passage du Désir

Grand Prix des lectrices de « Elle » 2005
Viviane Hamy, 2004
et « Points Policier », n° P2057

Les Passeurs de l'étoile d'or

(photographies de Stéphanie Léonard)
Autrement, 2004

La Fille du Samouraï
Viviane Hamy, 2005
et « Points Policier », n° P2292

Mon Brooklyn de quatre sous
Après la Lune, 2006

Manta Corridor
Viviane Hamy, 2006
et « Points Policier », n° P2526

L'Absence de l'ogre
Viviane Hamy, 2007
et « Points Policier », n° P2058

Régals du Japon et d'ailleurs
Nil, 2008

La Nuit de Geronimo
Viviane Hamy, 2009
et « Points Policier », n° P2811

Guerre sale
Viviane Hamy, 2011
et « Points Policier », n° P3219

Le Roi lézard
Viviane Hamy, 2012
et « Points Policier », n° P3149

Disparitions
Éditions In8, 2013

Ombres et Soleil
Viviane Hamy, 2014
et « Points Policier », n° P4363

L'Archange du chaos
Viviane Hamy, 2015
et « Points Policier », n° P4528

Kabukicho

Viviane Hamy, 2016
et « Points Policier », n° P4758

Une femme de rêve

Viviane Hamy, 2020

RÉALISATION : NORD COMPO À VILLENEUVE-D'ASCQ
IMPRESSION : CPI FRANCE
DÉPÔT LÉGAL : FÉVRIER 2020. N° 143302 (3037304)
IMPRIMÉ EN FRANCE

Éditions Points

Collection Points Policier

P4738. La Longue Marche du juge Ti & Médecine chinoise à l'usage des assassins, *Frédéric Lenormand*
P4757. Mörk, *Ragnar Jónasson*
P4758. Kabukicho, *Dominique Sylvain*
P4759. L'Affaire Isobel Vine, *Tony Cavanaugh*
P4760. La Daronne, *Hannelore Cayre*
P4761. À vol d'oiseau, *Craig Johnson*
P4762. Abattez les grands arbres, *Christophe Guillaumot*
P4763. Kaboul Express, *Cédric Bannel*
P4771. La Maison des brouillards, *Eric Berg*
P4772. La Pension de la via Saffi, *Valerio Varesi*
P4781. Les Sœurs ennemies, *Jonathan Kellerman*
P4782. Des enfants tuent un enfant. L'affaire James Bulger *Gitta Sereny*
P4783. La Fin de l'histoire, *Luis Sepúlveda*
P4801. Les Pièges de l'exil, *Philip Kerr*
P4807. Karst, *David Humbert*
P4808. Mise à jour, *Julien Capron*
P4817. La Femme à droite sur la photo, *Valentin Musso*
P4827. Le Polar de l'été, *Luc Chomarat*
P4830. Banditsky ! Chroniques du crime organisé à Saint-Pétersbourg, *Andreï Constantinov*
P4848. L'Étoile jaune de l'inspecteur Sadorski *Romain Slocombe*
P4851. Si belle, mais si morte, *Rosa Mogliasso*
P4853. Danser dans la poussière, *Thomas H. Cook*
P4859. Missing : New York, *Don Winslow*
P4861. Minuit sur le canal San Boldo, *Donna Leon*
P4868. Justice soit-elle, *Marie Vindy*
P4881. Vulnérables, *Richard Krawiec*
P4882. La Femme de l'ombre, *Arnaldur Indridason*
P4883. L'Année du lion, *Deon Meyer*
P4884. La Chance du perdant, *Christophe Guillaumot*
P4885. Demain c'est loin, *Jacky Schwartzmann*
P4886. Les Géants, *Benoît Minville*
P4887. L'Homme de Kaboul, *Cédric Bannel*
P4907. Le Dernier des yakuzas, *Jake Adelstein*
P4918. Les Chemins de la haine, *Eva Dolan*
P4924. La Dent du serpent, *Craig Johnson*
P4925. Quelque part entre le bien et le mal, *Christophe Molmy*
P4937. Nátt, *Ragnar Jónasson*

P4942. Offshore, *Petros Markaris*
P4958. La Griffe du chat, *Sophie Chabanel*
P4959. Les Ombres de Montelupo, *Valerio Varesi*
P4960. Le Collectionneur d'herbe, *Francisco José Viegas*
P4961. La Sirène qui fume, *Benjamin Dierstein*
P4962. La Promesse, *Tony Cavanaugh*
P4963. Tuez-les tous... mais pas ici, *Pierre Pouchairet*
P4964. Judas, *Astrid Holleeder*
P4965. Bleu de Prusse, *Philip Kerr*
P4966. Les Planificateurs, *Kim Un-Su*
P4978. Qaanaaq, *Mo Malø*
P4982. Meurtres à Pooklyn, *Mod Dunn*
P4983. Iboga, *Christian Blanchard*
P4995. Moi, serial killer. Les terrifiantes confessions de 12 tueurs en série, *Stéphane Bourgoin*
P5023. Passage des ombres, *Arnaldur Indridason*
P5024. Les Saisons inversées, *Renaud S. Lyautey*
P5025. Dernier Été pour Lisa, *Valentin Musso*
P5026. Le Jeu de la défense, *André Buffard*
P5027. Esclaves de la haute couture, *Thomas H. Cook*
P5028. Crimes de sang-froid, *Collectif*
P5029. Missing : Germany, *Don Winslow*
P5030. Killeuse, *Jonathan Kellerman*
P5031. #HELP, *Sinéad Crowley*
P5054. Sótt, *Ragnar Jónasson*
P5055. Sadorski et l'ange du péché, *Romain Slocombe*
P5067. Dégradation, *Benjamin Myers*
P5068. Les Disparus de la lagune, *Donna Leon*
P5093. Les Fils de la poussière, *Arnaldur Indridason*
P5094. Treize Jours, *Arni Thorarinsson*
P5095. Tuer Jupiter, *François Médéline*
P5096. Pension complète, *Jacky Schwartzmann*
P5097. Jacqui, *Peter Loughran*
P5098. Jours de crimes, *Stéphane Durand-Souffland et Pascale Robert-Diard*
P5099. Esclaves de la haute couture, *Thomas H. Cook*
P5100. Chine, retiens ton souffle, *Qiu Xiaolong*
P5101. Exhumation, *Jesse et Jonathan Kellerman*
P5102. Lola, *Melissa Scrivner Love*
P5123. Tout autre nom, *Craig Johnson*
P5124. Requiem, *Tony Cavanaugh*
P5125. Ce que savait la nuit, *Arnaldur Indridason*
P5126. Scalp, *Cyril Herry*
P5127. Haine pour haine, *Eva Dolan*
P5128. Trois Jours, *Petros Markaris*